KB058923

~마왕 영애로 시작하는 삼국지~

4

이자키 코스케
YOSUKE IZAKI

일러스트 / 칸자린

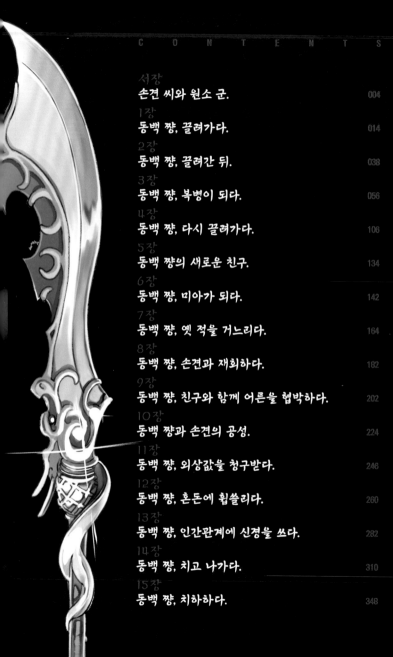

CONTENTS

마왕영애로 시작하는 삼국지 ~ 4

이자키 쿄스케
KYOSUKE IZAKI

일러스트／칸자린

손상향 손견의 딸. 무표정 로리. 의협의 선비. 인격·무력을 겸비한

관우 조정을 섬기는 고관.

왕윤 동백 휘하의 무장.

이각 삼국지 최강의 남자.

여포 동백을 모시는 환관.

희정 양주에서 온 여무사.

마초 사사네의 환생에 관여했다. 미모의 소유자. 삼국지에서 가장 빼어난

초선 마왕 동탁의 손녀.

동백 사사네가 환생한 인물. 마왕 동탁의 손녀.

시로카와 사사네 삼국지 세계에 환생한다. 전상사맨. 마음에 병을 앓고 있는

전위 조조의 호위. 괴력의 소유자.

원술 여남의 귀족. 원소의 동생.

원소 반동백 연합의 전리더.

조조 동백을 납치했다. 난세의 간웅.

감녕 도적들의 두목.

염행 장안 주변에 출몰하는 마초의 소꿉친구.

유협 한 왕조 최후의 황제. 헌제.

채염 기억력이 좋은 시인. 책을 많이 읽고

조운 청경에 특화된 무인.

손견 반동백 연합의 무장.

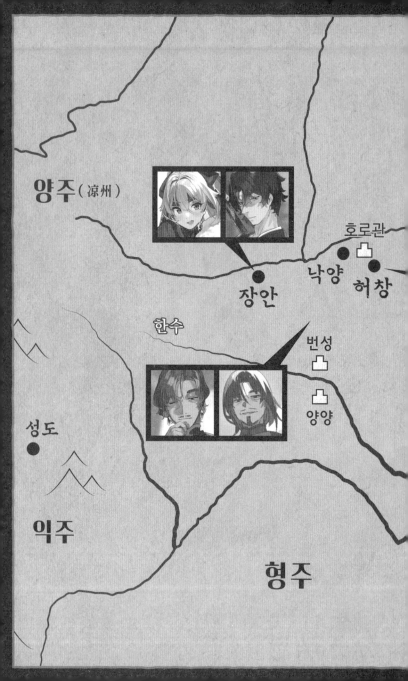

양주(涼州)

호로관

낙양 허창

장안

한수

번성

성도

양양

익주

형주

황하

장강

오

양주(揚州)

서장 손견 씨와 원소 군.

손견이라는 남자가 있다.

자는 문대. 병법가로 유명한 손무의 후예라고 하지만, 실제로 그런지는 알 수가 없다. 지금은 난세이니 수상쩍은 계보를 내걸며 자신을 과장하려는 자는 얼마든지 있다.

외모도 별로 군인답지 못하다.

눈매는 시원스럽고 부드럽다. 입술에는 허물없는 미소를 드리우고 있어 위엄과는 거리가 멀다. 가슴팍이 크게 파인 옷을 선호하는 것도 중년에 접어든 한인 남자와는 어울리지 않는 취향일 것이다.

다른 이들 위에 서는 사람이라기보다는 포주나 도박사라고 하는 쪽이 더 어울린다.

그런 남자가 지금, 말을 타고 성채 안을 나아가고 있다. 그를 따르는 병사들은 그 성채의 병사들이며 손견의 부하가 아니었다. 여유를 보이는 손견과는 대조적으로 병사들은 긴장한 표정으로 그를 둘러싼 채 나아가고 있었다.

강동의 맹호.

장강 유역에서는 모르는 자 없는 손견의 별명이다. 호랑이라는 위명은 감시하는 병사들을 겁먹게 하기에는 충분할 정도로 널리 퍼져 있었다.

"원술!"

말을 멈춘 손견이 소리쳤다. 그가 부른 사람은 이 성채의 주인. 손견을 둘러싸고 있던 병사들의 주인이기도 하지만, 무례한 호칭을 나무랄 정도로 용기 있는 자는 병사들 중에 아무도 없었다. 있다고 한다면 그들을 이끄는 입장을 지닌 자뿐이다.

"원술 님이라고 불러야지. 예의도 모르는 촌놈 같으니."

요새 중앙, 성채와는 어울리지 않게 붉은색으로 칠해진 누각이 솟아 있었다. 손견이 올려다본 그 누각에서 투구와 갑옷을 착용한 장수 두 명이 모습을 드러냈다.

화살표처럼 생긴 매부리코의 남자와 토실토실 살이 찐 남자. 양쪽 다 비꼬는 듯한 미소를 드리우며 손견을 내려다보았다.

"강동의 호랑이라 불리는 네놈도 이제야 주제를 알게 된 것 같군."

"원술 님께서 돌봐주셨는데도 원술 님을 거역한 건 어리석은 짓이었지."

크크큭. 하하하. 두 장수는 비웃음을 섞어가며 손견을 매도했다.

"반동백 연합 때 네놈은 멋대로 행동하며 연합이 해산되는 계기를 만들었다."

"게다가 타오르는 낙양에서 옥새를 얻었으면서도 숨기고 도망치려 했지."

"그런 네놈을 추격해 해치우려 한 원소 같은 자들을 막은 건 원술 님의 가세."

"애초에 네놈이 파로장군이라는 직위를 얻은 것은 원술 님의 건의 덕분이다."

"애초에 네놈이 예주의———."

"그 정도면 됐다."

손견은 말 위에서 손을 들어 그렇게 말하며 가로막았다.

"굳이 말하지 않아도 알아. 낙양이 타오른 그 전투 때 나는 옥새를 손에 넣었고, 원소를 적대시했다. 그 녀석들을 물리칠 때 당신들 대장이 힘을 빌려준 은혜는 잊지 않았어. 역시 명가로 이름난 원가의 핏줄이군."

그렇겠지, 두 장수는 그렇게 말하며 만족스럽게 고개를 끄덕였다. 손견이 계속 말했다.

"그런 명가의 피를 이어받은 남자가 지금은 내게서 옥새를 빼앗기 위해 인질을 잡고 있군. 내 부인을 말이야. 남자로서 부끄러워해야 할 소행이다. 나는 도저히 흉내 낼 수가 없어."

"말조심 하거라!" "후장군이신 원술 님께 이 무슨 무례란 말인가."

두 장수가 화를 내며 소리쳤다. 그때, 누각 안쪽에서 새된 웃음소리가 울렸다.

"강동의 호랑이는 잘도 짖는군. 허나 용서하마. 이 원술이 부릴 호랑이는 천하제일의 맹호여야만 하니."

오랜만에 원술의 얼굴을 본 손견은 예전과 달라진 게 없다는 감상을 품었다.

몇 번을 봐도 형인 원소와 많이 닮았다. 이복형제라는 이야기는 들었다. 반동백 연합의 맹주였던 형과 귀공자 같은 생김새나 분위기가 빼닮았다.

하지만, 형 같은 패기는 없다. 얼굴 거죽은 늘어졌으며 피부도 많이 상했다. 손견은 그 이유가 전선에서 물러난 이후로 사치스러운 생활에 빠졌기 때문일 거라고 생각했다. 다리가 떨리는 건 지금도 술기운이 빠지지 않았기 때문임이 틀림없고, 비틀거리는 몸을 젊은 여자에게 지탱시키고 있다.

"허나 네가 가지고 간 옥새는 한 왕조의 지보. 한낱 호랑이 따위에게는 지나친 물건이니라. 가져야 할 자의 손에 돌아가야만 하겠지. 아무리 비겁한 책략이라고 경멸당할 수단을 쓰더라도 말이다."

원술이 아래쪽에 있는 손견을 향해 손을 뻗었다.

"손견. 부인을 돌려받고 싶다면 옥새를 내놓거라. 원가의 고귀한 피를 이어받은 내가 책임지고 맡아두마. 가지고 왔겠지?"

원술이 묻자 손견은 들고 있던 비단 꾸러미를 내려다보았다. 손견은 꾸러미 안에 있는 물건을 자신의 천명이라 생각했다. 낙양이 타오르는 혼란 속에서 부하들과 함께 필사적으로 싸워 손에 넣은 것이다.

그런데 저 남자는 그것을 내놓으라고 한다.

"이봐, 원술 님을 기다리게 하지 마라. 어서 헌상해라, 촌놈."

원술의 부하인 매부리코가 말했다. 살이 찐 쪽은 병사들에게 손을 들어 지시를 내리며 말했다.

"그건 너 같은 촌구석의 잔챙이 호족이 가지고 있어도 될 만한 물건이 아니다. 황제의 천명을 지닌 천상인만이 가지는 것을 허락받은 중화의 지보, 그것이 전국옥새다. 주제에 어울리지도 않는 네놈이 숨기고 있었던 것만으로도 만 번 죽어 마땅할 죄다만, 원술 님께서는 관대하게 용서하겠다고 하신다. 자, 어서 옥새를 내놓거라! 싸움밖에 모르는 천한 짐승 녀석!"

손견을 둘러싸고 있던 병사들이 창을 겨누며 포위를 좁혔다. ───그러자 손견은 오른손을 높이 들어 올렸다.

"어?"

비단 꾸러미가 공중에 떴다. 누각을 향해 던져진 그것은 장수의 얼굴을 향해 정확히 날아가 매부리코를 뭉갰다. 전국 옥새는 돌로 만들어졌다. 무게도 꽤 나가는 물건이며, 사람의 얼굴보다 훨씬 단단하다.

그 장수는 얼굴에 비단 꾸러미가 파고든 채 쓰러졌다. 원술을 받쳐주고 있던 여자의 비명 소리가 울렸고, 살이 찐 장수가 분노하며 얼굴을 붉게 물들였다.

"손견! 네놈───."

"나는 약속을 지켰다, 후장군 원술!"

손견이 누각을 손가락으로 가리키며 소리쳤다.

"이제 네가 약속을 지킬 차례다! 자, 내 부인을 돌려주시지!"

"바보 같은 녀석! 지금 당장 네놈 일족을 남김없이————."

"아, 그건 안 됩니다."

누각 안에서 미덥지 못한 목소리가 들렸다. 살이 찐 장수가 통통한 목을 돌려 그 목소리의 주인을 노려보았다. 나타난 것은 장수의 몸무게 절반도 되지 않을 것 같은 젊은 문관이었다.

"지금 여기 죽은 사람보다 손견이 더 쓸만합니다. 그리고 지금 손견을 죽이면 장수 두 명을 잃게 됩니다. 단순한 계산이죠?"

사람을 사람으로 여기지 않는 말을 듣고 오히려 지상에 있는 손견이 인상을 찌푸리고 있었다.

한편, 원술은 곤란하다는 듯이 시체를 바라보고는.

"그렇지이. 죽어버린 건 어쩔 수 없으니 불문에 부칠까."

"그것참 영단이십니다."

문관은 원술에게 고개를 숙이고 나서 손견에게 말했다.

"손견 님. 원술 님께서는 당신께 명령하셨습니다. 원술 님의 적, 유표와 싸우라고요. 그 싸움에서 결과를 내신다면 당신의 가족은 해방될 겁니다."

손견이 말없이 분노를 뿜어냈다. 그 분노는 그를 둘러싸고 있던 병사들을 겁먹게 하기에 충분했지만, 문관에게는 통하지 않는 것 같았다. 원술도 희미한 미소를 드리우며 누각 난간에서 지상을 내려다보았다.

"그렇게 무서운 표정 짓지 말게나. 유표는 나의 어리석은 형, 원소와 동맹을 맺었다네. 그건 도리에 어긋나는 행동이겠지? 옥새를 손에 넣은 나를 적으로 삼다니……, 아, 고맙네."

문관이 시체에서 꾸러미를 떼어내 원술에게 내밀고 있었다. 새빨갛게 물든 꾸러미 안에서 나온 것은 옥석에 새겨진 용의 장식. 제위의 증거인 전국 옥새.

"이 옥새를 지닌 자야말로 황제의 천명을 지닌 자. 그렇다면 내게 거역하는 유표는 역적이라고 생각하지 않나?"

"그걸 써서 황제를 자칭할 생각인가?"

"자네는 이제 옥새를 신경 쓸 필요가 없어. 자네는 자네의 일을 하게나. 나를 위해 유표를 쓰러뜨리는 것이 그 일이지."

"……일단 사과를 해두지."

"기특한 말도 하는군. 좋고말고, 자네의 사죄를 받아들이겠네."

"당신에게 사과하는 게 아니야. 거기 있는 부인에게 하는 거지."

손견은 원술 옆에 있던 여자를 향해 가슴에 손을 대고 고개를 숙였다.

"부인 앞에서 기품이 없는 행동을 저질러버렸군. 겁을

먹게 할 생각은 없었지만, 미안하오."

손견은 그렇게 말하고는 재빨리 말머리를 돌려 원술에게 말의 엉덩이를 내밀었다.

"으음~, 역시 호랑이를 길들이는 건 힘들 것 같군. 그와는 사이좋게 지내고 싶은데 말이야."

"이놈, 예의도 모르는 야인 녀석이……!"

관자놀이에 혈관을 드러낸 살찐 장수에게 곧바로 냉정한 목소리가 못을 박았다.

"내버려 두시죠. 곧바로 유표를 공격하러 가줄 겁니다. 방금 그 도발은 지기 싫은 인간의 억지나 마찬가지입니다. 우리가 가족을 붙잡고 있는 한 손견이 반항할 수는 없을 테니, 쓸모가 없어질 때까지는 참아야죠. 지금만 견디면 원술 님께서는 천하를 손에 넣으실 수 있을 테니까요."

"응. 천하. 그렇지."

원술은 옥새를 들어 올린 다음 이마를 차가운 돌 표면에 가져다 댔다.

"확실히 천하가 느껴지는군. 오오, 시원해서 기분 좋은 천하로구나……."

눈을 감고 생각에 푹 빠진 원술을 문관이 더욱 차가운 눈빛으로 바라보고 있었다. 그 문관은 지금 원술의 군사로서 행동하고 있다.

인상이 부드러워 보이는 외모지만, 관자놀이에는 나은시 일미 되지 않은 상처 자국.

그리고 왼쪽 새끼손가락은 나무로 만든 의수였다.

~마왕연애로 시작하는 삼국지전~

1장 동백 쨩, 끌려가다.

황제가 이름으로 불리는 일은 없다.

지금 황제에게는 유협이라는 이름이 있지만, 황제를 이름으로 부르는 건 일반적으로 불경한 행위다. '폐하'라고 공손하게 부르는 게 예의이며, '유협!'이라고 부르는 괘씸한 자가 있을 리는 없다. 황제가 이름으로 불릴 때는 주로 죽은 뒤. 역대 황제들과 함께 추존되며 시호로 불리게 된다.

지금 장안 궁전에 있는 황제에게 시호가 필요해지려면 시간이 꽤 지나야 할 것이다. 사후에 쓸 이름을 생각하기에는 너무 어리다. 아직 어린아이라고 해도 될 나이다.

어린 나이치고는 현명한 것으로 유명한 그 황제는, 자신의 입장을 잘 파악하고 있어 떼를 쓰며 주위 사람을 곤란하게 하는 경우가 거의 없었다. 마치 인형과도 같은 소년이었다.

그런데 요즘은 그렇지 않다.

우선 표정이 늘어났다. 주위 사람들과 이야기를 나눌 때말수도 늘어났고, 농담조차 하게 되었다.

정무에 흥미를 보이는 건 여전하지만, 조용히 자료를 살펴보던 예전과는 달리 지금은 당당하게 자료를 읽고, 담당관리를 불러내 이야기를 듣는다. 예전에는 정치에 흥미가 있다는 사실이 알려지면 목숨이 위험해진다고 생각했던 적도 있다.

이러한 변화가 생긴 것은 수도가 장안으로 옮겨진 이후. 그리고 동백이 상국으로 취임한 이후다.

"……아무리 짐이라도 그렇게까지 상국의 말만 듣진 않는다. 소금의 전매는 한 왕조의 전통이니 그렇게 쉽사리 바꿀 순 없다고 했다."

황제의 방에서 침대에 누운 황제는 그렇게 말했다. 말동무는 황제의 개인적인 영역에 들어오는 것을 허락받아 그를 돌봐주는 환관이었다.

침대 옆에서 시중을 들고 있던 늙은 환관은 수염은커녕 솜털 하나 없는 얼굴에 미소와 주름을 드리웠다.

"놀랍군요. 상대가 그 마왕의 손녀인데도 전혀 겁을 먹지 않으시다니, 역시 폐하십니다."

"역시는 무슨. 짐은 결국 지금도 꼭두각시다. 상국도 형식상 짐의 의견을 듣는 것에 불과하지."

"아뇨, 아뇨, 그것이야말로 폐하께서 제왕이시라는 증거입니다. 아무리 권세의 극에 달한 상국이라 해도 폐하를 무시할 수는 없다는 거겠지요. 그리고 상국은 폐하보다 나이가 어리다고 들었습니다. 폐하께서 꼭두각시라면 상국 또한———."

"그럴 리가 있느냐!"

황제가 침내 위에서 몸을 일으키며 소리쳤다.

"동백은 주상을 올린 둔전제의 내용을 완전히 이해하고 있었다. 그건 다른 누군가가 가르쳐준 것이 아니야. 동백이 직접 생각해낸 정책이다. 그자는 꼭두각시 인형 같은 것이 아니라 자신의 의지로 정치를 하고 있다……, 동백은 대단해."

마지막에는 잠꼬대를 하는 듯한 말투였기에 환관은 미소를 지으면서도 한숨이 나오려는 것을 억눌렀다. 요즘 황제는 상국 이야기만 하고 있다. 그 소녀 이야기를 할 때, 황제의 표정은 더욱 다채로워지는 것이다.

환관은 그런 황족의 감정에 개입하여 조종함으로써 권력을 얻어온 생물이다. 황제의 애처로운 마음을 눈치채지 못할 리가 없다. 당연히 그것을 이용해서 이득을 볼 기회를 계속 노리고 있다.

문제는 '황제의 상국에 대한 짝사랑'이 한 왕조가 시작된 이후로 처음 생긴 일이라는 점이다.

이 전대미문의 감정이 환관들에게 이익이 될지 재앙을 불러오게 될지, 백전연마의 환관도 판단을 내리기가 힘들었다.

"자자, 폐하. 이야기를 너무 많이 하신 것 아닐지요. 마침 헌상품 중에 밀감이 있습니다. 이것으로 목을 축이시지요."

판단을 내리기 힘든 것에는 깊게 파고들지 않는다. 황제를 모시는 환관은 신중하게 화제를 돌렸다. 쟁반에서 밀감을 하나 집어 들고 껍질을 까서 내미는 것까지가 환관의 일이었다.

그 손놀림을 황제가 빤히 바라보고 있었다.

"……동백."

"네? ……네, 이렇게 먼 곳의 특산물이 수도에 와 있는 것도 상국 각하께서 설립하신 공사 덕분이라고 들었습니다. 저처럼 무지한 환관은 잘 모르겠지만, 각하께서는 상인들이 지닌 물류망을 잘 이어붙여———."

"……동백이 까줬으면 좋겠어……."

"네?"

황족에게 달라붙은 기생충, 요물 취급을 받는 환관이 자기도 모르게 불경한 반응을 보여버렸다.

"무, 무례를 저질렀사옵니다. 폐하, 방금 무어라 하셨는지요?"

"아, 아니. 상국도 짐의 신하이지 않은가? 짐을 모신다는 의미로는 그대와 마찬가지야. 그러니……, 동백이 밀감을, 까서, 직접 먹여준다면……, 가능하다면 무릎베개 같은 걸 해주면서……."

"무릎베개……."

"아, 아니, 그게 아니야. 딱히 무릎베개는 하지 않아도 된다. 그저 동백이 짐을 내려다보며 밀감을 내밀어줬으면 하는 마음이 있을 뿐이다."

중증이군, 환관은 그렇게 생각했다.

소녀 상국에 대한 마음이 커져가고 있다기보단, 뭔가 이상한 취향에 눈을 떠가고 있는 게 아닐까 하는 생각이 들어버렸다. 왠지 꼬여 있는 것 같으니 두 사람 관계에는 전혀 참견하지 말아야겠다고 환관은 결심했다.

"이, 이보거라, 동백에게 부탁하면 해줄 것 같은가?"

"잘 모르겠사옵니다만."

그들은 아직 모른다.

소녀 상국 동백은 그때, 이미 장안에서 자취를 감췄다.

◇

무사수행을 하던 조운이 장안에 자리 잡은 뒤로 시간이 꽤 지났다.

장안에서 새로운 주거지를 마련할 때, 동백은 저택의 방을 써도 된다고 했지만 조운은 거절했다. 그 저택에는 조운이 껄끄러워하는 여자들이 너무 많은 데다 숨이 멎을 정도의 미녀도 있었기 때문이다.

그리고 방을 권해주는 동백 뒤에서 마초가 날카로운 살기를 뿜어냈기에 솔직히 귀찮기도 했다.

그리하여 조운은 비웅군의 연줄을 써서 조촐한 집에 기거하게 되었으나, 결국 동백의 저택으로 불려가는 경우는 몇 번인가 있었다.

하지만 지금처럼 서택의 분위기가 팽팽했던 적은 없었다.

"그러면 안 된다니까요! 기맥이 흐트러져서 한동안 안정을 취하라고 의원분께서도 말씀하셨잖아요!"

복도에서 다투고 있던 사람은 저택에서 일하는 하인인 희정. 그리고 마초였다.

잠옷 차림인 마초는 몸 이곳저곳에 치료한 흔적이 있었다. 양주에서 온 사자, 마대를 습격한 적과 싸워서 부상을 입었다고 들었는데 경상에 그친 모양이었다. 조운은 멈춰서서 말을 걸었다.

"문외한을 너무 곤란하게 하지 마."

"너는 동백이 걱정되지도 않나! 적에게 잡혀갔다고! 지금 당장 쫓아가야……."

"희정 군. 이 녀석은 내가 방으로 데리고 갈 테니까. 이제 가도 돼."

"어, 그, 그렇게 말씀하셔도……."

희정은 곤란하다는 듯이 가만히 서 있다가 조운이 다시 이야기하자 걱정스러운 듯이 돌아보며 떠나갔다. 마초와 복도에 단둘이 남은 조운은, 흘러내린 그녀의 잠옷을 의식 바깥으로 몰아내며 말했다.

"지금은 나도 그렇고 당신도 할 수 있는 게 없어. 얌전히 잠이나 자라고."

"이런 건 양주에선 다친 것도 아니다."

"의원이 기맥이 흐트러졌다고 했다면서. 그런 상태인데

억지로 경을 돌렸다간 피를 토하고 죽을 거다. 당신처럼 내공이 강하면 사흘 정도 휴식을 취하면 나을 수 있잖아. 그러니까, 지금은 누워있으란 말이야."

"목숨의 위기로 따지면 동백도 마찬가지다! 시간이 없다고!"

"적이 동백을 죽일 생각이었다면 지금쯤 우리는 동백의 시체를 찾아냈을 거다. 일부러 끌고 간 걸 보니 뭔가 목적이 있는 거겠지. 금방 살해당하진 않을 거라고."

조운은 마초가 뿜어내는 전의를 또렷이 느꼈다. 약해져 있음에도 지금까지 본 적이 없을 정도로 거친 기. 조운은 여자와 눈을 마주치지 못하는 성격이긴 하지만, 조운이 아니었더라도 지금 마초의 눈을 볼 수 있는 사람은 별로 없을 것이다.

마초는 입을 벌리려다 거세게 기침했다. 그 기침 소리에 조운은 마초의 몸이 전투를 견디지 못할 거라는 사실을 확신했다. 본인은 자각하지 못하겠지만.

"콜록, 콜록……, 그렇다 하더라도 단서를 모으는 것 정도는 할 수 있을 텐데."

"동백을 납치한 건 염행과 순유일 게 거의 확실해. 단, 그 군사 순유는 아무래도 가짜였던 것 같군."

"……뭐라고?"

"비웅군이 조사했다. 진짜 순유는 지금 조조를 섬기고 있어. 우리가 만난 그건 누군가가 그 이름을 사칭했을 뿐이고. 조조 진영의 공작원일 가능성이 큰 모양이야."

조운도 그 거짓말을 간파하지 못한 자신에게 실망하고 있었다. 청경에 자신이 있는 조운은 다른 사람의 동요나 긴장에 민감하다는 자부심이 있었다. 하지만 그 자칭 순유와 이야기를 나눈 적이 있는데도 수상쩍다는 생각조차 하지 못했던 것이다.

다른 사람 행세를 하며 적의 본거지에 숨어든다———. 그런 중압감에 시달리면서도 기가 전혀 흐트러지지 않은 채 지낼 수 있는 담력의 소유자가, 이런 난세에서 다른 사람의 심부름이나 하며 살아갈 거라는 생각은 들지 않는다.

그건 일종의 영걸이다. 그것도 꽤 거물일지 모른다.

"문제는 염행이 한수의 부하라는 거지. 한수와 조조, 어느 쪽이 동백의 신병을 원했는지 아직 몰라. 한수는 서쪽, 조조는 동쪽에 세력을 구축했어. 이 양자택일 상황에서 빗나가면 쓸데없는 수고로 시간을 낭비하게 된다."

"주절주절 시끄럽군. 동백의 목숨이 걸렸다고. 아무것도 하지 않은 채 기다릴 순 없지."

마초는 몸을 웅크리고 기침을 한 다음, 벽에 손을 짚고 몸을 일으켰다. 여전히 환자라고 보이지 않을 정도로 강한 살기를 풍기고 있다. 조운의 설득이 헛수고로 끝났다는 건 분명했다. 어렴풋이 느끼고 있었던 건데, 이 여자는 논리로는 납득시킬 수 없을 것 같다.

"도울 생각이 없다면 방해하지 마라. 나는 동백을 구해낼 방법을 찾을 테니까."

마초가 조운을 밀쳐내려고 손을 뻗었다. 역시 비장의 수를 쓸 수밖에 없을 것 같다.

"……이봐, 당신, 동백이 납치되었을 때 뭐 하고 있었어?"

마초의 손이 멈췄다.

"어디에 있었는지는 알아. 마대에게 갔다가 그곳에서 염행에게 습격당한 거지? 그런데 왜 당신은 밤중에 마대에게 갔던 거야? 동백의 호위인 당신이 그녀의 곁을 떠나야만 할 정도로 중요한 용건이 대체 뭐였지?"

살기가 희미해졌다. 그 대신 드러난 것은 지극히 평범한 소녀의 당황한 기척.

그러고 보니 연하였나———, 조운은 그제야 그런 생각을 했다.

"……대 오빠에게 뭔가 들었나?"

"내 개인적인 의문이야. 그만큼 동백하고 찰싹 붙어 다녔던 당신이 동백 곁을 떠나다니, 보통 일이 아니지."

앞쪽 절반은 거짓말이다. 염행에게 부상당한 마대는 저택에서 치료를 받고 있었고, 조운은 마초를 만나러 오기 전에 그에게 이야기를 듣고 왔다.

어째서 마초가 동백 곁을 떠났는가. 마대도 자세한 이야기는 하지 않았지만, 아무래도 염행이 마대의 이름을 사칭해서 불러낸 모양이었다. 마초가 총애하는 동백의 호위를 내팽개칠 정도의 정보를 슬쩍 내보이면서.

그것이 무엇인지, 조운은 알지 못한다. 알고 있는 건 마초와 마찬가지로 양주에서 온 염행과 마대가 마초에게 있어서 별로 퍼뜨리고 싶지 않은 정보를 가지고 있는 모양이라는 것뿐이다.

"뭘 숨기고 있는 건지는 모르겠지만, 당신이 동백 곁에 있었다면 이런 일이 벌어지지는 않았겠지."

본심은 아니었다. 염행과 마초가 벌인 싸움의 흔적을 보아하니 염행은 꽤 대단한 고수다. 아무리 마초라 해도 동백을 지키며 싸울 수 있었을지는 의심스럽고, 적이 마초를 떼어놓은 것은 동백에게 상처를 입히지 않게끔 배려했기 때문인 듯했다.

그럼에도, 조운이 한 말은 마초가 분노의 창끝을 들이밀게 만들기에 충분했다.

마초가 숨을 살짝 들이마시고는 조운을 향해 주먹을 내질렀다. 최단 거리로 날아든 그 멋진 주먹은 마초의 몸 상태가 완벽했다면 조운을 날려버리고 뼈 두 개쯤은 부쉈을 것이다.

실제로는 조운을 제자리에서 움직이는 것조차 하지 못했지만.

"······윽."

"자기 몸 상태, 이해했어?"

"······그래서 나를 도발한 거냐?"

"내공이 너무 강한 무인에게는 자주 있는 일이야. 경맥이 너무 튼튼해서 자기가 얼마나 약해졌는지 최후의 순간까지 눈치채지 못하지. 머리에 피가 쏠렸을 때는 특히 그렇고."

"…………."

"알았으면 잠이나 자라고. 이각은 비웅군을 움직여서 동백의 행방을 쫓고 있고, 채염은 정무의 구멍을 메꿔주고 있어. 양쪽 다 신참인 우리는 할 수 없는 일이야. 몸을 쉬는 건 당신만 할 수 있는 일이잖아."

조운의 가슴에 닿은 주먹이 굴욕으로 인해 떨리고 있다. 마초는 다시 그것을 들어 올렸다가———, 그대로 내렸다.

처음으로 마초와 눈이 마주쳤다. 고개를 숙인 채 거친 눈빛만이 조운을 향하고 있었다.

진짜로 미움을 샀구나———, 조운은 그런 직감이 들었다.

여자를 싫어하는 성격인 조운에게는 여자를 화나게 하거나 기분 나쁘게 해서 무시당하는 게 일상다반사다. 애초에 동백에게 푹 빠진 마초는 그를 마음에 들어 하지 않았기에, 딱히 상처 입지도 않았다며 조운은 마음속으로 중얼거렸다. 마초가 조운을 지나쳐 자기 방으로 돌아갔다.

그녀는 복도를 걸어가며 메마른 입술로 중얼거렸다.

"미안하다, 동백…… 내가 반드시 구해줄게……."

◇

화창한 날씨. 볼을 어루만지는 부드러운 바람과 스치는 나뭇잎들. 말들은 조용히 나아갔고, 그 말들이 끌고 가는 수레도 잠이 오는 듯한 속도로 나아갔다.

부드러운 풍경이 한없이 이어졌다. 나를 둘러싸고 있는 모든 것이 평화로웠다.

햇빛, 풀과 나무, 새들, 옆자리에 있는 조조.

"어? 그럼 신부를 강탈했다는 일화는 거짓말이었나요?!"

"나는 친구가 사랑의 도피를 하는 걸 도왔을 뿐이다. 하지만 상대 쪽 여자는 다른 남자와 결혼을 앞두고 있었지. 약혼자와 신부 쪽 일족이 보기에는 그 사랑의 도피가 '강탈'이었을 거야. 정말 터무니없는 소리지."

마차에 흔들리며 조조가 눈을 가늘게 뜨고 정겨운 듯이 미소를 지었다. 나는 흥미를 이기지 못하고 몸을 앞으로 내밀며 다음 질문을 해보았다.

"그럼 도망치던 도중에 발을 삐어서 움직이지 못하게 된 원소를 움직이게 만들기 위해서 '여기 신부 도둑이 있다'라고 외쳤다는 이야기는요?"

"잘 알고 있군. 하지만 그것도 부풀려진 소문이다. 원소에게 쓴소리를 좀 해준 게 재미있게 각색되어버렸지. 당시의 나는 안 좋은 의미로 유명했으니까."

"불량소년으로서요?"

"그렇지."

하하하, 조조가 웃음소리를 냈다.

우리가 타고 있는 마차는 상자 형태가 아니라 인력거처럼 좌석만 있는 타입이다. 그렇기 때문에 마차와 나란히 달려가는 말 위에 있는 사람이 당혹스러운 듯이 인상을 찌푸리고 있는 모습도 잘 보였다. 머리를 짧게 깎아 중성적인 외모에 한인들 사이에서는 드물게 모피를 써서 만든 옷과 갑옷, 나기나타처럼 생긴 무기.

이름은 염행. 조조와 손을 잡고 나를 유괴한 범인들 중 한 명이다.

"용케도 그렇게 느긋하게 이야기를 나눌 수 있구나, 너희들."

염행이 불만이라는 듯이 그렇게 말했다. 조조는 귀가 밝은지 그쪽을 돌아봤다.

"뭐야? 이야기에 끼고 싶은 건가?"

"멍청하긴. '강탈'범하고 피해자가 사이좋게 이야기를 나누는 게 기분 나쁘다고."

그렇다. 나는 강탈, 아니, 유괴당하고 있는 도중이다. 조조는 순유 행세를 하며 장안으로 잠입해서 내 신병을 훔쳐냈다. 장안을 나선 지 이틀. 해를 끼치진 않았고 묶이지도 않았지만, 자유롭지도 않다. 그런 상태다.

참고로 염행은 마초와 마찬가지로 양주 출신이다. 양주는 기마 유목민들이 많은 지역이고 말의 산지로도 유명해서 그런지 염행도 승마술이 뛰어난 모양이었다. 한눈을 팔면서도 말을 다루는 자세가 매우 안정적이었다.

"너도 너다, 꼬마 상국. 납치당했다고. 무섭지도 않냐."

"이 시대에 깨어난 뒤로는 부조리한 것들투성이라……."

그렇게 대답했을 때 나는 어린아이답지 않게 달관한 표정을 짓고 있었을 것이다. 염행은 질색이라는 표정을 짓고는 머리 옆에 손가락을 빙글빙글 돌렸다. 그 모습을 본 조조가 신이 난다는 듯이 웃음소리를 흘렸다.

"나도 뜻밖이었지. 음침한 여행이 될 줄 알았으니까. 그리고 다른 질문을 할 줄 알았다."

"다른 질문?"

"왜 나를 납치한 건지. 어떻게 장안에서 데리고 나온 건지. 마차는 어디로 향하고 있는지……, 신경 쓰이지 않나?"

"물어보면 가르쳐주실 건가요?"

"딱히 숨길 만한 것도 아닌데."

조조는 태연하게 말했다. 유괴범이면서도 껄끄럽지 않은 모양이었다. 도덕 같은 게 아예 없나?

"저를 납치한 이유와 향하고 있는 목적지에 대해서는 짐작 가는 게 있다고 해야 하나……."

"호오?"

조조가 내 얼굴을 들여다보았다. 순유 행세를 하던 무렵부터 그랬는데, 흥미가 생겼을 때 파고드는 태도와 눈매가 무섭다.

"말해보시지. 채점해주마."

"음~, 짐작이지만……, 지금 향하고 있는 곳은 허창, 이 겠죠. 당신의 근거지. 그리고 저를 유괴한 이유는 아마 황제 대신으로 쓰려는 것 아닐까요?"

"……어째서 그렇게 생각했지?"

"글쎄요? 이유가 뭘까요."

나는 방긋 웃어 보였다. 여유로운 게 아니라 허세다.

실제로는 내 삼국지 지식을 통해 제일 가능성이 높은 대답을 했을 뿐이다. 원래 조조는 자신이 지배하는 도시, 허창에 황제를 맞이해서 권력을 쥐게 된다. 그 역사가 동백의 상국 취임으로 인해 일그러졌고, 황제가 아니라 동백을 조조가 맞이하는 역사가 되었다……, 그렇게 추리한 것이다.

하지만 조조는 갑자기 흥미를 잃었다는 듯이 물러났다.

"그 정도 답밖에 말하지 못한다면 급제점은 줄 수가 없군. 어느 정도 깨우친 아이라면 내놓는 게 당연한 답이다. 마왕의 손녀라 불리우며 두려움을 사는 자의 힘이 겨우 그 정도라면 실망인데."

"실망하셨다면 돌려보내 주실 수 없을까요?"

"안 된다. 상국이라는 지위를 지닌 평범한 아이라는 것만으로도 써먹을 구석은 있으니까."

조조의 두 눈에서 좀 전까지 보이던 거센 흥미의 소용돌이가 사라졌다. 자리에 몸을 기대고는 크기를 재는 듯한 눈으로 나를 보고 있다. 그는 딱히 내키지 않는 쇼핑을 할 때처럼, 따분한 듯한 말투로 말했다.

"아니면 그 평범함이야말로 네 소질일지도 모르지. 네게서는 피비린내가 전혀 나지 않는다. 목숨을 뺏고 빼앗는 기척이 너무 없어."

"……보시면 아시겠지만, 저는 어린아이인데요. 목숨을 뺏고 빼앗는 건 좀."

"지금은 난세다. 어린아이라 해도 부모를 잡아먹는 세상이지. 그리고 너는 그 마왕 곁에 있던 사람일 텐데. 그럼에도 불구하고……, 네 존재는 지금 세상과는 너무나도 이질적이다. 너무 평화로워."

조조의 지적에 나는 아무런 대꾸도 할 수가 없었다. 너무나 정확한 지적이었고, 현대인으로서의 내 본성을 이렇게까지 꿰뚫어 본 사람은 지금까지 없었다. 굳이 말하자면 내 권유를 거절한 관우 정도뿐이다.

"그 성질 덕분에 나는 네 신병을 쉽사리 훔쳐낼 수 있긴 했다만."

"그게 무슨 뜻이죠?"

"너는 나를 군사로서 진영에 맞이했다. 내 정체를 제대로 확인하지도 않고, 충성심을 시험하지도 않고 군기를 통째로 맡겼지. 너는 그 의미를 이해하지 못한 것 같군."

따악, 조조가 손가락을 튕겼다.

"군사란 군을 한마디 말, 손짓 한 번으로 움직일 수 있는 존재다. 내 지시에 따르는 자를 네 근처에 보내는 것도 힘든 일이 아니지. 네가 병사들에게 주의를 기울이지 않는다는 건 분명했으니까 말이다. 병사들의 얼굴도 제대로 기억하지 못하겠지?"

정곡을 찔렸다. 비웅군 병사들의 얼굴은 대표격인 홍선과 다른 몇 명 말고는 모른다.

"'그러는 넌 어떠냐'라는 말을 하고 싶은 표정이군. 물론 기억하고 있다. 전원은 아니더라도 내 주위에 있는 병사가 모르는 얼굴로만 채워지면 경계하지. 동탁은 그런 부분에선 현명했다. 사병은 병사들끼리 연결고리가 강해서 외부인이 파고들기 힘들지……만, 네가 나를 맞이해주었다. 그리고 내 정체를 밝혔던 그날 밤에도 너는 나를 얕보았지. 개인적인 무력이 없는 군사라면 마초가 없더라도 병사만으로 제압할 수 있다. 그렇게 생각했던 거겠지?"

"……혹시 그때 마초가 없었던 것도."

"내가 유인해냈다."

염행이 그렇게 말했다. 화제에 대해 별로 흥미가 없다는 듯이.

"그 녀석의 약점은 얼마든지 잡고 있으니까. 마대의 이름을 댔더니 금방 오더군."

"약점?"

"알고 싶나?"

표범 같은 고양이과 육식 동물을 연상케 하는 미소와 함께 염행이 말 위에서 몸을 내밀며 나를 내려다보았다. 이 양주인에게는 마초와는 다른 야성미가 있고, 그것은 마초보다 훨씬 거칠어서 무섭다.

염행은 말문이 막힌 나를 보고 몸을 젖힐 정도로 크게 웃어댔다.

"그래도 안 가르쳐주지~. 그 녀석에게는 잔뜩 창피를 사게 만든 참이니까. 이 이야기는 나중에 하자고. 기대하고 있어라."

"당신이 조조에게 협력한 건 그 목적 때문인가요? 마초에게 창피를 사게 만들기 위해서?"

"뭐? 불만 있는 거야?"

"아뇨, 오히려 납득이 된다고 해야 하나."

염행이라는 영걸은 마초와 같은 고향 사람이자 라이벌이기도 하다. 염행이 마초에게 원한을 품고 있다 해도 전혀 이상할 건 없다. 그의 상사인 한수도 마초의 일족과는 적이라고 하기도 그렇고 아군이라고 하기도 힘든 복잡한 관계다.

"야, 뭐야, 너, 꼬마 주제에 이야기가 잘 통하잖아. 마초는 진짜 마음에 안 들지만 너는 싫지 않아. 잘 부탁한다."

염행이 멋진 미소를 지으며 그렇게 말했다. 유괴한 사람에게 잘 부탁한다는 말을 들어버렸다.

그런 이야기를 나누는 와중에도 조조는 옆에서 나를 재듯 메마른 눈으로 바라보고 있었다.

"연행의 가치관은 수도에서 멀리 떨어진 양주인의 가치

관이다. 공감할 수는 없지만, 이해할 수는 있지. 허나 동백. 네놈의 사고만큼은 아무래도 따라잡을 수가 없군. 정치에 있어서도 마찬가지다. 공사도 그렇고, 둔전제도 그렇고, 어디에서 착상을 얻은 것이지? 그것만큼은 어떻게 해서든 알고 싶어지는군."

———둔전제의 원본은 당신인데요…….

대답하기 껄끄러워하고 있자니 염행이 고삐를 당기며 말의 속도를 늦췄다. 마차의 속도도 함께 느려졌고, 마부가 말했다.

"조조 님. 마중이 왔습니다."

고개를 기울여 앞쪽을 보니 병사들 무리가 길을 가로막고 있었다. 장수로 보이는 말을 탄 남자가 말을 몰아 마차 쪽으로 다가왔다. 잘 살펴보니 안대로 왼쪽 눈을 가리고 있었다.

조조가 살짝 손을 들었다.

"그래. 마중 나오느라 수고했다."

"무사히 돌아오신 것 같아 다행스럽기 짝이 없습니다."

남자가 말에서 내린 뒤 주먹을 모으며 인사했다. 하지만 이내 그 얼굴이 찡그려진다.

"하지만 이런 행동은 이걸로 끝내라, 맹덕. 네가 장안에 잠입해 있던 동안 우리가 얼마나 걱정했는 줄 아나? 신하가 되었으니 따르긴 하겠다만, 너도 사람들을 한데 모으는 주인으로서 행동을 말이지……."

"알았어, 알았다고. 미안해. 앞으로는 조심하지."

조조는 쓴웃음을 지으며 마차 위에서 일어섰다. 꾸욱, 내 어깨를 잡고 앞으로 밀었다.

"하지만 걱정을 끼친 보람은 있었다고. 양주의 용장과 요즘 화제가 된 상국을 데리고 왔다."

"나는 네 부하가 된 게 아닌데."

염행이 그렇게 말했지만, 외눈 장수는 아랑곳하지 않고 마차로 다가왔다.

"상국……, 동탁의 손녀인가? 그냥 어린아이잖아. 이런 걸 데리고 와서 어쩌려는———."

"저기, 당신, 하후돈 님이신가요?!"

바로 앞에서 외눈을 본 나는 참지 못하고 그렇게 말을 걸었다. 조조를 자로 부르고, 부하라기보다는 친구처럼 친근하게 말하는 모습으로도 정체를 짐작하고 있었다.

하후돈. 자는 원양.

조조를 지탱해준 장군 중 한 명으로 조조의 사촌 형제이기도 하다. 조조가 거병한 초기부터 함께 다닌 인물이기에 조조에게 있어서는 가장 신뢰할 수 있는 부하일 것이다.

"그 눈, 여포군하고 전투를 벌이다 부상을 입으신 거죠? 그러면 시간 순서에 혼란이 생기는 것 같은데……, 지금 조조군은 여포와 싸우고 있나요?"

하후돈은 전장에서 눈에 화살을 맞았을 때, 화살을 눈알과 힘께 빼낸 다음 '부모에게 받은 것을 버릴 수는 없다'라

며 눈알을 먹었다는 충격적인 일화가 있다.

내 기억이 확실하다면 하후돈이 한쪽 눈을 잃은 건 여포와 싸웠을 때일 것이다. 현재 여포의 행방은 반동백 연합건이 끝난 이후로 잘 알려지지 않았다. 만약 이제부터 끌려가게 될 곳에 여포가 있다면 나는 온 힘을 다해 사양하고 싶다.

그런 생각을 하고 있던 내 눈앞에서 하후돈은 왠지 모르겠지만 얼굴을 새빨갛게 물들이고 있었다. 조조가 옆에서 진심으로 유쾌하다는 듯이 웃음소리를 냈다.

"실망이라고 했던 걸 정정하겠어, 동백 님. ……봤지? 방금 들은 이야기로 알았을 거야. 이건 평범한 아이가 아니다."

"……묘한 걸 주워와서는."

상황을 이해하지 못한 나를 내버려 두고 조조가 마차에서 뛰어내렸다.

"뭐, 그것도 포함해서 말이지. 둘이서 이야기를 좀 하자고."

조조는 하후돈과 이야기를 하며 마차로부터 멀어져 갔다. 남겨진 내게 염행이 말했다.

"너, 대단하구나. 저거하고는 처음 만난 사이지?"

"그렇긴 한데요, 유명한 사람이라 이름 정도는 알아요."

"아니, 그 얘기가 아냐. 너, 저 녀석의 부상에 대해 다른 사람들 앞에서 거절하면서 마구 들이댔잖아. 네가 성인 남자였다면 확실하게 칼부림이 났을 거라고.”

“그런가요? 그래도 눈을 잃은 일화는 무용담으로 전해진 것 같았는데…….”

“주위 사람들이 높게 평가하더라도 본인이 그렇게 생각하리라는 보장은 없잖아. 저 녀석, 얼굴이 새빨개졌던데. 건드리지 않았으면 하는 상처를 건드린 반응이잖아.”

잘 생각해보니 처음 만난 사람이 떠안고 있는 장애에 대해 인사도 없이 지적하는 건 21세기에서도 그냥 매너 위반이겠구나……, 유명한 사람을 보고 들떠버렸다. 그리고 나는 무사히 조조의 심복이 떠안고 있는 지뢰를 밟아버렸네.

─── 복수하려는 마음에 괴롭히진 않으려나. 아, 하후돈은 자신의 스승을 모독한 녀석을 복수라는 명분으로 죽였다는 일화가 있었던 것 같은데…….

“말도 안 돼! 제정신이냐! 맹덕!”

“흐아아, 죄송합니다.”

갑자기 사과해버렸지만, 당연하게도 하후돈이 화를 낸 사람은 내가 아니라 조맹덕이었다. 조조는 푸른 핏줄을 드러낸 하후돈을 뭔가 설득하고, 하후돈은 고개를 젓고 있었다.

조조가 실실거리면서 이쪽을 보고 웃었다.

“동백 님, 귀공을 처음 써먹을 곳이 정해졌어. 지금 이 근처에서 원소의 군과 맞서고 있어서 말이야. 병사들을 맡길 테니 적과 싸워주게.”

──어? 신종 괴롭힘인가요?

2장 동백 쨩, 끌려간 뒤.

　장안, 궁정.

　원래는 신하들이 황제를 배알하고 조회나 주상을 올리는 곳이다. 황제 앞에서 신하들이 국가 운영에 대해 토론을 나누는 조회, 그것이 허물만 남게 된 건 언제부터였을까.

　동탁이 폭정을 휘두르기 전부터 정치는 황제의 것이 아니게 되어 있었다. 정치란 황제의 권위를 이용할 수 있는 누군가의 사적인 물건이고, 토론은 유력자의 저택에서 남몰래 이루어지며, 이미 정해진 결론을 황제가 인가한다. 그것이 지금 한이라는 나라의 정치다.

　하지만 오늘만큼은 실속이 있는 토론이 황제 앞에서 펼쳐지고 있었다. 진행을 맡은 사람은 사도인 왕윤. 신하들 앞에서 수염을 쓰다듬으며 고개를 갸웃거리고 있었다.

　"그런데 아무래도 이해가 안 되는군요. 어찌하여 동백 님께서 입궐하지 않으시는 건지……, 이각 님. 당신의 설명은 구체적이지 못합니다."

　왕윤 앞에 선 이각은 입술을 일그러뜨리며 씁쓸한 표정을 짓고 있었다. 상사에게 질책당하는 부하 같은 구도였고, 실제로 사도인 왕윤은 그곳에서는 황제 다음가는 지위를 지니고 있었다.

　"구체적이고 뭐고, 소인이 좀 전부터 설명한 대로요. 동백 님께서는 현재, 어떤 사정으로 인해 저택 밖으로 나오시지 못하니 입궐하실 수가 없소이다."

"그러니 그 사정이라는 것이?"

"사, 사정은 사정이요."

"결론이 나질 않는군요. 그럼 상국부로 쓰이고 있는 동백 님의 저택이 봉쇄된 이유는 무엇입니까? 입궐하실 수 없을 뿐만이 아니라 저택에 들어가는 것조차 불가능한 이유를 말씀해주실 수 있으신지?"

"그, 그것도 어떤 사정으로 인해……."

이각이 땀을 쥐어짜듯 대답했을 때, 그때까지 안절부절못하던 황제가 옥좌에서 소리쳤다.

"이각이여, 혹시 동백이 병에 걸린 것이냐? 몸이 어디 안 좋은 건가?"

"아뇨! 아뇨! 마왕의 계보이신 동백 님께서 병이라니요! 그리고 소인이 아침저녁으로 동백 님의 건강을 신께 기도드리고 있사오니 오히려 병이 도망칠 것이 틀림없는지라!"

"그렇다면 동백은 어째서 나타나지 않는 겐가."

"그, 그건 어떤 사정으로 인하여……."

이각이 다시 땀을 흘리기 시작했고, 덩달아 황제도 옥좌 위에서 눈꼬리를 늘어뜨렸다.

"……동백은……, 짐과 만나고 싶지 않은 건가? 짐을 피하기 위해 입궐하지 않는 건가?"

"그, 그렇지는 않사옵니다! 결코!"

"그래도 짐은 동백을 곤란하게 해버렸고, 화해했다고 생각한 건 짐의 착각이고……."

"폐하!"

왕윤의 늠름한 목소리가 울렸다. 노인답지 않은 드센 기가 담긴 목소리에 황제가 등을 쭉 폈다.

왕윤은 천천히 고개를 숙였다.

"폐하, 상국 각하는 어떤 이유인지 직무를 다하지 못하는 모양이옵니다. 지금은 그 이유를 캐낼 때가 아니지요. 상국이라는 지위의 무게를 고려하면 한시라도 빨리 정무를 다시 검토해야 할 것으로 아옵니다."

"다시 검토한다고? 뭘 다시 검토한다는 것인가?"

"예. 우선 상국 각하께서 설립하신 공사의 활동을 정지하겠나이다."

이각뿐만이 아니라 그곳에 있던 신하들까지 웅성댔다. 동백이 일으킨 사업을 멈추다니, 동백에 대한 반역과도 같은 행동 아닌가.

"왕윤이여, 공사는 상국이 고생 끝에 말이다……."

"폐하. 정치에 있어 중요한 것은 얼마나 고생했는지가 아니옵니다. 그것이 덕에 따른 정치인지 아닌지. 그것뿐이옵니다. 왕의 덕이란 어떠한 것인가, 예전부터 현인들이 나타내온 것들. 오래된 것을 존중하는 마음을 잊지 마시옵소서. 그렇다면 올바른 정치란 저절로 눈에 보일 것이옵니다."

"……오래된 가르침을 따르자면 이익에 따라 움직이는 것은 군자가 할 일이 못 되겠지."

"그렇사옵니다. 상업이란 천한 것. 군자이신 폐하께서는 이익이 아닌 덕으로 난세에 임하셔야 할 것으로 아옵니다."

"공사는 국가의 일부이지만 짐이 관여한 것이 아니다. 동백이 운영하는 것이지. 동백은 국가의 상업을 직접 맡음으로써 짐의 왕도로부터 격리시켜준 거라 생각한다만."

"……흥미로운 논리이긴 합니다."

그 반론을 듣고 왕윤은 눈살을 찌푸렸지만, 잠시 후 고개를 저었다.

"그렇다면 상국 각하께서 정치에 관여하지 못하시는 지금, 다양한 권한을 지닌 기관을 방치하는 것은 국가에 재앙을 불러올 것이옵니다. 역시 공사는 정지해야 마땅하나이다."

"으, 으음……."

"그리고 곧바로 상국의 대리를 맡을 자를 세워야 할 것이옵니다. 어울리는 자를 제가 선발하겠사옵니다."

"무, 무슨 말씀이시오!"

이각이 당황하며 그렇게 외쳤다.

"동백 님께서는 건재하시오! 그런데 마치 돌아가신 분처럼……."

"꼴리나시오, 이각 님. 저는 사도, 그리고 이곳은 전장이 아닙니다. 조회를 치르는 곳이지요. 무인인 당신이 멋대로 발언해도 될 곳이 아닙니다."

"크윽, 하, 하지만……!"

왕윤의 사정없는 질책으로 인해 이각은 얼굴이 땀투성이가 되었다.

이렇게 되니 늘어선 신하들 중에서도 감이 좋은 사람은 눈치채기 시작했다. 왕윤이 동백의 부재를 틈타 정치 투쟁에 나섰다는 사실을.

왕윤은 황제를 향해 고개를 숙인 뒤 기어코 결정적인 말을 내뱉었다.

"폐하. 부디 상국의 대리를 뽑아주시옵소서. 그러지 못하신다면……, 상국 직위의 말소도 검토하셔야 할 것으로 아뢰옵나이다."

"이, 이런! 무슨 말씀을 하시는 거요! 왕윤 님!"

이각이 소리 질렀지만, 왕윤은 돌아보지도 않았다. 마치 돌이 된 것처럼 황제를 향해 계속 머리를 숙이고 있었다. 황제가 꿀꺽, 침을 삼켰다.

"동백에게서 지위를 빼앗으라는 것인가? 하, 하지만 그래선……."

"애초에 상국이란 국가의 위기에 대비해 마련된 지위. 여차할 때 입궐하지 못하는 자에게 맡겨두는 것은 바람직하지 못하옵니다. 부디 재고해 주시옵소서."

신하들 사이에서 조용한 웅성거림이 퍼져나갔다. 그 소

리를 들은 이각은 상황이 바뀌었다는 사실을 직감으로 느꼈다.

애초에 이곳에는 동백의 지지자가 거의 없다고 할 수 있다. 동백이 해온 정치는 대부분 혁신적이었기에 보수적인 관료들이 보기에는 도저히 받아들이기 힘든 것들뿐이었다. 동탁의 손녀이자 사상 최초의 여상국이라는 입장뿐만이 아니라, 그녀의 정치 태세 또한 인기가 없는 이 상황을 뒷받침하고 있었다.

유일한 동백파일지도 모르는 이각은 발언력 차이로 인해 왕윤에게 가로막힌 상황이다. 동탁이 주름잡던 시절이라면 모를까, 왕윤에게 맞설 수 있는 정치가는 동백 진영에 동백 본인밖에 없었던 것이다.

"자, 폐하────."

왕윤이 황제를 다그쳤다. 엎드린 노인 같지 않을 정도로 강한 기백이 깃든 것은 신하들의 마음을 아군으로 끌어들였기 때문일까.

"────부디, 성단을 내려주시옵소서."

"그게 꼭 지금 결론을 내려야만 하는 일인가요, 왕윤 씨."

왕윤과는 대조적으로 흐느적거리고 부드러운 남자 목소리. 그곳에 있던 모두가 옥좌 반대쪽을 보았다.

"……채옹."

쥐어 짜낸 듯한 왕윤의 목소리를 듣고 그 사람은 효효효, 웃었다. 껑마르고 몸집이 작은 외모에 피부도 노인처럼 메말랐지만, 머리카락은 풍성하고 먹처럼 까맣다. 건강이 안 좋은 것처럼 보여도 생기 넘치는 의지가 눈동자에 깃들어 있었다.

"상국 님께서 조정에 나오지 않게 되었다. 그렇기 때문에 상국의 자격이 없다. 이건 너무 성급한 거 아닙니까. 상국이라는 건 평범하지 않은 직책. 평범하지 않은 일이 생기더라도 이상할 게 없다, 저는 그렇게 생각합니다만."

"갑자기 나서서 무슨……, 자중하십시오."

"자중하라고 해도 뭘 자중하라는 건지, 둔한 저는 전혀 짐작이 되지 않습니다. ……어떻게 할까요, 폐하. 제가 의견을 말씀드려도 괜찮겠습니까?"

"상관없다. 허락하마."

"네에."

미소를 지으며 황제에게 인사를 한 다음, 채옹은 굳은 표정을 짓는 왕윤을 보았다.

"허락을 받았으니 말씀을 드리겠는데요, 왕윤 씨. 사도인 당신이 상국이라는 직위를 멋대로 걷어내려는 건 이상하지요. 왜냐하면 당신은 상국보다 지위가 낮으니까요."

"그러니 폐하께 부탁드리고 있는 겁니다. 멋대로 걷어내려 한다니, 말이 심하시군요."

"그거참 실례했습니다. 그래도 역시 너무 성급하신 것 같습니다만. 겨우 하루 얼굴을 보이지 않았다고 바로 해고라니. 동탁 씨는 하루 정도가 아니었는데요."

그때까지 감정을 얼굴에 드러내지 않았던 왕윤이 처음으로 증오를 눈 속에 내비쳤다. 하지만 채옹은 가볍게 흘려넘기며 말을 이었다.

"아뇨. 사실 저희 소박데기 딸이 동백 님의 비서를 하고 있어서 사정을 좀 알고 있거든요. 감사하게도 만남이 많은 직장인 모양이라 저번에는 연달아 구혼을 받았다고 해서 부모로서는 감사하기도 하고 안절부절못하기도 하고요. 나이 들어서 얻은 아이라 귀엽디귀여우니……."

"공적인 일에 개인적인 일을 엮는 것은 바람직하지 못하지요."

"어이쿠, 실언이었나요? 못 들은 것으로 해주시지요. 죄송합니다, 참."

채옹은 왕윤뿐만이 아니라 늘어서 있던 신하들에게도 손을 휘둘렀다. 그는 마치 길거리를 돌아다니는 아저씨처럼 투박한 몸짓으로 고개를 쓱 한 번 돌리더니, 정치가의 얼굴로 왕윤과 마주 보았다.

"그래도 말이죠, 왕윤 씨. 부모인 제가 이런 말을 하긴 좀 그렇지만, 제 딸인 염은 재주가 좋습니다. 그리고 저도 있지요. 상국 각하께서 부재중이라 정무에 지장이 생긴다면 저희가 그 구멍을 메꾸겠습니다. 동백 님께서 돌아오실 때까지 말이죠."

동백이 돌아온다———. 그 말로 인해 신하들 사이의 분위기가 흔들렸다. 채옹은 곧바로 이각에게 물었다.

"이각 씨. 그렇죠? 아니면 동백 님께서는 앞으로 계속 자리를 비우시는 건지?"

"아, 아니, 으음! 동백 님께서는 금방 돌아오실 겁니다! 지금은……, 저기, 상을 당하신 거나 마찬가지니 그게 끝난다면……."

"그렇군요, 상을 당하셨다고요! 혹시 동탁 님의 상인가요? 그거 큰일이군! 조부님의 죽음을 애도하는 것은 유의 예에도 합당하니……, 동탁 님의 상이라고 하면 마음이 편하지 않을 자도 혹시 있을지 모르니까요……."

채옹은 의미심장한 눈빛으로 신하들을 둘러보았다. 자기도 모르게 눈을 피한 사람은 한두 명이 아니었다.

"그러한 자들에게도 배려를 게을리하지 않으시다니, 역시 상국 각하시군요. 왕윤 님께서는 어떻게 생각하시는지?"

어떻게고 뭐고. 한을 유린한 마왕의 상을 치르다니, 용납되지 않을 부덕이다.

하지만 그때 왕윤은 그 누구도 보고 있지 않았다. 이매망량이 꿈틀대는 정치 세계에서 살아온 그는 신하들의 마음이 자신에게서 떠나갔다는 사실을 느끼고 있었다. 그로 인해 목적을 달성하지 못한다 하더라도 왕윤의 뜻이 꺾일 일은 없기에 조금도 당황하지 않았다.

오늘, 마왕의 계보에 종지부를 찍지 못한다 하더라도 다음 기회가 있다.

"……상국 각하의 효심에는 저 왕윤도 감복하였습니다."

◇

궁전 바깥에서는 채염이 걱정하는 기색으로 아버지를 기다리고 있었다.

척 보기에는 양갓집 규수이기 때문에 그런 소녀가 일행도 없이 혼자 있으면 눈에 띌 수밖에 없다. 아버지인 채옹이 마찬가지로 일행 없이 혼자 문을 나서자, 채염은 곧바로 강아지처럼 뛰어갔다.

"파파! 어땠어?!"

"물론 잘 끝냈고말고."

"와~! 하오! 역시 염염의 파파~!"

"하하하. 사람 눈이 있는 곳에서 너무 그렇게 끌어안지 말거라, 시집도 안 간 딸이."

"아~, 그런 말을 하는 파파는 하오가 아니야~."

"그래, 그래. 미안하다. 토라지지 말려무나."

문지기가 수상쩍게 바라보는 가운데, 그는 채염을 떼어 놓았다. 나이에 비해 까불대는 딸이라 아버지로서는 고민거리다.

"그래서, 그쪽 일은 어떠니."

"한동안이라면 동백 쨩이 없어도 일은 돌아갈 것 같아~. 공사 쪽은 띅허 메이웬티(문제없고). 처음부터 제도를 그렇게

설계한 것 같아. 역시 동백 쨩은 대단해.”

“그거 잘 되었구나. 큰소리를 쳐놓고 엇나가면 안 되니 말이다.”

“아, 그리고 말이지. 동백 쨩을 어디로 끌고 갔는지도 알아냈대. 이제 이각찡하고———.”

채옹이 딸의 머리 위에 주름진 손바닥을 올려놓았다.

“그건 그쪽에서 알아서 해다오. 나는 손님 상대를 좀 할 테니까.”

채옹은 돌아보며 그렇게 말했다.

문 건너편에 노인 한 명이 서 있었다. 좀 전까지 채옹과 토론을 하던 노인이었다.

딸을 돌려보낸 채옹과 왕윤은 다른 곳으로 자리를 옮겼다. 권모술수가 소용돌이치는 역사를 지닌 장안 궁전에는 밀담을 나누기에 안성맞춤인 곳이 여러 군데 있다. 예를 들어 미로처럼 복잡한 궁전의 한구석. 직각으로 구부러진 모퉁이에 둘러싸인, 밀실 같은 복도 등이 그렇다.

“타락하셨군요, 채옹.”

멈춰 서자마자, 왕윤이 그렇게 말했다.

“마왕, 동탁의 공포에 낙양의 모든 사람이 겁을 먹었던 무렵, 당신은 대놓고 그 마왕의 폭거를 나무랐습니다. 그 담력에 모두가 혀를 내둘렀지요. 그런 당신이 지금은 마왕의 손녀에게 꼬리치는 개라니,”

"바뀐 건 아무것도 없어요. 자신이 올바르다고 생각한 것을 말했을 뿐. 상대가 마왕이든, 사도인 당신이든 다르게 없는 서가의 긍지라는 겁니다."

"침묵이 올바를 때도 있다, 그렇게 생각하진 않으시는지요."

"입을 다물면 그 대신 붓이 적게 될 겁니다. 황송하게도 폐하께 붓을 받은 자로서 당신의 음모가 같은 모습까지 남김없이 적게 되겠지요."

종잡을 수 없는 채옹의 얼굴 거죽 안에서 오랫동안 조정에서 살아온 정치가의 얼굴이 드러났다.

"당신, 동백 씨에게서 은화를 빼앗았던 도적과 관계가 있었죠?"

"…………."

"제가 단순한 기록 담당자인줄 아셨습니까. 무언가를 적기 위해서는 무언가를 알아야만 하지요. 수도에서 일어나는 일에 대해서는 당연히 귀를 기울이고 있답니다. 천하의 중대사뿐만이 아니라 보잘것없는 것들부터 요사스러운 이야기까지요."

채옹은 그렇게 말하며 주름지고 넓은 이마를 손가락 끝으로 툭툭 두드리고 있었다.

"그랬더니 신기하게도 예전까지는 보이지 않던 것들이 보이더군요. 점과 선 사이에서 상이 떠오릅니다. 당신의 수상쩍은 움직임이. 청렴한 사도님치고는 도적에 대한 대처가 너무 둔하지 않았습니까. 당신이 우두머리인지는 모르겠습니다만, 도적 건에 관여를 했다는 건 확실하지요. ……혹시 동백 님의 행방이 묘연해진 건에도 끼어드신 것 아닌지?"

침묵을 지키는 왕윤을 덩치가 작은 채옹이 올려다보며 탄식했다.

"왕윤 씨. 당신은 훌륭하신 분이요. 이 한이 얼마나 궁지에 처했는지 사도인 당신이 그 누구보다 통감하고 계시겠지요. 당신처럼 능력이 있는 사람이라면 얼마든지 살아갈 방법이 있을 터인데, 물러나지도 않고 봉공하고 계시죠. 그 충성심은 반드시 제 붓이 적어서 남길 겁니다. 한의 위기를 지탱한 충성스러운 자로서요. 사도답지 않은 장난으로 이름을 더럽히지 마시오."

"……제 이름을 걸고 거래를 하자는 겁니까?"

"거래 같은 게 아니라, 진심으로 하는 칭찬과 충고입니다. 자신의 행동이 후세의 눈에 어떻게 보일지 잘 생각해보시지요. 낡은 이상을 고집하다 주군을 해친 어리석은 자, 그리 매도당하는 건 원하지 않으실 터인데."

"제 명성 따위는 중요하지 않습니다. 그저 한의 앞날만이 중요할 뿐이지요."

"글쎄요. 사람에게 맑고 탁한 것이 있다면 당신은 틀림없이 맑은 사람일 겁니다. 하지만 자신이 생각하는 만큼 내가 전혀 없는지."

"맑고 탁한 것이 아니라, 한을 섬기는 신하로서의 마음가짐 문제요. 당신은 동백의 전횡을 아무렇지도 않게 생각하는 겁니까?"

"저도 유학자 나부랭이이니, 여자아이의 정치에는 마음에 걸리는 것이 있습니다. 성인께서 남기신 말 중에는 암탉이 어쩌고저쩌고 하는 말도 있으니까요. 그래도 말이지요, 수단을 가리다가는 이렇게 약해진 나라를 구할 수는 없다고 생각합니다."

"그건 궤변입니다. 정치를 맡은 자로서 우려해야 할 것은 나라의 강약이 아닐 터인데요. 덕으로 정치를 하고, 유가 나타내는 올바른 세상을 실현할 뿐. 부덕을 방치하는 나라에 하늘이 구원의 손길을 내밀겠습니까? 백성에게 규범을 보일 수 있겠습니까?"

"그거 금언(金言)이군요. 당신은 정말로 올바른 분입니다, 왕윤 님. 어차피 저는 서가에 불과하겠지요. 국가의 붓을 맡은 제 눈에는 이 나라의 앞날이 어둠으로밖에 보이지 않습니다. 당신이 말하는 올바름으로는 완전히 비출 수 없을 정도로 진한 어둠입니다."

후힛, 하고 채옹은 딸처럼 애교 있는 미소를 지었다.

"하지만 말이지요, 마왕의 손녀는 무슨 이유인지 그 어둠을 내다볼 수 있는 모양입니다. 그렇다면 한을 더욱 오래 살릴 수 있는 것은 어둠에 갇히지 않는 눈이겠지요. 저는 그것을 적어서 후세에 남기고 싶은 겁니다. 그 판단이

옳았는지 여부는 후세의 판단에 맡기면 될 터이고."

왕윤은 채옹을 싸늘하게 내려다보고 있다가 잠시 후에 눈을 감았다.

"……당신의 말을 믿도록 하지요. 절반 정도는."

"어라, 절반만요?"

"당신이 동백을 감싸는 이유는 절반이 나라를 생각하기 때문. 나머지 절반은 지켜보고 싶을 뿐 아닙니까. 그 역사상 유례를 찾아볼 수 없는 아이가 대체 무슨 일을 해낼 것인지."

흐헤헤, 채옹은 딱딱한 웃음소리를 냈다.

"다 꿰뚫어 보고 계셨다니, 정말 대단하십니다그려. 동탁도 적을 보람이 있는 남자였습니다만, 손녀도 그 못지않지요. 정말, 붓으로 살아가는 처지에서는 보람이 있습니다. 사마천도 저승에서 부러워하겠지요."

"당신의 그런 구석이……, 아뇨, 이제 됐습니다. 저는 다시 일을 하러 가보도록 하겠습니다."

왕윤은 고개를 숙여 인사한 뒤 채옹에게 등을 돌렸다.

그리고 잠시 걷다가 멈춘 다음, 돌아보며 말했다.

"……동백을 인정한 건 아닙니다."

"알고 있습니다. 네, 사도님."

멀어져가는 왕윤의 모습을 채옹은 경의를 담아 바라보았다. 왕윤만큼의 명성을 지닌 정치가쯤 되면 몸에 두르는 위엄이 엄청나다. 일반인이라면 그 위엄을 느끼고 엎드리거나, 그를 빈틈없는 성인군자라고 천진난만하게 믿어버리릴 것이다.

그럴 리가 없다. 저래 봬도 동탁 정권 아래에서 치고 올라간 관료다. 그런 남자가 한 왕조에 대한 충성으로 몸을 바치는 모습을 보며 채옹은 마치 동정 같은 감정을 느끼고 있었다.

"……뭐, 제가 할 수 있는 일은 다 했습니다. 이제 젊은 녀석들에게 맡기도록 할까요."

~마왕 영애로 시작하는 삼국지전~

3장 동백 쨩, 복병이 되다.

전기물이나 역사 대하 드라마에서 뜨거운 전개라고 하면 작은 세력이 대군에게 승리하는 자이언트 킬링이다.

그때 자주 쓰는 전술이라면 역시 복병일 것이다. 아군 부대를 미리 숨겨서 배치해두고 기습을 가하는 작전. 허를 찔려 놀란 적은 계획이 흐트러져 도망치게 된다. 삼국지로 따지면 꽈앙, 징이 울리고 관우가 등장하면 '으엑'이라는 소리를 내는 그거다.

그렇게 삼국지에서 단골인 복병을, 내가 이끌게 될 거라는 생각은 해보지도 못했다.

"이런 전투는 별로 경험이 없단 말이지. 양주는 평원이 많잖아? 기병들끼리 정면으로 맞부딪혀서 더 많이 죽는 쪽이 패배라는 느낌이라서. 야, 이봐, 듣고 있어?"

나기나타 같은 무기를 들쳐멘 염행이 신이 나서 들뜬 목소리로 말하고 있다. 우리 뒤쪽에는 수십 명이 우리와 마찬가지로 수풀 속에 숨어 있고, 그 밖에도 수십 명 단위의 병사들이 마찬가지로 수풀 속, 덤불이나 푹 파인 지형을 골라 숨어 있다. 숲을 통과하는 길을 둘러싸는 배치다.

나는 지금, 그러한 복병 부대의 지휘를 맡고 있다.

이 숲으로 유도당한 원소군 부대에게 기습을 가해 섬멸하거나, 최소한 격퇴하는 것———, 그것이 조조가 나와 염행에게 내린 명령이었다.

"염행은 그렇다 치더라도 왜 나까지……."

이쪽으로 오고 나서 사람들의 죽음이나 폭력 사태를 계속 목격했지만, 여전히 익숙해지진 않았다. 가능하다면 그런 것들로부터는 거리를 두고 싶다.

"안심해라. 내 근처에 있는 한 지켜줄 테니까. 조조에게도 부탁받았고."

"그래도 전선인 건 마찬가지잖아요……."

"시끄러워. 내가 너 정도 나이였을 때는 전장에 가고 싶어서 어쩔 줄 몰랐다고."

──내가 너 정도 나이였을 때는 집 밖으로 나가고 싶지 않아서 어쩔 줄 몰랐는데.

나는 이런 최전선에 나서는 것을 여러 가지 의미로 납득할 수가 없었다. 조조가 동백을 데리고 온 건 결코 장수로서의 가치를 기대했기 때문이 아닐 것이다. 이 지시는 조조의 애드리브 같은데, 목적이 무엇인지 전혀 알 수가 없다.

그것보다 더 불안한 건 싸울 상대가 원소인 것 같다는 사실이었다.

원소라고 하면 반동탁 연합의 리더이자 이 세계에서는 반동백 연합의 우두머리였던 남자다. 조조와 원소가 맞부딪히는 건 한참 나중 일일 텐데.

역사가 어긋나기 시작하고 있다.

한수의 부하인 염행이 조조와 손을 잡았다는 것도 처음

듣는 이야기고, 내가 아는 삼국지가 원래의 역사와는 거리가 멀어져가고 있는 듯했다. 동백의 생존으로부터 시작된 역사의 왜곡이 커다란 변화를 만들어내고 있다.

"……이봐, 꼬마 상국. 딱딱한 표정 짓지 말라고. 어차피 시시한 생각이나 하고 있겠지? 꼬맹이는 바보 같은 생각이나 하면 돼. 도마뱀 다리를 모조리 떼어내고 싶다거나, 양고기를 배부르게 먹고 싶다거나."

"생각하고 있다는 걸 짐작했으면 방해하지 말라고요. 그리고 꼬마라고 부르지도 마세요. 그렇게 부를 때마다 조조가 미묘한 표정을 지은 거 눈치채지 못하셨나요?"

"진짜? 그러고 보니 그 녀석은 키가 작았지. 와하하."

──섬세하질 못해…….

염행이 그런 말을 내뱉은 직후에 병사가 몸을 숙인 채 빠른 걸음으로 다가왔다. 조조가 빌려준 병사라서 혼나게 될 줄 알았는데, 그게 아니었다.

"적이 옵니다. 병사들의 숫자는 저희와 거의 비슷합니다. 신호가 오는 대로 공격하려 합니다만, 괜찮을까요."

"아, 네……."

나는 이제 마음대로 하라는 기분으로 말한 다음, 물었다.

"저기, 신호라면 뭔가 울리거나 하나요?"

"때에 맞춰 감시하던 자가 징을 울리게 되어 있습니다."

쫘앙, 쫘앙, 소리가 울리며 복병이 등장……, 삼국지스럽다. 그렇게 생각하니 좀 신이 나기 시작했다. 폭력은 흥으로 넘어서자. 그렇게 하자.

염행을 비롯한 병사들이 숨을 죽인 채 적이 오기를 기다렸다. 전장에 나선 경험은 처음이 아니지만, 복병으로서 적이 오기를 기다리는 압박감은 전장에 임하는 긴장과는 다르다. 적에게 들키면 안 된다는 의식이 몸을 딱딱하게 만들었다.

그런 나와는 달리 병사들 중에서 두려움이나 초조한 기색을 드러낸 사람은 아무도 없었다. 조조군의 뛰어난 실력을 엿볼 수 있었다.

염행은 멍한 표정으로 숲에 난 길을 바라보고 있었다. 따분한 게 아니라 집중하고 있는 것 같았다. 복병 경험이 별로 없다고 하면서도 나름대로 적응한 모양이었다.

잠시 후, 땅울림 같은 소리가 다가왔다. 수백 명 분량의 발소리와 숨소리.

원소군 부대가 숲에 난 길을 따라 다가온다. 긴장으로 인해 시간 감각이 이상해진 건지, 처음에는 실루엣으로만 보이던 적 병사들은 벌써 얼굴을 알아볼 수 있을 정도로 가까이 다가와 있었다.

대부분 창을 든 보병. 열 명 정도 되는 기병이 대열을 지탱하듯 섞여 있었다.

———진짜로 왔네. 어떻게 하지? 신호는? 애초에 내가 뭘 하면 되는 거지?

생각이 맴돌기만 했다. 동백은 무력한 소녀니까 적에게

덤벼드는 건 기대하지 않을 것이다. 하지만 지휘 경험도 거의 없고, 이렇게 된 이상 아무튼 어떻게든 냉정하게……, 그렇게 자신을 타이르는 동안에 징이 울렸다.

꽈아아앙!

와아아, 병사들이 수풀에서 뛰쳐나갔다. 이렇게 많이 있었나? 아군인 나조차 그렇게 생각했을 정도니 적은 얼마나 혼란스러울까. 제대로 움직일 수 있는 사람은 아무도 없었고, 주저앉아서 도망치지도 못하는 사람도 있었다.

"허둥대지 마라! 포위를―――."

태세를 바로잡기 위해 소리친 적 기병이 쇠뇌 화살을 맞고 말에서 떨어졌다. 쇠뇌병은 복병 그룹에 반드시 한 명씩 배치되어 있었고, 냉정한 지휘관을 우선적으로 저격하는 모양이었다. 역시 조조군 병사들은 전투에 꽤 익숙하다.

혼란에 빠진 원소군 병사들은 제대로 저항도 해보지 못하고 당하기만 했다.

그때 나는 지휘 같은 걸 할 상황이 아니었다. 눈앞에서 전개된 전투에 압도당해 수풀 속에서 토할 뻔했고, 염행도 아직 싸움에 참가하지 않았다.

그런 염행이 갑자기 내 목덜미를 붙잡았다.

"꼬마 상국, 가자."

"네?"

염행이 수풀 속을 뛰어가기 시작했다. 보병 대열을 거슬러 오르며 최후미로 향하고 있는 것 같았다.

"뭐, 뭐 하시는 거예요."

"뒤쪽에 무언가가 있어. 선두에 있던 녀석들은 졸개야. 즐거운 게 더 낫잖아."

"후열 쪽 적이 더 강하고 위험하다는 건가요? 싫어, 싫어, 돌아갈래!"

"하하하, 역시 즐겁구나, 전투란!"

염행은 신이 나서 멈출 수가 없다는 듯이 수풀 속을 달리더니, 잠시 후에 숲에 난 길로 뛰쳐나왔다.

염행의 말이 맞았던 모양이다. 원소군 후열에는 혼란이 일어나지 않은 채 조조군 병사들의 시체가 더 많았다. 시체는 전부 무참하게 베이고 찢긴 상태였고, 우웩을 넘어서서 끄엑이라는 느낌이었다.

구역질이 솟구친 건 시체 때문이 아니었다. 그곳에 빨간 가면을 쓴 덩치 큰 남자가 있었기 때문이다.

"과, 관우?!"

가면 밑으로는 긴 수염, 손에는 청룡언월도. 낙양에서 장안으로 천도한 뒤 처음 다시 만나게 된 것이다.

"……동백. 이 기습, 네놈의 소행이었나."

"아니에요! 오해예요! 아니, 여긴 어째서?!"

"이것도 천의. 한때 놓쳤던 불의, 이곳에서 해치우리라."

까아앙!

빨산 가면을 노리고, 옆에서 날아든 나기나타를 청룡언

월도가 받아냈다. 관우에게는 무신이라 불리기에 어울리는 독특한 오라, 위엄 같은 것이 있는데 염행에게는 아무런 상관도 없는 모양이었다.

"뭐야, 너희들 아는 사이냐아? 일단 물어보는 건데, 친구는 아니지?"

"그런 건 보통 공격하기 전에 물어보지 않나요?"

"불의를 따르는 자가 한 명 더 늘었나."

관우가 가면 너머로 그렇게 말하며 으르렁댔다. 청룡언월도로 대열 앞쪽을 가리키고, 주위의 병사들에게 말했다.

"이자들의 처치는 관운장이 맡겠다. 아군들을 도와 이 사지에서 생환하라."

"넷."

신뢰가 느껴지는 대답과 함께 병사들이 아군 곁으로 향했다. 염행은 그들을 거들떠보지도 않고, 눈앞에 있는 관우에게 표범 같은 눈빛을 보내며 말했다.

"네놈은 안 가냐?"

"웃기지도 않는군. 귀공의 눈에 깃든 흉기(凶氣)가 말하고 있다. 내가 등을 돌리면 귀공은 망설임 없이 이빨을 박아 넣을 테지."

"방금 나에 대해 논한 거지? 좋아, 죽인다."

나기나타를 내리쳤다. 관우에게는 닿지 않았다. 닿게 할 생각도 없었던 모양이다. 무기를 그대로 지면에 꽂아 넣은 염행은 장대높이뛰기를 하듯 솟구쳤다.

키가 큰 관우의 얼굴에 닿을 정도로 높은 날아차기. 양쪽 다 긴 무기를 들고 있으면서도, 매우 가까이 붙은 채 격투를 벌이려 한다————. 관우도 그건 뜻밖이었는지 반격하지도 않고 물러섰다. 벌어진 간격으로 염행이 몸을 찔러넣었다. 회전과 함께 나기나타를 들어 올린 뒤 내리쳤다.

후우우우우우우우우욱……!

가면 너머로 흘러나오는 싸늘하고 조용한 호흡. 내 눈에는 불꽃과 금속이 빛나는 것만 보였지만, 정신을 차리고 보니 두 사람이 거리를 벌리고 있었다.

나는 염행이 식은땀을 흘리는 걸 처음 보았다.

"이봐, 중원에는 너 같은 게 우글거리나?"

"그렇다면 어찌 하겠나."

"오길 잘했어."

나기나타를 다시 겨눈 염행은 무슨 이유인지 나를 보며 웃었다.

"이봐, 꼬마 상국. 어디든 상관없으니까 온 힘을 다해 도망쳐."

"갑자기 뭔데요."

"미안해. 내 예측이 어설펐어. 너를 지키면서 싸우는 건 힘들겠다고."

그렇게 말해도 이곳은 전장이니 위험하지 않은 곳은 없다. 어디로 도망치더라도 마찬가지인 것 같은데, 염행이 터무니없는 밀을 더 꺼냈다.

"이 수염하고 비슷한 녀석이 한 명 더 있는데."

크하하하하하하하하하!

웃음소리와 흙먼지.

자잘한 나무들을 박살 내며 거대한 몸집이 숲속을 가로질렀다. 휘말린 흙과 나뭇가지에 강렬한 알코올 냄새가 뒤섞였다. 그 중심에 호걸을 그림으로 그려놓은 듯한 남자가 서 있었다. 호랑이 수염과 도토리 같은 눈. 손에 든 것은 파도치는 칼날의 사모.

장비———, 유비 삼형제 중 막내이자 마지막으로 만났을 때는 조운과 호각으로 맞서 싸웠던 인물. 술을 마시면 근육이 부풀어 오르는 기묘한 체술의 달인. 부풀어 오른 근육을 보니 연료(알코올)의 저장은 충분한 모양이다.

"어엉? 너, 동백이냐? 그렇다면……."

장비는 기대가 담긴 눈으로 주위를 둘러보다가 잠시 후 실망했다.

"뭐야, 마초는 없어?"

"뭐? 마초라고 했냐? 너."

"오, 그렇지. 그렇게 괜찮은 여자는 보기 힘드니까. 또 만나고 싶은데."

염행이 분노하는 소리가 들렸다. 이마에는 푸른 핏줄이 또렷하게 드러나 있었다.

"최고로구나, 중원. 싸우는 보람이 있는 데다 열받게까지 해주는 거냐고."

"오? 해볼 테냐? 아니, 잠깐만. 너, 여자야? 어느 쪽 인데?"

크르릉!

나기나타가 회전하고, 사모가 땅을 뚫었다. 나는 그 결판을 지켜보지도 못하고 수풀 속으로 뛰어들었다. 물론 염행의 충고에 따라 재빨리 도망치기 위해서다.

관우는 나를 불의라고 부르며 집요하게 죽이려 했다. 후에 무신으로 추앙받을 정도로 대단한 남자이니 어린애 몸이 아니더라도 승산은 없다. 전장에 안전지대가 없다는 사실은 나도 알고 있긴 하지만, 관우 근처에 있으면 틀림없이 살해당할 것이다.

키가 큰 관우는 빠져나가기 힘들 두꺼운 나뭇가지 아래나 나무들이 밀집해 있는 곳을 골라 지나쳤다. 어린아이의 작은 몸집을 살려 계속 수풀 속으로 도망쳤지만, 위쪽과 뒤쪽에만 너무 신경 쓴 모양이었다. 발치, 나무뿌리 사이 움푹 패인 곳에 발이 걸려버렸다.

"으앗———."

버티는 힘이 부족해서 발이 미끄러졌다. 그런 내 머리 위를 아슬아슬하게 무언가가 스쳐 지나간 것이 느껴졌다.

주변 나무의 줄기가 잘리고, 소리를 내며 쓰러졌다. 잠깐 사이에 매우 넓은 범위의 참격이 나무들을 휩쓸었다———. 나는 비슷한 재주를 예전에도 본 적이 있다.

"도망치기로 결심하면 망설이지 않는 판단력, 어른이 쫓아가기 힘든 곳을 고르는 뻔뻔함, 그리고 악운."

관우가 쓰러진 나무를 뛰어넘어 왔다.

"역시 평범한 아이가 아니로군. 여기서 천벌을 내리지 않으면 후에 얼마나 큰 재앙을 흩뿌릴지."

"자, 잠깐만요! 한 번만, 한 번만 이야기를 나누시죠! 황제 폐하의 의견도 들어볼 필요가 있을 테니 같이 장안으로 돌아가서……."

"그럴 필요 없다. 어린아이에게 황제의 지위를 짊어지게 하는 것은 너무 가혹하다는 사실을 알았기에."

관우의 앞을 가로막는 것은 없다. 그는 내 말도 듣지 않고 청룡언월도를 든 채 다가왔다.

이럴 때, 평소에는 마초가 구하러 와주었다. 하지만 이곳은 장안에서 멀리 떨어진 곳이고, 염행은 나를 마초처럼 열심히 지켜주지 않는다.

그럼에도.

그럼에도 불구하고 나를 구해줄 사람이 있다면.

그 사람의 이름은———.

관우가 큰 몸집을 구부려 무언가를 피했다. 숲의 나무들 사이로 차례차례 무언가가 날아왔다. 관우가 주먹과 청룡언월도로 그것들을 튕겨냈고, 그중 하나가 내 발치에 꽂혔다.

———손도끼다. 자루가 짧은 소형 도끼가 차례차례 날아들고 있다.

잠시 후, 숲속에서 까만 그림자가 나무 사이를 넘나들다

툭 튀어나와 내 앞에 섰다.

관우와 비슷할 정도로 키가 크고 거무스름한 피부. 머리에는 머리카락이 하나도 없는 스킨헤드. 수염을 기른 입가에는 아무런 표정도 보이지 않았다. 나는 무심코 소리쳤다.

"진짜로 누군데?!"

"조조 님의 명에 따라 왔습니다. 화급한 상황이니 무례를 범하겠습니다."

남자는 요가 매트 크기의 두루마리를 짊어지고 있었다. 자세히 살펴보니 그것은 가죽으로 만든 것 같았다. 그가 그것을 땅바닥에 펼쳤다.

펼쳐진 두루마리 안에는 손도끼, 표(수리검), 단극(자루를 짧게 깎은 극)처럼 종류가 다양한 무기가 들어 있었다. 공통점이 있다면 전부 휴대나 투척이 가능한 크기라는 점이었다.

"제 한 몸으로 하여금 동백 님을 수호하는 진을 치겠습니다. 섣불리 움직이시면 방어에 지장이 생기니 부디 가만히 계시길."

펼친 두루마리를 향해 크라우칭 스타트 같은 자세를 취한 남자가 관우와 대치했다.

관우가 간격을 좁힌 순간, 남자의 두 손이 두루마리 위로 뻗었다. 금속음이 울린 횟수는 두 번. 청룡언월도에 튕겨 나간 손도끼와 단극이 연달아 떨어졌지만, 이어서 관우의 다리를 노리고 표가 날아갔다. 관우는 크게 뒤로 물러나 긴격을 벌렸다. 그 이후로는 움직이지 않고 남자와 두

루마리를 바라보았다.

문외한의 눈으로도 그 교착 상태의 이유를 알 수 있었다. 간격을 좁히면 관우의 승리. 디펜스 라인을 지켜내면 거무스름한 스킨헤드의 승리. 그런 게임이다.

———그래도 관우는 몸을 경화시키는 이상한 기술을 쓸 수 있을 텐데……, 왜 방어력을 내세워 밀어붙이지 않는 거지?

"……훌륭하군."

관우는 그렇게 중얼거리고는 청룡언월도를 겨누던 자세를 천천히 풀었다. 어디선가 때앵~, 때앵~, 종소리가 들려왔다.

"……이 정도의 무인과 마주친 것은 행운. 아쉽긴 하지만 지금은 객장인 신세이기에 후퇴 신호를 들었으니 돌아가야만 하겠지."

가면 너머로 어두운 두 눈이 분명히 나를 보았다.

"……반드시 다시 만날 것이다."

절대로 이루어지지 않았으면 하는 희망사항을 말한 다음, 관우가 뛰어올랐다. 거대한 몸집이 부자연스러울 정도로 가볍게 공중에 뜬 뒤 나무들 사이로 사라져갔다.

대머리 남자는 한동안 나무를 노려보고 있다가 잠시 후에 두루마리를 빙글빙글 말아서 등에 짊어졌다. 그가 나를 향해 손을 마주 모으며 인사했다.

"고생 많으셨습니다 방금 그 종소리는 후퇴 신호겠지요.

기습의 효과가 남아있는 동안에 진으로 돌아가야 할 것 같습니다. 허락해주신다면 제가 길 안내 역할을 맡을까 합니다만."

"그건 제가 부탁드리고 싶을 정도인데……, 저기, 이름을 여쭤봐도 될까요?"

그렇게 물은 건 이 남자가 이름난 영걸일 것 같다는 생각이 들었기 때문이다. 그렇지 않다면 관우를 막아낼 수 있을 리가 없다.

남자는 다시 고개를 들었다.

"이런. 먼저 자기소개를 해야 하는데, 실례를 저질렀군요. 제 이름은 전위. 조조 님을 모시고 있습니다."

전위. 조조의 호위로 이름을 남긴 영걸이다.

고대의 영웅인 '악래'라는 별명을 지니고 있으며 조조군에서 제일가는 괴력의 소유자. 최후에는 주인을 지키며 분투했고, 죽는 순간까지 적을 계속 죽였다는 호걸, 그리고 충신이기도 하다.

내 마음속의 전위란 괴력이라는 이미지가 있었기 때문에 중량 무기를 다루지 않는다는 게 약간 의외였다.

하지만 관우를 물리친 뒤에 지면에 파고든 손도끼를 주워드는 전위를 보고 다시 생각하게 되었다.

손도끼가 지면에 깊게 파고들어 있던 걸 감안하면 보기보다 무거운 모양이었다. 동백의 완력으로는 들어 올리는 것조차 불가능할 것 같다. 그런 무기를 잔뜩 짊어진 채 돌아다니고 가볍게 던질 수 있는 전위는 괴력의 소유자일 게 분명하다.

———관우가 힘으로 밀어붙이지 못할 만도 하다. 이렇게 무거운 게 팍팍 날아들면 아무리 몸이 단단하다 하더라도 충격 때문에 체력이 깎이게 된다.

나는 그런 전위의 안내를 받으며 다시 합류한 염행, 그리고 병사들과 함께 조조의 진으로 향하고 있다.

"흥, 던지는 무기냐."

내 이야기를 들은 염행의 감상은 매우 무뚝뚝했다.

술을 마신 장비와 싸운 직후임에도 불구하고 염행은 당연하다는 듯이 무사했다. 그뿐만이 아니라 뭔가 아쉬워하는 것 같은 느낌조차 들었다.

"그거라면 싸워봤자 별로 즐겁지 않을 것 같은데."

"그래도 대단했어요. 관우를 상대하면서도 전혀 다가오지 못하게 하고."

"그 녀석의 무는 정과 동으로 따지자면 정이다. 다가오지 못하게 하는 것뿐만이라면 그리 어렵지 않아. 가면을 가르기라도 했다면 대단했겠지만 말이지."

"그럼 염행이라면 전위를 이길 수 있다는 건가요?"

염행은 잠시 입을 다물더니 말 위에서 눈을 가늘게 뜬 채 전위의 뒷모습을 바라보았다.

" ……저 녀석의 힘은 그런 게 아니야. 나와는 싸우는 장소가 다르지."

"……? 그게 무슨 뜻이죠?"

"너한테 말해봤자 이해하지 못할 거다. 내가 싸우고 싶은 건 그 수염하고……, 장비라고 했나? 그 녀석들하고는 몇 번이든 싸우고 싶지! 싸우다 보면 간담이 서늘하지 않은 순간이 없다고. 지금 눈을 깜빡이면 죽겠구나, 그런 감각이 진짜 못 참겠다니까!"

……설명을 해줘도 이해하지 못할 것 같긴 하다. 그래도 삼국지 오타쿠로서 조금 흥미가 있는 화제이기도 했다.

"염행은 마초하고는 이제 싸우고 싶지 않나요?"

"뭐? 그 바보는 상관이 없잖아."

"아뇨, 장비하고 마초 중에 누가 더 강할까 싶어서."

"강하고 약한 건 어느 정도 선 위로는 다 마찬가지야. 그때의 몸 상태나 들어간 기합에 따라 얼마든지 바뀌지. 뭐, 마초는 나를 평생 이길 수 없겠지만 말이야."

"허, 그런가요?"

"아니, 너, 마초 녀석에게 뭔가 한 거냐?"

"갑자기 왜요."

진짜로 갑작스러웠고, 막연한 질문이었다.

"맞붙어보고 알았어. 그 녀석 마음속에 있던 양이 사라졌던데."

양이라는 게 뭐지……, 그렇게 생각하다가 떠올랐다. 그러고 보니 마초가 말했었다. 마음속에 양이 살고 있다고.

"양이라면 지는 버릇 말이죠? 지독하게 패배해버려서 생긴 거. 그건 마초가 알아서 극복한 거예요. 여포하고 싸워서."

"흥. 양주에서는 고생했던 주제에 이쪽에 오자마자 쉽사리 극복한 거냐고."

"……혹시 마초가 그 '양'을 마음속에 키우게 된 원인이 염행인가요?"

"뭐? 아니야. 나도 그 녀석을 여러 번 두들겨 패줬지만 말이지, 쓸데없이 쓴맛을 보여주진 않았어. 약한 녀석을 괴롭혀봤자 재미도 없고."

그렇구나. 마초를 이긴 적이 있다는 기록이 있는 사람이고, 마초의 소꿉친구인 것 같으니 염행인 줄 알았는데.

"그럼 마초는 누구에게 져서 '양의 마음'이 생긴 건가요?"

"시끄러워."

염행은 그렇게 이야기를 마무리해버렸다. ―――왠지 지뢰를 밟은 느낌이 든다.

그 이후로 우리는 미묘하게 이야기가 엇나가서 분위기가 가라앉은 채, 무사히 조조의 진지에 도착했다.

전투에 대비한 진이라는 건 반동백 연합에서 본 적이 있지만, 그것과는 분위기가 약간 달랐다. 그때 연합의 진에서 보였던 느슨함이 여기에는 없다. 그 진은 장기전이라 병사들의 마음이 풀어진 것도 있었겠지만, 애초에 병사들의 시기라고 해야 하나 의식이 다른 것 같았다.

"돌아왔나."

막사로 안내받아 가보니 조조는 책상 앞에 앉아 서류 업무를 보고 있던 참이었다. 옆에 있던 하후돈이 맞이해 주었다. 뜻밖에도 친근한 태도로.

"둘 다 잘했다. 그 가면 무장은 원소군의 객장인데, 동생도 그렇고 꽤 골치 아픈 상대라서 말이지. 너희가 그 녀석을 붙잡아두는 동안에 이쪽은 노리던 거점을 함락시킬 수 있었다."

"이봐, 나를 건드리지 마."

어깨에 뻗은 손을 쳐내며 염행이 불쾌하다는 느낌을 마구 드러냈다. 부드럽던 분위기가 단숨에 무너졌고, 하후돈이 분노하며 오른쪽 눈을 크게 떴다.

"네놈, 뭐라고?"

"뭐? 건들지 말라고."

하후돈과 염행이 코앞에서 서로를 노려보았다. 일촉즉발의 분위기 속에서 안절부절못하는 나와는 달리 조조는 유유히 서류 업무를 계속 보았다. 조조가 목간을 내려다보고 붓을 움직이며 말했다.

"돈, 동백 님과 할 이야기가 있다. 자리를 피해다오."

"바보 같은 소리 하지 마라, 맹덕. 이 양주인이 무슨 짓을 할지 모르는데."

"전위가 있으면 문제없어."

그 말대로 전위는 어느새 그림자처럼 조조 옆에서 대기

하고 있었다.

"그리고 염행 님은 그렇게까지 어리석지 않을 거다."

"알 바냐. 아니, 내가 여기 있어도 되는 거야?"

"오히려 있어줬으면 하는데. 자네와도 상관이 있는 이야기니까."

"쳇……, 골치 아플 것 같은데."

염행은 조용히 그렇게 중얼거렸지만, 그(그녀?)가 있어준다고 하니 안심해버린 나 자신이 한심하다. 훨씬 공격적이긴 해도 염행에게는 마초와 비슷한 분위기가 있다. 그래서 어느새 염행을 마초 대신처럼 여기게 되어버렸다.

———사실 이 녀석들은 나를 납치한 유괴범이란 말이지.

상황은 전혀 나아지지 않았다. 나는 유괴범에게 잡혀 있고, 이미 목숨이 위험한 현장에 한 번 내몰렸다. 조조가 말한 '써먹을 길'———, 앞으로 어떤 게 마련되어 있을까 생각하니 암담한 심정이었다.

하후돈이 나간 뒤에도 조조는 계속 서류 업무를 진행했다. 이번에도 붓을 움직이면서.

"자, 염행. 자네의 활약은 훌륭했어. 강적과 마주쳤는데도 도망치지 않고 싸운 데다 살아서 돌아왔지. 그 무용과 성의에 감사하마. 물론 예전부터 약속했던 한수 님과의 협력도 잊지 않았다."

"나는 마등의 일족이 으스대는 게 마음에 들지 않았을 뿐이야. 당신들이 한수 님을 위해 뭔가 해줄 거라는 기대는 안 한다고. 이곳은 양주에서 너무 머니까."

"먼 게 더 좋을 때도 있지. 원교근공(遠交近攻)은 외교의 기본이다. ……그리고 동백. 네게 확인하고 싶은 게 있다."

역시 그렇게 나오는구나. 나는 긴장했다. 조조는 붓을 내려놓고 고개를 들었다.

"그 관우라는 남자는 정체가 뭐지?"

"저한테 물어도……, 제 친구 같은 게 아닌데요."

"네가 예전에 관우를 저택으로 초대했다는 사실은 알고 있다."

────어떻게 아는 거야? 무섭네. 그거 낙양에서 있었던 일이잖아.

"제가 관우 님을 초대한 건 회유하기 위해서였어요. 그냥 거절당했고, 살해당할 뻔했죠."

"호오……, 그런 남자인가? 무용만 뛰어난 것이 아니라 대장군의 그릇이로군."

조조는 고개를 저으며 천장을 올려다보았다.

"그 정도의 남자가 무명이었다니, 믿기지 않는군. 아쉽게도 원소에게는 그자를 다룰 만한 기량이 없다만……, 전위. 너라면 그 남자를 해치울 수 있겠나?"

"정병(精兵) 백 명을 빌려주시고, 1년의 유예를 주신다면 해치워 보이겠습니다."

"네가 1년이나 자리를 비우게 되면 곤란한데."

"아뇨, 두 번 다시 돌아오지 못할 겁니다. 성공한다 하더라도 반드시 동귀어진할 터이니."

"말도 안 되는군."

"나한테 부탁하라고. 내가 죽여주마. 어느 한쪽이 죽을 때까지 싸우는 건 즐거울 것 같으니까 해보고 싶어."

염행이 그렇게 말했지만, 조조는 전혀 귀를 기울이지 않았다.

"역시 관우는 죽이기보다 써먹는 쪽으로 생각해야겠군. 동백의 권유를 거절했다면, 지위나 돈으로 움직이는 남자가 아닐 테고."

나는 진지한 표정으로 검토하는 조조를 보고 무언가를 떠올렸다. 조조에게는 관우가 마음에 들어서 부하로 맞이하려 한 일화가 잔뜩 있다.

조조는 온갖 수단을 동원해 관우를 회유하려 하지만, 관우는 그 모든 것을 쳐내고 유비에 대한 충의를 계속 지켰다. 유비의 처자식을 인질로 잡혀서 한때는 조조의 부하가 되기도 했지만, 의리를 다한 뒤에는 주군 곁으로 돌아갔다. 유명한 '관우천리행'이다.

조조 말대로 관우는 돈이나 지위 때문에 움직이지 않는다. 관우를 움직일 수 있는 것은 의협, 그리고 관우 자신과 일심동체라 할 수 있는 형, 유비와의 유대감뿐. 유비도 아마 원소 밑에 있을 것이다. 그렇다면 유비를 꼬시는 것 정도밖에 방법이 없는데, 나는 낙양에서 그 방법을 쓰다 실패해서 죽을 뻔했다.

"그 정도로 뛰어난 무예, 원소 때문에 묻히는 것은 아깝지. 뭔가 방법이 없겠나?"

"없네요."

어그로를 끈 동백을 산 제물로 바치면 마음에 들어 할지도 모르겠네. 물론 그런 생각을 말할 리가 없다. 삼국지에서 관우에 대한 조조의 집착을 생각하면 진짜 그럴지도 모르기 때문이다.

"그런가……, 뭐, 됐다. 좀 전에 원소가 회담을 신청했다. 그때까지 관우의 마음을 끌 책략이 있다면 말해줬으면 좋겠는데."

"회담? 화친을 맺는다는 건가요?"

"그래, 우리가 전장에서 한 발짝 앞서나가자마자 사자를 보냈더군. 역시 행동이 빨라. 평범한 것처럼 보이면서도 의외로 무서운 남자다. 실제로 만나보면 무슨 뜻인지 이해가 될 거다."

"……만나다뇨."

"물론, 회담에는 너도 참석시킬 예정이다만."

원소. 자는 본초.

조조의 소꿉친구이자 반평생의 라이벌. 이 세계에서는 반동탁 연합 및 반동백 연합의 리더였던 인물. 그것을 와해시키는 책략을 쓴 내게 아마 화가 났을 사람.

───우와~, 유명인인데도 전혀 만나고 싶지 않아.

"겸손해할 필요는 없다. 너는 이미 원소군과 맞서 싸웠으니 어엿한 당사자다. 상국이라는 신분을 고려해도 회담에 참가할 자격은 충분할 터인데."

"……그런 거였나요?"

내가 갑자기 전투를 벌이는 최전선에 내팽개쳐진 이유를 알게 되었다. '한 왕조의 상국이 조조 쪽에서 전투에 참가했다'라는 기정사실. 그것을 얻기 위해 내게 부대를 떠넘긴 것이다.

"그 회담이라는 게 끝나면 장안으로 돌아가도 되요?"

"검토해보지."

──아, 안 보내주겠다는 거네. 야근을 시키려던 상사 (전생)하고 똑같은 표정을 짓고 있으니까.

"뭐가 어찌 됐든 고생이 많았소, 상국 각하. 막사를 제공할 테니 회담까지 쉬시길."

나를 위해 마련된 막사는 조조의 것과 비슷할 정도로 넓은 데다 의외로 깔끔했다.

전시에 사용하는 숙소인 막사는 당연하게도 검소했지만, 나름대로 신경을 써준 모양이었다. 남자들에게는 필요가 없을 것 같은 화장대나 거울이 놓여 있기 때문이다.

──그렇다면 근처에 도시가 있는 건가? 도망치면 어떻게든……, 안 되려나.

"휴……."

마찬가지로 나를 위해 마련한 것 같은 호화로운 침대에

누웠다.

혼자 남은 건 꽤 오랜만이다. 하지만 막사 주위에는 병사들이 여러 명 서 있었다.

그들은 내 몸의 안전을 보장하는 것과 동시에 내가 도망치지 못하게끔 감시하는 역할도 맡고 있다. 사실상 감금이다. 하지만 유괴 & 감금당한 불안보다 전투와 여행으로 인한 피로감이 훨씬 더 컸다. 나는 곧바로 잠에 빠져들었다.

……얼마나 오랫동안 잠들어 있었을까.

전생에서 상사에 다니던 시절의 꿈을 꾼 것 같은데, 내용은 기억나지 않는다.

그 꿈은 강렬한 복숭아 향기로 인해 가로막혔다.

"좋은 아침이에요, 동백 쨩."

"……초선?!"

눈을 뜨자 제일 먼저 보인 것은 내가 머릿속에 떠올린 여자의 얼굴. 하지만 여기에는 있을 리가 없는 얼굴이었다.

"어떻게 여기? 당신은 장안에……, 아, 혹시 유괴당한 게 전부 꿈이었나? 여기는 아직 장안의 저택이고? 그렇겠죠~. 조조가 순유 행세를 하면서 동백을 납치하다니, 황당무계한 것도 정도가 있지."

"…………."

"그렇죠?"

초선은 입을 다문 채 방긋방긋 웃고 있다. 그 이전에 내가 지금 있는 곳이 아무리 봐도 내 방이 아니라 막사 안이었기에 나도 현실로 눈을 돌려야만 했다.

"……어째서 여기 있는 건데요."

"어머, 잊으셨나요? 저는 술법을 다소 다룰 수 있다고 말씀드렸을 텐데."

그랬지. 이 녀석은 나를 이 시대로 보낸 원흉이자 순간이동이 가능한 타입이었다.

"아, 그럼 저를 데리러 와주신 건가요?!"

"네? …………아, 그 생각은 못 했네."

───뭐 하러 온 건데.

"사람 한 명을 데리고 장안까지 날아가는 건 어려워요. 저처럼 무력한 아가씨에게 할 요구가 맞는 건지?"

"진짜로 뭐 하러 온 건데요."

"당신의 위치를 확인하고, 보고를 드리려요. 공사나 조정이 어떻게 되었는지 걱정되죠?"

"딱히……, 공사는 채염이 있으면 어떻게든 될 테고, 정무는 왕윤 님이 있으니까요."

"어머, 의외로 낙천가시네."

"믿을 수 있는 인재가 있으니까요. 하지만 그와 비슷할 정도로 불안 요소도 있는데……."

고개를 갸웃거리는 초선에게 확인하고 싶은 것을 물었다.

"여기는 허창 근처 아닌가요?"

"눈치가 빠르네요. 허창에서 걸어서 한나절 정도 걸리는 곳이에요. 당신을 찾는 김에 행상인에게 이야기를 들어보았는데, 원소 군의 공격을 조조군이 물리쳤다고 했어요."

허창, 조조의 근거지다. 역시 조조는 자신의 거점으로 나를 데리고 온 모양이다. 그리고 원소로부터 허창을 지키기 위해 이용했다. 이곳은 적을 공격하기 위한 것이 아니라 방어하기 위한 진이다.

"한 가지 더 질문할 게 있는데요……, 장안에서 저를 구하기 위해 군대를 움직이려 하지 않나요? 이각이나 마초 같은 사람이."

"그러고 있죠. 주로 그 두 사람이."

기분 나쁜 예감이 적중해가고 있다. 역사에서도 폭주하는 경우가 많았던 두 사람이다. 양쪽 다 억눌러주는 사람이 없으면 과격한 행동에 나설지도 모른다.

"반드시 막아주세요. 지금 이 타이밍에 조조를 공격하는 건 최악이에요."

"그래도 적이잖아요? 당신을 유괴하기도 했고."

"그렇다 해도, 저는 아직 살해당하지 않았어요. 가능하다면 관계를 수복하고 싶고, 최소한 전쟁은 피해야죠."

아마 동원할 수 있는 모든 병력으로 따지면 우리 진영이 더 많겠지만, 인재의 능력을 따지면 조조군이 더 나을 것이다. 우리 진영에서 빠져나간 서황, 가후 같은 사람이 조조의 가신이 되었다면 우리가 패배할 가능성도 충분히 있다. 그런 리스크는 무릅쓰고 싶지 않다.

"자신을 유괴한 조조와 동맹을 맺을 생각인가요? 꽤 대담하시네."

"동맹까지는 아니더라도 건전한 물류를 유지할 수 있는 관계는 유지해두고 싶어요. 그렇게 경제적으로 이어진 관계가 되어서 공사의 힘 없이는 영지 경영을 하지 못하는 상황까지 몰고 가는 거죠."

"어머, 지독하시네. 하지만 저한테 부탁할 일은 아닌데요. 전쟁을 막으라니."

"뭐라도 있잖아요, 술법이나 미인계 같은 거."

"제가 어떻게든 할 수 있었다면 애초에 당신을 환생시키진 않았을 거예요. 당신을 이 시대로 부른 건 전란을 끝내고 천하를 잠잠하게 만들기 위해서죠. 당신은 제가 하지 못하는 일을 해주셔야 하는데."

알고 있긴 했지만, 초선은 기본적으로 방관자다. 나를 부추기긴 해도 도와주지는 않는다. 일부러 나를 찾으러 온 것만으로도 신기할 정도다.

"단, 이번은 꽤 비상사태인 것 같으니……, 이곳에서 도망치는 데 협력하는 것 정도는 해줄 수 있어요."

"정말로요? 꼭 좀 부탁드릴게요!"

이각과 마초가 조조군과 충돌하기 전에 합류하기만 하면 된다. 그들과 함께 장안으로 돌아가기만 하면 그 뒤로는 말재주로 어떻게든 넘길 수 있다.

"그래도 제가 같이 있으면 순간이동을 할 수 없는 거죠? 어떻게 할 생각이에요?"

"그러게요……."

초선은 그렇게 말하고 눈을 감았다. 가만히 선 채 명상하는 게 아니라 집중해서 무언가를 하고 있는 것 같은 눈치였다. 목의 문신이 물에 녹은 것처럼 희미하게 번지기 시작했기 때문이다.

잠시 후 초선이 눈을 뜨고 손뼉을 치자 문신은 원래 모습으로 돌아갔다.

"……이 진지에 상인이 드나드는 모양이네요. 당신이 예전에 반동백 연합 진지에 숨어들었을 때 썼던 방법은 어떨까요. 상인이 드나들 때 숨어드는 거죠. 어때요?"

"방금 그거, 천리안이라는 건가요?":

"음, 글쎄요."

둘러대긴 했지만, 정답인 게 틀림없다. 그럼 이 여자는 진짜로 초능력을 쓸 수 있는 거잖아. 이제 와서 정색해버렸다. 환생이나 순간이동은 결과만 봤으니 감이 오지 않았지만, 그 과정을 봄으로써 새롭게 실감하게 되었다———. 이 녀석, 진짜로 인간이 아니네.

"제가 상인과 감시하는 병사들을 홀———, 설득할게요. 그들의 허를 찔러서 당신이 짐에 숨는 거예요. 언제든 도망칠 수 있게끔 준비해두는 게 좋겠죠. ……마침 마중 나온 사람이 있네요."

"이봐, 꼬마 상국. 조조가 부른다."

막사 입구 쪽에서 염행의 목소리가 들렸다. 나를 데리러 온 모양이다. 원소 쪽 사자와 하기로 한 회담 건 때문일 것이다.

"지, 지금 가요!"

대답을 하고 나서 돌아보니 그 한순간에 초선은 흔적도 없이 자취를 감추었다. 인간이 아니니 자유롭게 모습을 드러내거나 없앨 수도 있다. 정말 부럽다.

나도 회담 같은 것에 끌려가기 전에 자취를 감추고 싶지만, 아무리 그래도 시간이 없다. 어떻게든 회담을 마치고 조조가 다음에 또 터무니없는 짓을 시키려 하기 전에 초선의 힘을 빌려 도망친다. 이거다.

나는 탈출 계획을 가슴에 품고 복숭아 향기가 감도는 막사를 나섰다.

동백이 떠난 막사. 그 뒤쪽에는 말라비틀어진 나무가 있었다. 앙상한 나무라 사람이 몸을 숨기기에는 두께가 충분하지 못하다. 수분을 잃고 약해진 나무의 가지는 체중을 실으면 간단히 부러질 것 같았다. 그게 어른이라면 말이다.

땅바닥에 드리운 나무 그림자에는 부자연스럽게 부풀어 오른 부분이 있었다. 그것은 사람 형태이며, 보아하니 소녀의 그림자였다.

"……상인의 짐에 숨어든다. 흐음. 이건 써먹을 수 있겠어."

순찰을 도는 병사가 그곳을 지나쳤을 무렵에는 이미 쓸

쓸한 나무의 그림자만 남아 있을 뿐이었다.

◇

조조와 원소의 회담은 과거의 싸움터에서 이루어졌다.

평지 안에 불룩 부풀어 오른 구릉지이며, 양쪽 다 지리적 이점을 얻기 위해 이곳에서 거친 싸움을 벌인 흔적이 있었다. 나와 염행을 복병으로 부려먹는 동안 결전이 이곳에서 이루어진 게 아닐까 하는 생각이 들었다.

아무튼 지금은 그 언덕 위에 막이 쳐져 회담 장소가 마련되어 있다. 마련된 접이걸상은 양쪽에 두 개씩. 다시 말해 회담의 출석자는 네 명뿐인 모양이다.

──좀 더 많이 참가할 줄 알았는데, 이쪽 인원이 조조 말고는 나뿐이야……?

양쪽 병사들은 막 바깥에서 대기하고 있다. 그리고 검을 휘둘러도 닿지 않는 맞은편, 접이걸상 두 개에 두 사람이 앉아 있었다. 원소, 그리고 딱히 특징이 없는 평범한 외모지만 나는 잊을 수 없는 청년……, 유비였다.

──관우가 원소군에 있던 시점에서 상상하긴 했지만, 역시 있었구나.

원소와 유비가 손을 잡은 시기도 있었겠지만, 그건 연합 해산 직후인 지금이 아니었을 텐데.

역시 내가 알고 있는 삼국지 역사가 어긋나기 시작하고

있다. 초선은 아무런 말도 하지 않았는데, 그녀가 예상한 범위는 어디까지일까.

"아, 조조 님. 양쪽 다 수행원을 한 명씩 데리고 오자는 약속이었는데……, 설마 어린아이를 데리고 이곳에 올 줄은 몰랐군."

원소는 비꼬는 듯이 어깨를 으쓱이며 말했다.

이번에 처음 만나는 사이였지만 상상했던 모습에 가까웠다. 핸섬하다고 할 수 있을 정도로 우아한 이목구비, 세련되어서 귀에 거슬리지 않는 목소리, 약간 거슬릴 정도로 거만한 태도.

명가의 후계자라고 해도 납득할 수밖에 없는 사람이다. 그런 후계자 원소에게 조조가 담담한 목소리로 말했다.

"소개하지, 원소. 이분은 한 왕조의 상국, 동백 님이시다. 특별한 인연으로 이번에 힘을 빌려주셨지."

한순간, 원소의 얼굴에서 우아함이 사라졌다. 악의가 배어 나와 굳은 표정은 곧바로 사라졌다. 내가 착각한 건가 싶을 정도로 부드럽게 기품이 돌아온 것이다.

"보고를 받았을 때는 농담일 거라 생각했다만……, 맹덕, 너는 정말 파격적이군. 우리는 연합을 구성해서 그 아이가 우두머리였던 진영을 공격했었다만?"

"나는 동탁이 죽었다는 사실을 확인한 시점에서 빠졌다. 너는 기세를 이기지 못하고 낙양을 불태웠지."

"그건 우연이 겹쳐 일어난 사고다. 내가 태운 게 아니야.

너야말로 황건당의 잔당들을 흡수해서 백성으로 삼았다고 들었다만."

"황건의 난을 일으킨 건 궁지에 처한 백성들이다. 그들을 다스리는 것에 문제가 있나? 물어보지. 어떻게 생각하나, 동백 님."

"아니……, 딱히 할 말이, 없네요……."

──갑자기 떠넘기지 말라고. 아니, 억지로 참가하게 된 사람을 토론에 이용하지 마.

원소는 비꼬는 듯한 미소를 더욱 진하게 드러냈다.

"도적이든 마왕의 손녀든, 써먹을 수 있는 건 뭐든지 써먹는 건가? 절조 없는 모습이 환관 가문과 잘 어울리는 것 같아 정말 보기 좋군."

"허창 공략에 실패한 패배자 주제에 아직까지도 거만함을 완전히 버리지 못한 모양이로군. 여전히 원가의 본초 도련님이야."

"대화를 원하지 않는다면 우리는 전쟁을 다시 시작해도 된다만. 허창이 잿더미가 될 때까지 계속 공격해볼까?"

"해봐라. 병사들이 언제 네게 정이 떨어질지 딱 좋은 내기 거리가 되겠어."

"간웅 녀석."

"귀족 행세나 하긴."

주고받던 대화가 어느새 그냥 악담이 되었지만, 둘 다 진짜로 화가 난 건 아닌 모양이었다. 원소가 조조를 자인

'맹덕'으로 부르고 있는 걸 보니 오랫동안 알고 지낸 소꿉친구 특유의 인사일지도 모르겠다. 이런 자리에서 다른 사람들까지 끌어들이진 말았으면 좋겠는데.

악담 모드였던 원소가 수염을 한 번 쓰다듬고는 기품과 여유를 되찾았다.

"자, 옛정을 돌이켜보는 건 이 정도로 해두고 본론으로 들어가지. 강화의 조건에 대해⋯⋯."

"잠깐만, 원소. 관우는 어쨌나. 양쪽 다 동반자는 한 명, 그쪽은 관우, 그런 조건이었을 텐데."

───이 2 대 2 미팅은 네가 꺼낸 이야기였냐.

조조는 진심으로 불만인지 마음에 드는 여자애가 없어서 토라진 듯한 태도를 보이고 있었다. 아무래도 유비는 안중에 없는 것 같은데, 그 유비가 큰 목소리로 말했다.

"괜찮습니다! 관우도 이 자리에 있으니까!"

"뭐라고? 그게 무슨 뜻이지?"

조조가 흥미롭다는 듯이 몸을 앞으로 내밀었고, 나는 무심코 주위를 둘러보았다. 상상한 것은 관우가 갑자기 난입해 와서 나와 조조의 목을 수도로 쳐내는 광경이었다. 그 의(義) 몬스터라면 그 정도는 할 수도 있다.

하지만 원소는 질색이라는 듯이 유비를 나무랐다.

"말도 안 되는 소리로 협박하지 말게나, 나는 그런 허세를 좋아하지 않아."

"죄송합니다!"

"아직 소개하지 않았었군. 그의 이름은 유비. 자네가 말한 관우의 의형이야. 사실 자네가 말한 대로 관우를 호위로 데리고 올 생각이었는데……."

원소는 왠지 곤란한 느낌이 담긴 눈빛으로 옆에 있던 유비를 보았다.

"관우가 내 요청을 고사하는 대신 그를 강하게 추천했기에 말이지. 게다가 공손찬을 비롯하여 다른 자들까지 이 남자를 추천하기 시작했어. 어느새 그런 인기를 모았는지……."

"잘 부탁드립니다! 동백 님도 오랜만에 뵙습니다! 잘 지내시는 것 같아 다행이네요!"

유비가 내게도 똑같은 분위기로 인사를 했기에 당황함을 넘어서서 조금 무서웠다. 나는 낙양에서 관우에게 두 번이나 살해당할 뻔했다. 그건 이 유비의 지시였을 테고, 좀 전에 숲속에서 벌인 전투 이야기도 들었을 텐데.

여러 번이나 죽이려 한 상대에게 아무런 거리낌도 없이 쾌활한 인사를 할 수 있는 신경의 소유자. 처음에는 삼국지의 주인공으로서 역부족이라고 생각했지만, 지금은 속을 알 수 없어 기분이 나빴다.

한편, 나와는 달리 조조는 관우의 의형이라는 이야기를 듣고 눈을 반짝이고 있었다.

"관우 님의 의형? 그거 훌륭하군. 만나 뵙게 되어 영광이야. 출신은 어디인가? 원소하고는 잘 지내고 있고? 지금 대우에 만족하지 못하지 않나? 관우 님하고는 언제 만날 수 있지?"

"침을 바르려 하지 말도록. 유비 님은 내 객장이야. 병사들도 잘 따르고, 나도 신뢰하고 있어. 함께 나라에 충성을 다할 수 있는 그릇이라네. 안 그런가? 유비 님."

"네! 원소 님께서 유우 님을 새로운 황제로 옹립하신다는 이야기를 듣고 그 뜻에 공명하였습니다! 좋은 생각인 것 같습니다!"

유우라는 이름을 듣자 기분 나쁜 예감이 등골을 스쳤다.

"저기, 조조 님."

나는 옆에 있던 조조에게 작은 목소리로 말을 걸었다. 조조의 키는 성인 남자치고는 작은 편이라 나와는 앉은키도 비슷했다.

"호로관 동쪽의 정세에 대해서는 둔해서 잘 모르는데, 이쪽은 상황이 어떻게 된 건가요?"

"이제 와서 공부를 하는 건가? 하지만 배움에 늦고 이른 것은 없지."

조조는 그렇게 말하며 턱으로 눈앞에 있는 두 사람을 가리켰다.

"이 녀석들은 화북 연합이라 불리고 있다. 주요 참가자는 공손찬, 한복……, 그리고 지금은 도겸을 권유하고 있던가? 항상 그랬듯이 맹주는 원소다."

"화북, 연합……."

반동백 연합에 이어 또 모르는 이름이 튀어나왔다. 원소가 귀를 기울이고 있었는지 쓴웃음을 지으며 이야기에 끼어들었다.

"그 이름은 너무 직설적이라 마음에 안 들지만 말이야. 우리는 한의 미래를 진심으로 우려하여 일어선 유지의 연합이다. 진정 황제에 어울리는 분께서 그 자리에 오르셨으면 하여 활동하고 있네만, 그럴 분은 유우 님 말고는 아무도 없겠지."

기분 나쁜 예감이 맞아버렸다.

유우. 자는 백안.

지방의 장관을 맡고 있던 사람인데, 황족의 피도 이어받았다. 혈통으로 따지면 황제가 되는 것도 불가능하진 않은 사람이다.

"곤란하지 않은가? 동백 님. 이 녀석들은 장안에 계신 황제의 권위를 인정하지 않고 자기들끼리 멋대로 황제를 옹립하려 하고 있어. 이건 한 왕실에 대한 모반이라 할 수 있겠지. 상국으로서 무시할 수 없는 문제 아닌가?"

──그래서 조조가 나를 끌어들였구나.

신 황제 옹립을 꾸미는 원소에 맞서 지금의 황제──, 유협의 권위를 이용할 수 있을 거라 예측한 거다. 유협을 아군으로 끌어들이면 원소 일행은 자동적으로 역적이 된다. 그래서 조조는 장안으로 잠입했고, 애드리브로 나를 데리고 오게 되었다……, 굳이 잘 생각해보지 않아도 꽤 대담한 도박이다.

"어린아이에게 할 이야기가 아니지, 맹덕. 그리고 그건 지금 황제도 마찬가지다. 마왕 동탁이 꼭두각시로 옹립한 소년에 불과해. 한 왕조의 신하로서 그런 것을 올바른 황제로 인정할 수는 없다네."

나는 손짓을 섞어가며 말하는 원소 옆을 보았다. 사실 원소가 유우를 황제로 만들려고 움직였던 건 삼국지 역사에도 나오는 사실이다. 하지만 유비는 그렇지 않았을 텐데.

"유비 님. 당신도 원소 님과 같은 생각이신가요."

내 물음에 유비가 차분한 목소리로 대답했다.

"네. 제가 본 황제는 평범한 아이였습니다. 어린아이에게 나라를 짊어지게 하는 건 아이에게도, 나라에도 불행한 일이라 생각합니다."

"허세는 그만두라고 했을 텐데, 유비 님. 자네처럼 신분이 낮은 자가 배알할 기회가 있었을 것 같진 않아."

"죄송합니다! 말이 지나쳤네요!"

"좋아. ……이야기는 들었겠지. 우리는 지금의 황제를 인정할 수 없다. 황제는 유협이 아니라 유우 님이셔야 해. 그것이 바로 천의와 민심에 걸맞은 선택이라 할 수 있겠지. 진정으로 난세를 우려한다면, 맹덕……, 아니, 조조여. 다시 한번 우리 동맹으로 들어와라."

조조는 시시하다는 듯이 자신의 발끝을 바라보더니 잠시 후에 입을 열었다.

"오늘은 강화에 대해 이야기를 나누기 위해 모였을 텐데."

"그렇고말고. 나와 네가 쓸데없는 싸움을 멈추기 위한 대화다. 우리는 여기서 싸우고 있을 때가 아니야. 남쪽에서 일어나고 있는 일을 생각하면 말이지."

"그렇긴 하지. 나도 너와 싸우고 있을 때가 아니다."

조조가 그렇게 말했지만, 나는 '남쪽에서 일어나고 있는 일'이 무슨 일인지 모른다. 허창 남쪽에서 유명한 영걸이라고 하면 유표, 원술, 손견 정도? ———그들이 화북을 위협한 적이 있었던가?

"그렇다면 원소. **이것**을 어떻게 할지가 문제겠군."

이것?

옆을 보니 조조의 손가락 끝이 내 눈앞에 있었다.

"이 동백은 지금 황제를 섬기는 상국이고, 너희 적이다. 내가 원소의 슬하로 들어간다면 그녀의 존재가 걸리적거리겠지. 조건에 따라서는 그쪽으로 넘길 수도 있다만."

———어? 넘긴다고?

눈이 점으로 변했다. 원소는 핸섬한 얼굴을 잔인하게 일그러뜨리며 입가를 치켜올렸다.

"말해보시지, 조건이라는 걸."

"관우를 받고 싶다."

"흐음. ……유비 님, 어떤가? 객장이라는 형태로 관우를 조조에게 파견해보는 게."

"상관없습니다! 단, 그럴 경우에는 저나 장비도 같이 빠지겠지만요!"

"그건 상관없어. 우리 진영은 장수층이 두텁지. 자네들이 빠진 정도로는 꿈쩍도 하지 않아. 하하하."

웃을 일이 아닌데요! 조조, 이 자식, 관우 욕심에 나를 팔아넘겼어!

―――잠깐만 기다려 봐, 이거, 어떻게 되는 거지? 진짜로 트레이드한다고? 관우와 동백의 트레이드는 성능이 안 맞는데? 완전히 사기 트레이드거든요?

조조가 관우를 써먹을 생각이 가득한 것에 비해 원소는 나를 써먹을 생각 같은 게 없는 것 같다. 조조처럼 상국의 권위를 이용하려 들지는 않을 것이다. 상국이 아니라 마왕의 손녀딸로 취급당할 것이다. 지금 원소의 살기등등한 모습을 보아하니 아마도 처형.

―――이 흐름은 위험하다. 정말 위험하다.

"그래서, 이야기는 정리된 거라 생각해도 되겠지?"

원소가 조조에게 말했다. 이곳에 온 이후로 원소는 내게 한 번도 말을 걸지 않았다. 없는 거나 마찬가지인 취급이니 그냥 항의하는 정도로는 신경도 쓰지 않을 것이다. 이 트레이드를 저지하기 위해서는 내가 원소의 관심을 끌어내야 한다.

하지만 무슨 말을 해야 원소의 관심을 받을 수 있지? 나와 원소는 처음 만난 사이이고, 원소가 흥미를 지닐 만한 소재 같은 게 내 삼국지 지식 중에―――.

사고가 미로로 빠지려 했을 때, 나는 시선을 느꼈다.

그쪽을 볼 필요도 없다. 시선의 주인은 조조였다. 조조가 옆에서 나를 빤히 바라보고 있다. 궁지에 처한 내가 어떻게 움직이려는 것인지 살펴보려 하고 있다.

———그랬다. 내 신병을 확보하고 있는 사람은 원소가 아니라 조조다. 내가 관심을 끌어야만 하는 건 조조 쪽이다.

나는 눈을 감고 호흡을 가다듬었다. 그렇게 며칠 전의 경험을 머릿속에서 끄집어냈다. 황제 앞에서 장로의 거짓말을 폭로했을 때. 나는 초선에게 받은 약을 써서 독설을 내뱉는 안 좋은 버릇을 컨트롤하며 장로를 규탄했던 것이다.

초선이 말하기로는 내 안 좋은 버릇이 동백의 몸에 깃들면서 다른 것으로 바뀌어가고 있는 모양이었다. 단순한 독설에서 상대방을 농락하고 우롱하는 종횡가의 혀로.

그것을 재현해준 초선의 약은 지금 없다.

하지만 '혀'가 원래 내 안 좋은 버릇이라면, 약이 없더라도 재현할 수 있지 않을까. 전생 때부터 억누르려 하다 실패만 했던 안 좋은 버릇의 방아쇠———, 스트레스나 긴장을 내 마음속에 재현하면 '혀'의 재현도 마찬가지로.

———……………아니, 못 하지! 스트레스를 재현한다는 게 뭔데! 괴로운 기억이 되살아나서 불쾌해지기만 하잖아!

미간에 주름을 집고 괴로워하는 표정만 짓던 내게 질렸

는지, 조조가 살짝 한숨을 쉬며 원소를 돌아보았다.

"……그래, 원소. 그렇게 진행하도록 하지."

호흡이 휘익, 날아갔다. ……큰일이다. 이대로 가다간 나는———.

"———역시 대단하시네요오, 원소 님."

날아간 호흡이 목소리가 되어 밖을 향했다. 그것은 내 의지에 따른 발언인데도, 이미 내 말투가 아니었다. 내 의지를 벗어나 움직이는 것은 말투뿐만이 아니라 표정도 마찬가지였다. 내가 아닌 무언가가 미소를 지으며 계속 말했다.

"저, 감탄해 버렸어요. 역시 명가, 원가의 피를 이어받으신 분이시네요."

'혀'의 재현———, 내가 의도하지 않은 형태로 그 가능성이 현실로 나타났다. 지금 조조에게 버림받으면 죽는다는, 위기에 대한 공포로 인해서.

갑자기 떠들어대는 나를 보고 원소는 당황한 모양이었다. 그는 겨우 대답을 했다.

"……뭐라고? 그게 무슨 뜻이지?"

"말 그대로인데요? 원소 님께서는 지금도 많은 사람들을 이끌고 계신 입장이시죠. 훌륭하다고 생각해요. 대단하다, 대단해."

짝짝, 손뼉을 쳤다. 혀와 얼굴, 그리고 손까지 저절로 움직이고 있었다.

원소는 내 박수를 웃어넘겼다.

"홋, 어리다 해도 마왕의 손녀인가? 교활한 아이야. 이 대로 가다가는 자신이 위험해질 것을 깨닫고 내 비위를 맞추려 하는 거겠지? 미안하지만 네 유치한 목숨 구걸 따위로는————."

"정말, 용케도 태연하시네요오."

"뭐?"

내 손은 지금 얼굴 옆에 깍지를 끼고 있다. 그 몸짓의 의미도 잘 알지 못한 채 혀가 계속 말을 토해냈다.

"명가의 후계자이자 반동백 연합의 맹주. 그리고 거기장군이셨던가요? 원소 님은 정말 대단한 직책을 잔뜩 갖추고 계시네요. 그런 어엿한 어른 남자가 저 같은 어린애 상대로 싸워서 대패? 황제 폐하의 신병도 손에 넣지 못하고? 실수로 낙양까지 태워버리고? 어머나! 이거 체면이 말이 아니잖아요오! 제가 그랬다면 창피하디 창피해서 바깥을 돌아다니지도 못했을 거라고요오. 그런데 원소 님께서는 정신을 못 차리고 또 맹주를 자칭하시네요! 화북 연합? 그건 다시 말해 반동백 연합의 잔당이죠? 패배자가 패배자 무리의 대장 노릇을 하는구나아. 후훗, 낯짝 두께만으로는 천하무쌍 아닐까요? 아니면 설마 비루한 인품으로 역사에 이름을 남기려 하시는 건가요? 우와아, 꼴사납네. 명문 출신이라고는 상상도 안 되는 뻔뻔함, 저도 본받고 싶네요오."

마치 물 흐르듯 도발이 술술 나왔다. 만약에 몸이 내 의지에서 벗어나지 않았다면 나는 너무 무서운 나머지 중간에 아무런 말도 하지 못하게 되었을 것이다. 그만큼 원소의 안색 변화는 극적이었다.

한마디로 말하자면, 빡쳤다.

"……그렇게 죽고 싶으냐."

말투까지 바뀐 원소가 일어서서 분노하며 나를 내려다보고 있었다. 하지만 동백의 몸은 겁을 먹기는커녕, 오히려 도발적으로 원소의 시선을 맞받아치고 있었다.

"저를 죽일 수 있을 것 같은가요?"

"그래, 기꺼이 그렇게 해주마. 마왕의 일족이라면 누구도 신경 쓰지 않겠지. 내가 몸소 죽여주마."

"호오~, 유우 님은 신경 쓰실 것 같은데, 제가 착각한 건가요?"

분노하기만 하던 원소가 동요하는 모습을 보였다. 그 반응만큼은 내가 예상했던 것이었다. 원래 역사에서 원소는 유우를 황제로 만들려다 실패했다. 유우가 거절했기 때문이다.

유우는 원소가 황제 후보로 눈여겨봤을 만큼 인격자로서도 유명했다. 정치를 시키면 청렴결백했으며, 전쟁에서는 불리해질 것을 알면서도 백성들이 피해를 입지 않게끔 힘썼다. 그 태도에는 이민족들조차 감복했다고 한다.

핏줄로 보나 인간적으로 보나 황제에 어울리는 사람이

긴 했지만, 그렇기 때문에 제위를 빼앗으려는 행동을 원하지 않았다. 유우의 결벽함은 원소의 황제 옹립을 무너뜨린 원인 중 하나다.

동백이 살아남고 화북 연합이라는 역사 개변이 일어난 이 세계에서는 유우가 황제로 즉위할 수 있을지도 모른다. 유우의 캐릭터 또한 내 예상과는 다를 가능성도 있다.

하지만 '인격자'라는 유우의 개성에 기대하는 것은 결코 불리한 도박이 아닐 것이다.

"유우 님께서는 자상하신 분이라고 하던데요. 분명 황제로 옹립되더라도 이상할 게 없는 분이시겠죠. 그런 분께서 황제가 되시는데 어린아이의 피로 축하하려 하시다니. 정말 훌륭한 생각 같네요. 흠잡을 곳이 없는 충신이세요, 원소 님."

"이 꼬맹이, 나를 얕보는 것도 적당히———."

"죽이고 싶으면 죽이시지? 도련님."

미소가 사라지고, 내 '혀'는 라스트 스퍼트에 들어갔다.

"둔한 당신도 천칭 위에 무엇이 올라가 있는지 이해하셨겠죠? 사적인 원한과 대의예요. 화북 연합(웃음)의 맹주(웃음)가 어느 쪽을 선택할지 정말 기대되네요."

팔짱을 끼고 손가락 끝을 얼굴에 댄 동백이 마무리를 지었다. 완력과 키라는 면에서 우위에 있고, 상황도 더 유리한 원소가 접이걸상에 앉은 소녀에게 비웃음을 사고 있다.

미로 이 상황이 내가 만들고 싶었던 것이다. 그러기 위해서라면 원소를 화나게 해도 된다. 내 생살여탈권을 쥐고 있는 것은 원소가 아니라 조조니까.

그렇다면 조조는 어떤 사람에게 흥미를 보일까. 어떤 사람이라면 곁에 두고 싶어 하게 만들 수 있을까.

그건 분명히 목숨 구걸을 할 정도로 무력한 아이가 아닐 것이다. 오히려 그 반대.

절체절명의 궁지에 처했는데도 재치를 살려 역습을 가하는 아이. 인재 매니아인 조조의 호기심을 간지럽히는 개성을 보인다면 조조는 반드시 그냥 내버려 두지 않을 것이다.

동백의 혀는 원소를 찔렀지만, 내 의식은 옆에 있던 조조에게 쏠려 있었다.

"그쯤 해둬라, 원소."

드디어 조조가 입을 열었다. 웃음이 터지려는 걸 참는 듯한 떨리는 목소리가 들리는 건 내 착각이었을지도 모르겠다.

"이곳에는 우리밖에 없다. 네 체면을 망칠만한 말은 아무도 하지 않았고, 해봤자 믿지 않을 거다. 그렇지? 동백 님."

"조조 님께서 그리 말씀하신다면 분명 그렇겠죠."

"그렇지? 얼른 앉아라. 우리는 강화 조건에 대해 이야기를 나눌 필요가 있다."

원소는 어두운 눈으로 조조를 보았다.

"……내가 손뼉을 치기만 해도 병사들이 몰려들어 와서

네놈들을 갈가리 찢어놓을 거다. 그 사실을 잊지 마라."

"내가 손뼉을 치면 네 머리에는 도끼가 꽂힐 거야. 앉으라고."

그렇게 말한 조조에 이어 이번에는 유비가 입을 열었다.

"원소 님. 상대방이 예의를 어겼다고 해서 이쪽도 무례로 답할 필요는 없습니다. 천망회회소이불실(天網恢恢疎而不失). 불의에는 반드시 하늘이 심판을 내릴 겁니다."

웃지 않는 유비의 눈이 나를 바라보며 말했다. ──응? 방금 나 살해 예고를 받은 건가?

원소는 결국 조조가 말한 대로 접이걸상에 다시 앉았다. 단정한 얼굴이 굳었지만, 교섭하려는 의사를 버리진 않은 모양이었다.

원소가 몸속의 불쾌한 무언가를 토해내는 것처럼 묵직한 한숨을 쉬며 말했다.

"……좋다. 날을 세우는 건 이쯤 해두지. 우리가 싸워서 이득을 볼 사람은 여기 아무도 없으니."

내 태도는 불문에 부치려는 모양이었다. 쉽사리 물러난 건 내 예상보다 그릇이 큰 사람이었기 때문일까, 아니면 강화를 서둘러야 하는 이유가 있는 걸까.

"우리가 싸우는 동안에 남쪽 세력이 더욱 확대될 우려가 있으니까. 사소한 일을 신경 쓰다 큰 일을 그르쳐서는 천하의 웃음거리가 될 거다."

──역시 남쪽에서 무슨 일이 일어나고 있는 건가? 이

시기의 조조를 위협할 정도로 큰 세력을 지닌 남쪽 군웅이 누구지?

원소의 말에 조조가 고개를 끄덕였다.

"그 말이 맞다, 원소. 현재 위협은 우리 양쪽뿐만이 아니야. 남쪽의 장강 동맹을 어떻게든 해야만 한다."

——그렇구나. 남쪽 세력이라는 게 장강 동맹이었구나.

죄송합니다. 처음 듣는 이야기인데요.

마왕영애로 시작하는 삼국지~

4장 동백 짱, 다시 끌려가다.

 ……장강 동맹이라는 게 뭐지?

 감사하게도 그 의문은 금방 풀리게 되었다. 조조가 원소와 이야기를 나누며 은근슬쩍 설명하게끔 이야기를 유도해주었기 때문이다. 나도 이해할 수 있게끔 신경 써준 모양이었다. 아니면 내가 질문하면 또 원소와 다툴 거라고 경계한 건지도 모르겠다.

 아무튼, 장강 동맹.

 삼국지에는 등장하지 않은 이 동맹은 중화의 남쪽 군웅들의 모임이라고 한다. 핵심을 이루는 주요 인물은 세 명.

 원술———, 원소의 이복동생.

 여포———, 굳이 말하지 않아도 유명한 천하무쌍.

 손견———, 강동의 호랑이라 불리는 영걸. 나중에 삼국 중 하나, 오나라의 기초를 쌓아 올리는 인물.

 "나만큼은 아니다만, 동생도 나름대로 명성이 있지. 썩어도 원가의 남자니까. 거기에 천하무쌍으로 이름난 여포가 가세했다. 명성과 무예가 합쳐졌으니 그 영향력은 이루 말할 수 없을 것이야."

 원소의 동생이 남쪽에서 세력을 쌓고, 형과 적대시하는 것까지는 내 지식과 일치한다. 하지만 여포는 이 시기에 중원을 떠돌아다니며 불씨를 흩뿌리고 있었을 텐데. 원술과 일시적으로 동맹 관계를 맺지만, 금방 반목한다. 그런 부분에서 '장강 동맹'이라는 단어는 나오지 않는다.

"손견도 무시할 수 없어. 낙양 대화재 때 잃은 옥새는 그 남자가 가지고 있는 모양이다. 그게 사실이라면 원술에게 는 천하무쌍의 장군과 제위를 보증해주는 옥새, 이 두 가 지가 갖춰져 있다는 뜻이지."

그것도 절반은 원래 역사와 들어맞는다. 손견은 낙양 대 화재 때 어수선한 틈을 타서 옥새를 확보하고, 그것이 원 술의 손에 넘어간다. 그리고 원술은 옥새의 권위를 이용하 여 멋대로 황제라 자칭하는 것이다.

아무리 옥새를 가지고 있다 해도 한 왕조와 인연이 없는 사람이 간단히 황제가 될 수는 없다. 황제 참칭자가 된 원 술 주위에는 적만 남게 되고, 그대로 파멸의 길을 걷게 된다.

하지만, 만약———, 거기에 여포의 무예가 더해졌다면 역사가 어떻게 되었을까. 한 왕조는 어차피 쇠퇴하게 되고 조조의 아들 대에서 멸망한다. 여포의 무력이 그 역사를 앞당길 가능성도 있지 않을까. 내 환생이 동탁의 죽음을 앞당긴 것처럼.

"옥새의 권위, 원가의 명망, 여포의 무력. 내 동생에게는 천지인이 아군으로 붙어 있다는 거로군. 이야기를 들어보 니 장강 주변의 이민족 중에는 동생에게 붙은 부족도 많다 고 하던데, 이렇게 되면 무시할 수가 없지. 적어도 우리가 쓸데없이 병력을 소모하는 건 어리석은 생각이야."

다시 말해 지금 중원에서는 화북 연합(과 조조) VS 장강 동맹의 결전이 시작되려 하는 모양이다.

당연하지만 삼국지에는 그런 장면이 없다. 원래는 많은 영걸들이 각지에 모여 군웅할거가 시작되었을 타이밍인데도 이 세계에서는 남북 전쟁이 시작되려 하고 있다. 남북조라고 하면 지금으로부터 200년 뒤 이야기인데.

그 역사 개변에 내가 충격을 받고 있던 동안, 조조와 원소 사이에서 강화가 이루어져 가고 있었다. 기한부로 싸우지 않기로 약속하고 양쪽 모두 장강 동맹에 맞서서 움직이는 것까지 뜻을 모았지만, 나는 별로 듣고 있지 않았다. 고개를 숙인 채 이를 악물고 생각하던 것은 단 한 가지.

———무슨 일이 일어날지 모르는 이런 곳에 있을 수는 없지. 반드시 장안으로 돌아가야겠어.

진으로 돌아올 때는 조조가 마차 옆에 나를 앉혔다.

말이 움직이자마자 그는 참지 못하겠다는 듯이 활짝 웃으며 말했다.

"하하하하하핫! 한없이 유쾌한 회담이었어. 동백, 네가 원소에게 떠들어댄 말들은 정말 걸작이었다. 언젠가 시라는 형태로 남겨주마."

"……그거 다행이네요. 그래서, 다음에는 저한테 뭘 시킬 건가요."

"그리 성급하게 굴지 마라. 네게는 재능이 잔뜩 있는 모양이야. 원소를 우롱할 만한 배짱과 두뇌, 그리고 혀. 그리고 무엇보다 어린아이답지 않게 세상을 내다보는 눈이다. 그러한 재능을 지닌 자에게는 반드시 그에 어울리는 용도가 있을 거다. 내가 보증해주마."

그 보증은 금방 들통날 거라는 생각이 들었다.

조조가 말한 '세상을 내다보는 눈'이라는 건 전생에서 가지고 온 삼국지 지식에 불과하다.

이건 내게 있어서 유일한 치트 스킬이라고 할 수 있겠지만, 지금 중원의 역사는 크게 바뀌어가고 있다. 마지막까지 효과적인 판단을 내릴 수 있다는 자신은 없다.

조조는 그렇게 열화되어가는 내 모습을 금방 눈치챌 것이다. 그 결과, 내게서 흥미를 잃을지도 모른다.

그렇게 되면 이번에야말로 나를 관우와 트레이드해버리겠지. 오늘 내가 한참 매도했던 원소에게 가게 되는 것만큼은 반드시 피해야 한다.

———지금 기댈 사람은 초선밖에 없나? 마음에 안 들긴 하지만, 다른 수단이 생각나질 않으니까……

내가 도망칠 방법을 생각하는 동안에도 조조는 옆에서 계속 떠들고 있었다.

"관우를 놓친 건 아쉽지만, 언젠가 기회가 있겠지. 의형인……, 누구였더라? 그래, 유비. 그 남자가 관우의 약점인 것 같더고. 유비만 꼬드기면 관우도 내 밑으로 들어올

거야."

"뭐, 그렇겠죠."

인재 매니아라는 조조의 특성은 이 세계에서도 변함이 없는지, 다른 사람을 평가하는 조조의 말투에는 열기가 담겨 있었다.

"그런데 의형 쪽은 부하로 삼아봤자 써먹을 곳을 모르겠군. 이렇다 할 재능도 없는 것 같고, 아무래도 종잡을 수가 없어. 회담이 끝나갈 때 뭐라고 했는지 들었나? 자기가 중산정왕의 자손이라고 하던데. 농담인 건지, 그냥 바보인 건지……, 관우의 의형만 아니었다면 평생 엮이지 않았을 남자다. 독으로도, 약으로도 쓰지 못할 것 같아서 흥미가 전혀 생기질 않는군."

──역사대로 진행된다면 그 사람이 당신의 평생의 숙적이 되는데 말이죠.

진으로 돌아오자 철수 준비가 진행되고 있다는 걸 알 수 있었다. 병사들이 무기와 병량 꾸러미를 옮겨서 한곳에 모으거나 구분하며 정해진 루틴에 따라 움직인다. 상인과 하인으로 보이는 모습도 있었고, 아무래도 방책에 쓴 목재를 처분하려는 것 같았다.

초선이 탈출에 이용하려는 상인도 그중에 있을 것이다. 철수하면서 감시의 눈초리가 느슨해지면 그만큼 도망칠 기회도 늘어난다.

나는 지정받은 막사에서 침대에 걸터앉아 불안한 마음으로 초선을 기다리고 있었다.

———혹시 그 녀석, 평소처럼 노출이 심한 복장으로 올 생각은 아니겠지? 그러면 다른 사람들의 눈길을 끌어서 남몰래 행동할 수가 없을 것 같은데.

그런 식으로 초선이 자중해주기를 기원하고 있을 때였다.

"이리 오너라."

어린아이의 목소리가 들렸기에 나는 막사 출입구 쪽을 보았다. 그곳에 소녀가 있었다.

나이는 지금의 동백보다 어린 것 같았다. 왠지 채염하고 비슷한 느낌에, 곱게 자라난 양갓집 아이 특유의 분위기. 활동적인 문학소녀였던 채염과는 달리 이쪽은 조용한 체조 소녀 같다. 질량이 많은 검은 머리카락을 묶어 올렸으며, 옷차림은 움직이기 편해 보였다.

소녀는 왠지 모르겠지만 지팡이 같은 막대기를 든 채 감정이 드러나지 않는 눈으로 나를 보고 있었다.

"네가 동백?"

"그런, 데요."

"마왕의 손녀, 한의 상국, 마등의 동맹자, 낙양을 태운 여자……, 네가."

"낙양은 제가 태운 게 아니지만, 그 동백일 거예요."

소녀는 내 머리부터 발끝까지 빤히 바라보았다. 그리고

젊은 남자가 들어왔다. 가벼운 차림새를 보아하니 떠돌아다니는 상인 같았다. 그가 옆에서 소녀를 팔꿈치로 찌르고는 뭔가 귓속말을 했다.

"그래, 알았어. ……동백. 여기서 나가서 자유로워지고 싶다면 나와 가자."

"아! 초선의 동료인가요?"

"그래, 그거."

소녀가 막대기로 발치를 두드렸다. 그냥 지면은 아니고 짐승 털 융단이 깔린 곳. 소재와 무늬를 보니 서역에서 들여온 물건인 모양이었다.

"여기 누워."

"드러누우라고요? 어째서……."

"누워."

이 녀석도 이야기를 안 듣는 타입인가?

처음 만난 어린아이가 시키는 대로 하는 건 껄끄럽지만, 여기서 버텨봤자 소용이 없다. 나는 그녀가 말한 대로 하늘을 보고 드러누웠다.

그 순간, 소녀가 융단을 들어 올리며 빙글빙글 굴리기 시작했다. 나도 당연히 함께 굴렀고, 눈 깜짝할 새에 말린 융단에 감싸이게 되었다. 얼굴과 목, 피부의 섬세한 부분이 짐승 털로 따끔거렸기에 나는 괴로워하며 말린 융단 안에서 소리 내어 따졌다.

"저기! 설명 같은 건 안 해주시나요!"

"쉿. 말하지 마. 들켜."

바깥에서 여러 사람의 기척과 발소리가 느껴졌다. 기척을 낸 사람들은 내가 든 융단을 들어 올린 다음 나를 어디론가 데리고 갔다. 이야기의 내용까지는 알아듣지 못했지만, 아무래도 소녀가 지시를 내리고 있는 모양이었다.

나는 융단에 둘둘 말린 채 조조군 진지 안으로 운반되었다. 어떻게 의심을 사지 않고 융단을 옮기는 건지 융단 안에서는 알 수가 없었지만, 초선이 말한 대로 상인 행세를 하고 있다는 것 말고는 생각나는 게 없었다. 감시를 맡은 병사들은 초선이 무사히 따돌렸을 것이다.

영차, 영차, 옮겨진 뒤에 융단이 내동댕이쳐졌다. 아무래도 마차의 짐칸인지 말의 숨소리와 말발굽이 땅바닥을 두드리는 소리가 들렸다. 작은 목소리로 이야기를 나누는 남자와 소녀의 목소리도 들렸지만, 초선의 목소리는 전혀 들리지 않았다. 복숭아 향기도.

"저기, 초선은──."

"쉿!"

소녀가 융단 너머로 속삭였기에 나는 입을 다물 수밖에 없었다.

잠시 후, 마차가 움직이기 시작하는 게 느껴졌다. 그제서야 나는 따가운 짐승 털에도 익숙해져 융단에 감싸인 압박감도 의외로 편하다는 생각을 했다.

마차가 천천히 나아가기 시작해, 주위의 병사들 목소리

도 점점 들리지 않게 되었다.

하지만.

"이봐, 거기 마차. 멈춰."

가로막는 목소리에 마차가 정지했다. 병사들이 수상쩍게 여긴 모양이었다. 마차를 둘러싸는 기척이 느껴졌다.

"너희들, 왜 이런 샛길로 다니는 거지? 다른 사람에게 들키고 싶지 않은 거라도 옮기는 거냐?"

"──────."

소녀의 일행인 것 같은 남자가 중얼중얼 변명하고 있었다. 하지만 역시 무슨 말을 하는 건지는 알아들을 수가 없었다.

"그럴 수는 없지. 진에 숨어들어서 도둑질을 하려는 괘씸한 자가 없는 것도 아니니까. 허락을 받은 상인이라면 호부가 있을 텐데. 보여라."

긴장감으로 가득 찬 시간이 흘러갔다.

"──────좋다. 그럼 그걸 가지고 초소까지 와라."

"──────? ──────────."

"뭐라고? 알아듣게 말해라. ……안 돼. 이런 곳에서 호부를 조회할 수는 없잖나."

"──────────."

"잠깐만. 방금 저 융단이 움직이던데."

──────이런.

소녀의 일행이 뭐라고 말하는지 들으려다가 몸을 움직

여버렸다. 융단 주위로 사람들이 모여들었다.

"————!"

"입 다물어라. 안을 확인하겠다. 펼쳐 보여라. ……뭐라
고? 그렇다면 이렇게 해주지."

융단과 함께 공중에 뜨는 느낌. 다음 순간에는 융단이
세차게 펼쳐져 내동댕이쳐졌다. 나는 반쯤 눈이 돌아간 채
땅바닥에 엎드려 있었다.

입에 들어간 흙을 토해내고 고개를 들어보니 양쪽 옆이
나무로 둘러싸인 길 한복판이었다. 조조군 병사들이 엄청
난 표정으로 나를 내려다보고 있었다. 당연히 모두 완전무
장한 상태였다.

"아, 안녕하세요……."

딱히 예의 바르게 행동하기 위해 인사를 한 건 아니었다.
병사들의 주의를 내게 쏠리게 하기 위해서였다. 나를 내려
다보고 있던 병사들 뒤, 마차 짐칸에서 이미 그 소녀가 뛰
어올라 막대기를 들어 올리고 있었다.

"아쵸~!"

왠지 맥이 빠지는 목소리와 함께 소녀가 막대기를 휘둘
렀다.

퍼어억!

시원스러운 소리가 울렸다. 머리를 얻어맞은 병사가 그
대로 쓰러졌다. 소녀는 착지하자마자 이번에는 다른 병사
의 배를 찔렀다.

"쵸오~!"

"끄악?! 이, 이 꼬맹이가!"

이번에는 단번에 쓰러뜨리지 못했기에 병사가 창을 들어 올리며 반격했다. 소녀는 재빨리 들고 있던 봉을 비틀었다. 찰칵, 막대기 한가운데가 빠져서 사슬로 이어진 두 막대기로 변했다. 소녀는 거대 쌍절곤 같은 무기를 짧게 휘둘러 병사의 손목을 쳐서 창을 떨어뜨리게 만들었다.

"아쵸오~!"

이 기묘한 기합은 보아하니 마초나 관우 같은 사람이 하던 호흡의 일종인 모양이었다. 이 몸놀림과 막대기를 다루는 솜씨는 제대로 훈련을 받은 사람의 것. 내가 봐온 영걸들과 비교하면 격이 떨어지긴 하지만, 어린애 같지 않은 무술의 달인이었다.

소녀가 휘두른 곤 끄트머리가 병사의 사타구니를 쳐올렸다. 병사가 비통한 표정을 지은 채 땅바닥에 엎드렸다. 다른 병사들은 소녀의 일행인 남자들에게 뒤쪽에서 습격당해 차례차례 기절했다.

저항하는 병사의 목을 졸라 기절시킨 사람은 상인 차림새가 어울리는 젊은 남자였다. 그는 축 늘어진 병사를 땅바닥에 눕히고 나서 말했다.

"우리 공주님께 무례한 짓을 저지르지 말라고. ……공주님. 고생하셨습다. 다치신 곳은?"

"없어."

그녀는 그렇게 말하고 쌍절곤을 합쳐서 원래처럼 막대기 모양으로 변형시켰다. 그런 소녀 주위에 남자들이 차례차례 무릎을 꿇고는 소녀의 옷에 묻은 먼지를 털어주고 있었다.

"공주님께서 너무 무리하지 않으셨으면 하는데⋯⋯, 만약에 공주님의 몸에 상처라도 난다면 그건 이미 천하의 손실?"

"아니, 역사적 비극?" "모든 남자에 대한 도전 아니야?" "중화의 악몽임다." "틀림없지."

남자들이 고개를 끄덕이고 있었다. 소녀는 그런 남자들을 전혀 아랑곳하지 않았다.

"시간 없어. 이 녀석들은 여기에 내버려 두고 가자."

"예입~!", "공주님의 분부대로오, 하겠습다!", "알겠습다~!", "마차 출발임다~!"

———왜지? 엄청 기분 나쁜 예감이 든다.

생리적으로 안 맞는 분위기다. 그리고 나는 환생한 이후로 이런 분위기를 어디선가 본 적이 있다. 떠올리는 게 나을 것이다. 하지만 떠올리고 싶지 않다.

나도 모르게 돌아본 곳에 연기 한 줄기가 피어오르고 있었다. 융단에 말려 있었기에 방향이 확실하지 않지만, 조조의 진이 있는 방향일 것 같았다.

"오~. 시간이 완벽하잖아." "이럼 저쪽도 우리를 쫓아올 상황이 아니겠지." "젊은 군사의 책략, 엄청 대단한데."

"화계를 지나치게 잘 쓰는 군사. 성공했네요, 공주님."

남자들이 살벌한 말을 했고, 소녀도 무표정하면서도 그리 싫지만은 않은 듯이 연기를 올려다보고 있었다.

"그 녀석은 계속 화계만 생각하는 변태. 변태가 짠 계획은 역시 대단해."

"……혹시 저 연기는 당신들이?"

내가 그렇게 묻자 소녀가 무표정하게 고개를 끄덕였다. 뒤늦게나마 후회가 솟구쳤다.

나는 어째서 이런 어린아이의 말에 따라 융단에 말렸을까. 이 세계에서는 상대방이 어떤 사람이라 해도 우선 이름을 물어봐야 한다는 교훈을 어째서 잊어버린 걸까.

"저기……, 성함을 여쭤봐도 될까요?"

내 지레짐작이기를.

마음속으로 그렇게 기원했지만, 아마 소용없을 거라는 생각이 이미 들었다.

소녀는 막대기를 어깨에 기대고 짤막하게 대답했다. 나도 잘 알고 있는 이름을.

"손상향."

◇

타고 그을린 냄새가 주위에 풍겼다. 타오른 것은 자재 보관소 중 한 곳이었다.

"병량, 병사, 말, 전부 피해는 없습니다. 현장에서는 기름과 촛불을 사용한 흔적이 발견되었습니다. 누군가의 파괴 공작임이 틀림없겠지요."

전위는 그렇게 보고했다. 장소는 조조의 막사가 아니라 동백에게 마련해주었던 막사였다.

"지시하신 대로 동백 님의 안부를 확인하러 가보니 동백 님은 보이지 않고, 대신 이 자가."

전위 앞에는 여행자 같은 차림새의 여자가 묶인 상태로 무릎을 꿇고 있었다. 무시무시할 정도의 미녀였고, 강한 복숭아 향기가 풍겼다. 조조는 좀 전부터 그 미녀에게 뜨거운 눈빛을 보내고 있었다.

"묘한 우연이로군, 초선 님. 이런 곳에서 만나다니."

"저도 놀랐습니다. 장안의 저택에서 뵈었던 군사……, 순유 님이셨던가요?"

묶여 있다고는 생각하기 힘든 우아한 미소를 보이며 여자가 대답했다. 조조는 초선 앞에 무릎을 댔다.

"순유는 가짜 이름이라 말이지. 진명은 조조라고 하네."

"어머, 그럼 당신이 그 유명한."

"놀랐나?"

"네, 정말로요."

"여기서 뭐 하고 있었지?"

"수도를 떠나 태산으로 향하는 여행을 하고 있었습니다. 중간에 이쪽에서 고귀한 분의 기가 피어올랐기에 살펴보러 왔지요."

초선이 당당하게 고개를 끄덕이자 조조도 목 안쪽에서 큭큭대는 웃음소리를 냈다.

"보통은 웃어넘길 헛소리이긴 하다만, 그 입술로 자아내니 이렇게도 달콤하게 들리는 건가."

"거슬렸나요?"

"아니, 마음에 든다."

조조는 초선의 볼에 걸린 머리카락을 손가락 끝으로 쓸어올렸다.

"우리는 귀중한 인질을 잃었다. 너는 중요한 단서다."

"그럼 고문하시겠습니까."

전위가 그리 말하자 조조가 눈살을 찌푸리며 노려보았다.

"……실례했습니다."

"부하가 무례한 말을 했다만, 신경 쓰지 말도록. 결코 그런 꼴을 당하게 하진 않을 거다. 그렇다고 해서 자네를 풀어줄 수는 없지. 한동안 이곳에 머물러줘야겠다. ……전위. 이 부인을 정중하게 모셔라."

"넷."

조조는 손수 초선의 오랏줄을 풀어주었다. 그녀의 팔다리를 빤히 바라보고는 귓가에 속삭였다.

"좀 쉬다가 이야기를 하고 싶어지면 언제든지 부르도록. 바로 오마."

조조 일행이 떠난 뒤, 초선은 묶여 있던 손목을 주무르며 막사를 둘러보았다.

"……정말 묘한 별의 축복을 받은 아이네."

어째서 동백과 엇갈리게 된 것인지, 초선은 이미 알고 있었다. 그녀가 누구를 따라 어디로 갔는지도.

그 사실을 알면서도 초선은 이곳에 남아 조조에게 발견되는 선택을 했다.

"그렇다고는 해도 감사해야 하려나? 이렇게까지 별을 움직여 주었으니까."

초선이 침대에 눕자 그곳에서 아이의 잔향이 느껴졌다. 그것도 금방 복숭아 향기에 덮어씌워졌다. 초선은 드러누운 채 여자아이처럼 쿡쿡 웃다가———, 막사 안에 있던 화장대를 눈치채고 웃음을 멈췄다. 초선의 목에 있는 문신이 물에 번진 것처럼 흐려졌다.

"……흥."

초선이 돌아누웠다.

화장대의 거울은 어느새 먹칠을 한 것처럼 새까맣게 물들어 있었다.

◇

시간이 조금 거슬러 올라간다.

동백이 자취를 감추고 왕윤의 정권 탈취가 채옹의 개입

으로 인해 헛수고로 끝난 직후의 장안.

조운은 어두운 밤에 동백 저택의 문을 통과했다. 갑옷을 걸치고 창과 검을 찬 완전무장 상태였다.

저택 안뜰에서 문 앞까지는 횃불이 붉게 비추고 있어 평소보다 훨씬 밝았다. 그곳에는 비웅군 병사들이 모여 있었다. 병량과 무구 같은 짐도 준비할 필요가 있었기에 아무리 봐도 원정을 떠나는 군대의 모습이었다.

이각은 조운을 애타게 기다리고 있었던 모양이었지만, 평소처럼 불쾌하다는 듯이 맞이했다.

"누군가에게 행선지를 말하지는 않았겠지?"

고개를 저었다. 조운의 입이 무거운 것이 아니라 장안에 온 이후로 딱히 사이좋게 지내는 친구가 생기지 않았기 때문이다.

"그렇다면 됐다."

이각은 그렇게 말한 다음 원통하다는 듯이 입술을 깨물었다.

"원래는 소인이 그 누구보다 먼저 동백 님 곁으로 달려가 구해드렸으면 하는 심정이다. 하지만 소인에게는 다른 자가 결코 대신할 수 없는 역할이 있으니 네놈들에게 맡길 수밖에 없다."

이각치고는 드물게도, 방금 한 말은 과장이 아니었다. 실제로 아직 불안정한 동백 정권은 동탁이 남긴 군단이 지탱하고 있는 부분이 크다. 그리고 그 군단을 감독할 사람은 고참인 이각뿐이다.

게다가 '장안의 마녀'라는 악명을 널리 떨친 동백이 자리를 비웠으니 이상한 일이 벌어질 가능성도 충분히 있다. 누군가가 엄포를 놓을 필요가 있기에 이각은 장안에서 움직일 수가 없다.

그것이 동백의 구출 임무를 신입들이 맡게 된 이유였다.

"채염 님께서 모은 정보에 따르면 동백 님께서 끌려가신 곳은 동쪽, 조조의 영역이 틀림없는 것 같다. 조조라고 하면 반동백 연합에서 일찌감치 빠진 경력으로 보아 꽤 보는 눈이 있는 남자……, 아니, 방심할 수 없는 녀석이다. 접촉할 때는 주의를 기울이도록."

"접촉? 조조하고 교섭하려고?"

"괘씸한 자에게 천벌을 내려주고 싶은 마음이 굴뚝 같긴 하다만, 동백 님의 안전이 최우선이다. 그러니 네놈도 임기응변으로……."

"저 녀석이 온 시점에서 전투밖에 벌이지 않을 것 같은데."

"으음……."

두 사람의 시선 끝에 있는 사람은 마초였다. 자신의 말 옆에 서서 어둠 속을 바라보고 있었다. 방향은 동쪽. 평소보다 뿜어내고 있는 기가 날카로웠다. 염행과 전투를 벌이다 입은 부상은 완전히 나은 모양이었다.

"평소보다 기가 예민하군. 한동안은 가까이 다가가지 않는 것이 나을지도 모르겠구나. 언젠가 머리가 식을 때까지

기다렸다가 이야기를 잘 해보거라."

터무니없는 말이다. 조운이 보기에 마초는 동백의 안전이 확보될 때까지 저런 상태일 것이다. 평소의 마초조차 말을 걸고 싶지 않은데, 지금은 아예 다가가고 싶지도 않다.

마초 곁에는 사촌인 마대도 있었다. 염행에게 습격당했을 때 부상을 입어 지금도 안쓰러운 모습이었다. 그가 조운과 이각의 시선을 느끼고는 환자라는 느낌이 들지 않는 발걸음으로 이쪽을 향해 다가왔다. 정말 튼튼한 체질인 모양이었다. 그는 너덜너덜해진 몸을 숙였다.

"이번에는 양주 사람이 터무니없는 짓을 저질렀기에 정말 면목이 없습니다……."

"당신도 오려고?"

"아뇨, 저는 양주의 마등에게 사건에 대해 보고할 역할이 있습니다. 염행 때문에 입은 부상도 다 낫지 않았으니 도움이 될 것 같진 않군요."

분별을 제대로 하는 것 같아서 다행이라고 조운은 생각했다. 부상당한 채로 와봤자 제대로 돌봐줄 수도 없다.

"저희 부하들 중에도 피해가 생겼지만, 난을 면한 자들도 있습니다. 그중에서도 궁술과 승마술이 뛰어난 병사들을 맡기게 되었습니다. 동백 님을 구하는 데 도움이 된다면 좋겠습니다만."

"그렇소. 양주병은 병사들뿐만이 아니라 말도 뛰어나지. 조운이여, 감사히 쓰도록."

"은화 건도 그렇고, 양주의 수치를 꽤 많이 드러내 버렸습니다. 마등도 호통을 치겠지요. 처음부터 뒤에서 조종하고 있었다는 한수에게 답례를 해주어야만 할 테고……."

마대는 큼직한 얼굴에 피곤한 표정을 드리우며 보복을 암시하는 말을 아무렇지도 않게 꺼냈다. 이런 구석을 보니 역시 무투파인 양주인이라고 해야 하나, 마초와 동류라는 생각이 들었다.

이각은 허리에 차고 있던 패 하나를 허리띠에서 빼내 마대에게 건넸다. 금속제 원형판.

"마대 님. 기병을 빌려주신 보답으로 이것을 드리겠소이다. 동백 님께서 설립하신 공사의 패요. 이 패를 근처 상인들에게 보여주면 숭배를 받을 게 틀림없소. 선물삼아 양주로 가지고 가서서 양주의 발전과 동백 님에 대한 우호를 위하여 써주셨으면 하오."

"감사합니다. 반드시 양주로 가지고 가겠습니다."

마대는 고개를 크게 숙여 인사를 하고는 마초 곁으로 돌아갔다. 이각은 조운에게도 패를 내밀었다.

"조운. 네놈도 가지고 가거라. 이건 동백 님의 비원이었던 정책 중 하나. 완성품을 보시면 동백 님께서도 매우 기뻐하실 테고, 사로잡혔던 괴로움이 조금이나마 치유되실 게야."

받아든 패 표면에는 '백'이라는 글자가 새겨져 있었고, 뒤에는―――.

"———여기 새겨진 건 동백 얼굴이야?"

"으음. 동백 님께서 설립하신 공사이니 당연한 장식이겠지. 알겠나? 동백 님께 건네드릴 때는 이각이 신경 썼다고 반드시 전하거라."

이각은 은근슬쩍 자랑스러운 목소리로 당당하게 말했다.

예전에 화폐에 똑같은 짓을 했다가 혼나지 않았나———, 조운은 그렇게 생각하긴 했지만, 하나하나 지적하진 않았다. 어차피 채찍질을 당할 사람은 이각이고, 아마 평생 정신을 차리지 못할 테고.

원정 출발을 앞둔 묵직한 분위기, 거기에 남자들의 환호성이 뒤섞였다. 떠들어대는 사람은 주로 마대가 데리고 온 강족 전사들이었다. 땀내 나는 그들의 시선 끝에는 상황에 어울리지 않게 우아한 분위기를 풍기는 소녀가 있었다. 그녀가 죽간을 끌어안고 귀에 작은 붓을 낀 채 이쪽으로 다가왔다.

"네, 네, 고마워요, 고마워요, 거웨이하오(여러분 좋아해요)~, 거웨이하오~, ……아, 이각찡, 안녕~, 자룡찡도~."

채염이 인사하자 이각은 환영하고, 조운은 '……안녕하심까'라고 말한 다음에 눈을 피했다.

"그래서, 이각찡, 어때애~? 한중 방면으로 가줄 만한 사람이 있었어~?"

"까다롭소이다. 그렇지 않아도 지금은 일손이 부족하니."

"잠깐만 기다려."

조운이 이각에게 말했다.

"한중은 왜? 동백이 끌려간 곳하고는 다른 방향인데."

조조가 세력을 쌓아올린 곳은 동쪽. 한중은 남쪽, 산 너머다.

조운이 지적하자 이각이 아니라 채염이 대답했다. 집게손가락을 펴들고 흔들면서.

"쯧쯧쯧, 그건 병량을 확보하기 위해서야, 자룡찡. 장안에서만 병량을 모으면 모처럼 가라앉은 쌀 가격이 다시 치솟아버리잖아? 그래서 분산시키기로 한 거지."

"보급로를 한 곳으로만 지정하지 않는 것은 병법에도 들어맞지. 들어맞지만……, 약탈로 병량을 마련하는 것이 더 빠를 것 같소만……."

"부우(아니야), 부우. 그러면 공사의 평판이 안 좋아져 버리니까 안 돼, 이각찡. 백냥이 열심히 노력해서 손을 써두었는데 다 망치면 혼나버릴 테니까."

"혼날 수 있다고……? 채찍으로……?"

이각이 혼자서 중얼거리기 시작했기에 조운은 어쩔 수 없이 채염에게 물었다.

"그렇다고 해도 왜 한중이지? 그곳을 통해 보급로를 유지하려면 산을 넘어야 하는데."

"산이 아니라 강이야, 자룡찡. 한중에서 한수로 나온 다음, 거기서부터는 배!"

조운은 머릿속에 지도를 그렸다. 장안 남쪽에 한중. 그곳에서 동쪽으로 흐르는 한수에서 배를 타고 내려가면 형주로 접어든다. 형주에서 상륙, 북상하면 조조의 영역에 들어설 것이다. 무사히 통과할 수 있다면 말이지만.

"……보급로가 완전히 다른 사람들의 토지를 통과하게 되는데, 괜찮으려나."

"흐흐응~. 좋은 질문이네에."

채염이 으스대는 표정으로 다가오자 조운은 자기도 모르게 몸을 뒤로 젖혔다.

"바로 그때 백냥이 설립한 공사가 나설 차례지! 공사는 조정의 물류를 담당하는 기관이니까 그 물자가 어디를 통과하더라도 명분이 생겨. 왜냐하면 천하는 모두 황제 폐하의 토지니까! 그리고 지역 상인들까지 끌어들이면 식량을 모아서 보내는 것도 편해지고! ……어때?"

어떠냐고 해봤자 조운은 뭐라 말하기가 힘들었다. 공사를 통한 보급로 관리라는 발상이 전대미문이고, 전쟁을 벌일 때는 적지에서 약탈한다는 이각의 의견이 일반적일 것이다.

참고로 그때는 이미 이각도 정신을 차리고 있었다.

"얼마 전, 한중의 장로가 동백 님께 충성을 맹세한 참이지. 적어도 한중은 안전하게 지나갈 수 있을 게야."

"그래, 그 이야기는 들었어. 연설을 해서 감동시켰다고."

"으음. 항상 그러셨지만, 멋진 채찍질을 내려주시었지."

연설할 때 채찍실을 하다니.

"있지, 천도하고 나서 바로 한중에 상인을 파견해두었거든. 백냥하고는 할아버지 대부터 연결고리가 있었다는 사람들이니까 잘만 접촉하면 협력해줄 거야. 그러니까 이각찡에게 한중에서 병량을 옮길 병사들을 파견해달라고 부탁했었는데……."

"동백 님께서 자리를 비우신 이후로 조정의 정세가 불안정하오. 조운 같은 구원군에게 병사를 할애하면서 한중에 병사를 보내는 건 힘들 터인데."

"그렇구나~……."

채염이 어깨를 늘어뜨렸다. 조운도 조정에서 어떤 충돌이 일어났다는 이야기는 들었다. 채염의 아버지가 끼어들어서 지금은 진정이 된 모양이지만, 병력을 온존해 두고 싶어하는 이각의 생각도 이해가 된다. 장안이 허술해지면 불온분자가 다시 야심을 드러낼지도 모른다.

"곤란하네~, 어디서 솟아나지 않을까~. 상인하고 이야기를 잘 해서 병량을 옮겨줄 만한 사람들~."

"감녕이라면 간단히 모을 수 있을 것 같은데, 그 녀석이 모을만한 사람들은 아예 말이 안 되니……."

조운이 별생각 없이 중얼거리자 주위가 조용해졌다. 채염과 이각이 이쪽을 빤히 바라보고 있었다.

"자룡찡, 그거 정말이야? 그런 사람이 있어?"

"그렇군! 그 녀석이 있었어! 용케도 눈치챘구나, 조운! 칭찬해주마!"

이 반응은 예상하지 못했다.

양주에서 가져온 은화를 빼앗은 도적, 감녕은 조운에게 패배한 뒤 감옥에 갇혀 있다. 그때, 감녕은 동백을 따르는 것을 받아들였다. 동백도 감녕에게 흥미를 보였지만, 은화 강탈의 피해자인 마대 일행이 장안을 떠날 때까지 감옥 밖으로 꺼내주지 못했던 것이다.

"아니, 아니, 아니. 그 녀석은 안 되지. 엄청난 위험인물이거든? 동백을 죽일 뻔하기도 했고."

"어? 그래……?"

채염이 정색한 것과는 달리 이각은 거친 숨을 코로 내뿜고 있었다.

"아니! 그 녀석은 도적들을 모아서 부릴 수 있으니 우리 병사들을 보내지 않아도 된다! 한중의 사정에도 밝으니 그야말로 안성맞춤일 게야!"

"그렇다고 해도 써먹으려면 전투나 파괴 공작이겠지. 도적 두목에게 병량을 맡기겠다는 거야?"

두 사람의 이야기를 듣고 있던 채염은 당황스러움과 의아함이 가득 찬 주름을 이마에 깊게 새기고 있었다.

"너희들, 방금 도적이라고 했어……?"

"목소리를 낮추시오, 염염 님. 마대 님께서 들으시면 큰일이니……, 뭐, 동백 님을 거역하고 양주의 사자를 습격했던 어리석은 자이긴 하지만, 지금은 마음을 고쳐먹었소이다. 잘 구슬리면 순순히 따를 것이오. 그렇게 되었으니

어서 감옥에서 꺼내주어야…….."

"방금 감옥이라고 했어……?"

이각이 완전히 마음을 굳히자 조운은 매우 초조해졌다.

"너무 위험해. 자다 일어나서 하품을 하면서 사람을 찌르고, 곧바로 다시 누워서 자는 녀석이라고."

"예전에 동탁 님께서 그렇게 하셨었지. 젊었던 소인도 사나이란 그렇게 해야 한다는 생각에 정진했었고."

"최악의 일화가 나왔네……."

"에잇, 주절주절 시끄럽군! 감녕은 동백 님께 귀순하겠다고 했을 터인데! 소인이 직접 동백 님에 대한 충혼을 때려 넣어주면 충성스럽고 부지런히 일할 게 틀림없다!"

이건 설득할 수 있을 것 같지 않네———. 조운은 그렇게 생각하며 포기했다. 이제부터 장안을 떠나게 될 그는 이각을 막을 방법이 없다. 그렇다면 적어도 할 수 있는 일을 할 수밖에 없다.

"……감녕을 감옥에서 꺼낼 거라면 나도 같이 가지. 어느 정도는 그 녀석에 대해 알고 있으니까."

"뭘 좀 아는구나! 그렇다면 좋은 일은 서둘러야지! 자, 감옥으로 가자꾸나!"

조운은 재촉하는 이각과 함께 나섰고, 왠지 모르겠지만 채염도 따라왔다. 그녀도 나름대로 일부러 기운을 내고 있었구나. 그 사실을 눈치챈 것은 채염의 필사적인 표정을 보았을 때였다.

"있지, 자룡찡. 백냥을 부탁할게. 나도 할 수 있는 일을 할 테니까, 응?"

"……내게 맡겨."

조운은 힘주어 고개를 끄덕였다.

이 임무를 막아서는 장애물이 잔뜩 있겠지만, 그렇다고 해서 내팽개칠 생각은 없다. 조운도 나름대로 지금 모시는 새로운 주인이 마음에 들었으니까.

하지만———, 조운은 그렇게 생각하며 먼 곳을 보았다. 채염 뒤쪽, 마대 일행과 뭔가 이야기를 나누고 있는 여자의 모습.

조운에게 있어서 가장 큰 장애물로 느껴지는 건 저 여자였다. 장안 천도 때 일시적으로 함께 싸웠던 것과는 상황이 다르다. 좀 더 오랜 기간 동안, 넓은 시야를 지니고 그녀와 힘을 합쳐야만 한다.

상대방이 이쪽을 볼 듯한 기척을 느낀 조운은 눈을 내리깔았다.

그녀와 눈을 마주치게 되기까지는 아직 시간이 더 필요하다.

5장 동백 쨩의 새로운 친구.

삼국지에서 삼국은 각각 다르게 성립된다.

위나라의 조조는 황제의 권위와 군사력을 배경으로 광대한 화북 지역을 지배하여 위왕이 되었다.

촉나라의 유비는 각지를 유랑하다가 얻은 동료와 백성들의 인기를 자신의 힘으로 삼아 익주 지역을 손에 넣었다.

그리고 오나라.

오나라는 손견으로부터 이어지는 손가 3대가 건국한다. 그 손가의 패업은 중국 남부———, 장강 유역에서 시작되었다.

장강 유역이라고 하면 이 무렵은 시골……이라기보다는, 조조의 본거지인 허창에서 보면 변경 지역이라고 할 수 있을지도 모르겠다. 개발의 손길이 미치지 않은 토지가 남아 있고, 한인 문화에 물들지 않은 이민족도 있다. 이른바 개척지다.

그런 지역에서는 지역의 유력자가 대두하곤 한다. 그 지역의 주민들을 도적이나 이민족으로부터 지켜주고 기댈 수 있는 유력자———, 이른바 호족들이 사람들의 지지를 모아 세력을 이루어갔다.

손견이 태어난 손가는 그러한 유력 호족 중 하나.

조조나 원소는 중앙 정계에 두터운 연줄이 있는 가문에서 태어나 그 연줄을 이용하여 정치가가 되었지만, 손견은 그들과는 대조적이다. 지방에 뿌리를 내린 배경을 토대로 인망을 모아 지역의 대표에서 군웅으로 치고 올라갔다.

그리고 '손상향'이란 손견의 딸로 알려진 자의 이름이었다.

"오늘은 우리 공주님께에……, 놀랍게도! 놀랍게도! 친구가 생겼습니다아!"

"축하드립니다아~!" "공주님, 축하해요오~!" "오늘도 귀엽네!"

해가 저문 뒤. 손상향 일행은 크다고 할 수 있을 만한 규모의 마을에 도착했다. 이른바 여관 마을일 것이다. 마구간과 여관이 늘어서 있는 거리에서 제일 괜찮아 보이는 곳으로 고른 건물의 어떤 방.

나란히 앉은 나와 손상향 옆에서 그녀의 시종들이 분위기를 띄워주고 있었다. 부탁하지도 않았는데.

사회자로 보이는 젊은 남자가 내게 손을 내밀었다.

"자아, 공주님의 새로운 친구! 그 이름은?"

"…………."

"이름으은~?"

"……동백입니다."

"동! 백! 짱입니다아! 앞으로 잘 부탁해요오!"

"잘 부탁해요오!""잘 부탁합니다아!""동백 쨩도 귀여워!"

———힘드네.

여기로 오는 동안에도 그들은 계속 이런 분위기였다. 생리적으로 맞지 않는 문화에 계속 노출되는 건 그냥 힘들기만 하다. 익숙하지 않은 환경에 놓인 동물의 스트레스는 분명히 이런 것이겠지. 머리가 빠질 것 같다.

주인인 손상향에게는 당연한 광경인 건지 계속 무표정하다. 신이 난 남자들과는 달리 이 싸늘한 모습은 아예 초현실적인 느낌마저 든다.

잠시 후, 손상향이 그 무표정한 얼굴로 나를 보며 말했다.

"동백. 나는 너와 우호를 맺고 싶어. 그건 이 환영회를 보면 알겠지. 너도 즐기고 있는 것 같아."

"그런가요……."

———즐기고 있는 것처럼 보였나요……, 보아하니 당신은 친절한 마음으로 인도어파 부하를 바비큐 파티에 데리고 가는 타입의 상사인가요…….

"거짓말을 한 건 용서해줬으면 좋겠어. 당신하고 그 초선이라는 출렁출렁한 여자가 이야기하는 걸 들어버렸어. 그리고 이런 생각을 해버렸어. 당신을 데리고 나오는 데써먹을 수 있겠다고."

"어? 그곳에 있었다고요? 그 시점에서 조조의 진에 숨어들어와 있었던 건가요?"

그렇게까지 심술궂은 질문이라는 생각은 없었는데, 손상향이 입을 다물어버렸다. 그 대신 남자들이 떠들어대기 시작했다.

"그럴 리가 없잖습니까! 동백 쨩! 얌전하고 내성적인 공주님이 적진에 혼자 숨어들어 가다니! 그렇지요? 공주님?!"

"나는 얌전하고 내성적이야. 동료들에게 아무런 말도 없이 멋대로 적진에 숨어들지는 않아."

"보세요, 공주님께서도 이렇게 말씀하잖습니까!"

비판 정신을 잃은 인간의 말로다.

"그래도 봉으로 적 병사를 때려눕히던데요."

"그건 신변의 위협을 느낀 소녀의 필사적인 저항. 무서웠어. 살해당하는 줄 알았어."

"아앗, 울지 마세요, 공주님!" "맞아! 어쩔 수 없지!" "공주님은 웃는 게 더 멋집니다!" "공주님은 잘못 없어! 다 세상이 잘못한 거지!"

남자들이 손상향 주위를 둘러싸고 무릎을 꿇은 채 위로하고 있었다. ———저항이고 뭐고, 완전히 선제공격이었던 것 같은데…….

"……뭐, 어찌 됐든 상관없지만요, 일단은 확인하게 해 주세요. 당신 아버님은 손견 님이시죠?"

"응."

"손상향은 본명인가요? 별명 같은 게 아니라?"

"그런데. 그게 왜?"

"아뇨, 딱히…….."

"그렇구나. 그럼 연회를 계속해. 어떤 재주를 보고 싶어? 이 녀석들을 벗길까? 춤추게 할까? 양쪽 다?"

"사양할게요. 그것보다, 이름 말고도 물어보고 싶은 게 있어요."

"진지한 이야기?"

"꽤 많아요."

"알았어. ……너희들, 걸리적거려. 저리 가 있어."

"알겠습니다~."

남자들은 쉽사리 방에서 나갔다.

주인을 나와 단둘이 남겨두는 걸 보니 나름대로 나를 신뢰하는 걸까, 아니면 손상향이 언제든 집어들 수 있는 곳에 쌍절곤을 두었기 때문일까. 기습이라고는 해도 어른을 때려눕힌 봉술 솜씨가 있으니 나이가 비슷한 어린아이 정도는 상대도 안 될 것이다.

"물어보고 싶은 게 뭐야?"

"어째서 저를 끌고 온 거죠?"

손상향이 고개를 갸웃거렸다. 그 몸짓에선 왠지 연기를 하는 듯한 느낌이 들었다.

"동백은 거기에 있고 싶지 않았던 거 아니야?"

"그렇긴 한데요, 위험을 무릅쓰면서까지 저를 구해준 이유를 알고 싶거든요."

"…………."

손상향은 계속 고개를 갸웃거리면서 자그마한 주먹을 입가에 가져다 대고 무표정하게 말했다.

"동백은 내 친구니까, 그렇지~?"

"……저기 말이죠. 저는 이제 와서 조조에게 돌아갈 수도 없어요. 저한테 뭘 시키고 싶은 건지 정보를 공유하는 게 이야기하기도 편할 텐데요."

"역시 대단해. 내가 친구라고 불러줬는데 그 기쁨을 이만큼이나 억누를 줄이야. 그야말로 철의 여인."

───손견은 대체 무슨 교육을 시키고 있는 거지?

"네 말이 맞아. 가르쳐줄게. 너는 아버님의 일을 도와줬으면 좋겠어."

"손견을요? 제가?"

"맞아."

"저기……."

평소였다면 이 시기의 손견이 처한 상황을 삼국지 지식 속에서 끄집어낼 수 있었을 것이다. 하지만 지금 중원은 이미 내가 알고 있던 역사와는 다른 삼국지를 그리기 시작하고 있다. 나는 이쪽에서 온 뒤로 얻은 정보를 떠올렸다. 원소와 조조가 했던 이야기다.

"손견은 지금 장강 동맹이라는 곳에 소속되어 있죠? 다른 구성원들은 원술과 여포, 그리고 장강 유역의 군웅……."

"그렇게 많지 않아."

그녀가 고개를 꺼었다.

"원술하고 여포. 이름난 사람은 그 두 사람하고 아버님 뿐. 다른 제후는 반발하거나 상황을 지켜보고 있어."

"어? 그런가요?"

"하지만 작은 세력이나 이민족 부족들이 몇 군데 아군으로 들어왔어. 실체가 없더라도 이름만 내걸면 거기에 아부를 떠는 사람이 생겨. 여포의 군사가 가르쳐준 거야. 시시한 속임수."

진궁인가? 새로운 터전에서 마음껏 활약하고 있는 것 같아 다행이네. 가능하면 주인과 함께 두 번 다시 엮이고 싶지 않았는데.

"아버님은 원술에게 유표 공략을 명령받으셨어. 지금 아버님은 형주의 번성을 공격하고 계셔. 동백은 그 공략을 도와줬으면 좋겠어."

"번성 공략을 도와달란 말이죠."

나는 생각에 잠겨버렸다. 원술과 손견이 연대해서 유표의 번성을 공격한다는 상황은 삼국지에도 있다. 하지만 분명히 뭔가 숨겨진 게 있다는 생각을 떨쳐낼 수가 없었다.

이런 어린아이가 스카웃을 하기 위해 움직이고 있다는 건 나도 어린아이니까 양보한다고 치고. 아버지를 위해 나설 인재로 하필이면 동백을 선택한 이유를 알 수가 없다. 지금 나는 평범한 아이에 불과하다. 게다가 손견은 반동백 연합의 참가자로 싸운 적도 있는 관계다.

손상향에게 있어서 나는 아버지의 적. 그렇다면 협력을

요청하기보다는 목을 요구할 것 같은데.

"그 보답으로 우리는 네가 장안으로 돌아갈 때 도와줄 게. 그러니 어때."

손상향은 내 망설임을 무너뜨리려는 듯 그렇게 말했다. 지금 내게는 주종 관계라 할 만한 부하가 근처에 없다. 버림받으면 끝장이다. 장안에 도착하기도 전에 굶어 죽을 것이다. 그리고 만약에 손상향이 나를 적이라고 생각한다면 언제든 나를 죽일 수 있었을 것이다. 지금도 마찬가지다.

"……알겠어요. 협력하죠. 그래도 제가 할 수 있는 일은 어차피 뻔하거든요? 공성 경험도 없고."

"괜찮아. 나는 친구의 힘을 믿어."

"우선 친구라는 것부터 아직 납득이 안 되는데 말이죠."

그럼에도 불구하고 나는 이 소녀를 따를 수밖에 없다. 굶어 죽는 건 싫으니까. 조조는 그렇다치더라도 이런 연하 어린아이에게까지 유괴당한 건 나도 반성해야 하고.

———손견의 번성 공략이라면 내가 가기 전에 끝날지도 모르니까.

장강 동맹이라는 이레귤러가 있긴 하지만, 손견이 유표를 공격한 것은 원래 역사에도 있는 사실이다. 손견은 번성을 뚫고 한수를 건너 유표의 목덜미인 양양을 포위한다. 그리고———.

그다음 일은 생각하지 않기로 했다.

6장 동백 쨩, 미아가 되다.

낙양.

반동백 연합과의 싸움으로 인해 불타버린 폐허에는 이제 도적조차 다가오려 하지 않는다. 돈이 될 만한 물건들은 장안으로 이주한 주민들이 가지고 갔고, 남은 물건들도 연합군의 병사들의 전리품이 되었다. 연합 제후들이 보였던 낙양 부흥의 움직임도 어느새 사라져 버렸다.

물건도, 사람도, 짐승조차 보이지 않는 사막 같은 폐허. 그것이 지금 낙양의 모습이다.

그렇게 폐허가 된 도시에 지금은 군대가 야영하고 있다. 장안에서 동백의 구출을 위해 파견한 군대다.

장안을 떠나 낙양에서 밤을 맞이한 그들은 불을 피우고 식사 준비를 시작하고 있었다.

"……앗, 조운 씨! 고생 많으십니다!"

모닥불에 둘러앉아 있던 비웅군 병사들이 차례차례 식기를 내팽개치고 일어나 고개를 크게 숙였다.

일제히 치솟은 '고생 많으십니다!'라는 파도에 질색한 조운은 고개를 살짝 숙여 대답했다.

"수, 수고가 많아……."

소금 강탈 사건 이후로 그들은 조운과 마주치면 항상 이랬다. 장군을 목표로 삼은 조운에게 있어서 아랫사람이 경의를 표하는 건 환영해야 할 일이긴 하다. 하지만 험상궂은 병사들이 예의를 차리는 모습은 조운이 예상했던 것보다 부담이었기에 아직 익숙해지지 못했다.

"무슨 일 있습까. 볼일이 있으면 불러주시지."

"그건 됐고, 홍선 있어?"

"저는 여기."

동백의 사병, 비웅군의 대표격인 홍선이 그림자 속에서 스르륵, 나타났다. 그는 허리를 숙이며 상처가 난 얼굴로 조운을 보았다.

"무슨 볼일 있으신지?"

"이야기할 게 좀 있는데……, 저기, 군사 기밀에 관련된 일이니까 남몰래."

홍선은 무슨 일인지 알겠다는 표정으로 고개를 끄덕이고는 병사들에게 눈짓을 보냈다. 다른 사람들을 물린 다음, 단둘이서 모닥불을 사이에 두고 앉았다. 심각한 표정으로 말을 꺼내기 껄끄러워하는 조운에게 홍선이 재촉했다.

"뭐든 말씀해 주십쇼. 이래 봬도 입은 무거운 편이라서요. 그 덕분에 살아온 거나 마찬가지입니다. 비밀을 무덤 속까지 가지고 가라면 그렇게 하지요."

"……사실, 마초 말인데."

조운의 안색을 살핀 건지, 홍선도 목소리를 낮췄다.

"미초 누님이 어쨌다는 거요?"

"나, 장안을 나선 뒤로 마초하고 이야기를 한 번도 안 했는데 말이야."

"네에."

"어떻게 하면 될까?"

"그거, 진심으로 하는 말씀이신지?"

홍선은 제정신인지 의심하는 듯한 눈초리로 말했다. 매우 진심이고 제정신이었기에 조운은 자기가 생각한 것들을 설명했다.

"뭐, 일단 들어봐. 우리 군의 지휘관은 지금 나하고 마초잖아. 두 명이라고. 연계를 제대로 취하지 않으면 위험할 것 같지 않아?"

"뭐, 그야……, 그러고 보니 형씨. 지금 입장이 장군이나 마찬가지네요."

"그렇다니까."

"축하합니다. 이야, 대장군!"

"아니, 그것참, 에헤헤……."

한참 부끄러워한 다음, 조운이 진지한 표정으로 돌아왔다.

"맞아, 염원하던 책임 있는 입장이 되었으니까 말이지. 동백의 목숨도 걸려 있고. 마초하고 의사소통을 못 하다가 실패하는 건 피하고 싶거든."

"그거 그럴싸한 말이고, 기특하다고 칭찬해드리고 싶긴 한데요……."

"한데요?"

"……그거, 다른 사람하고 의논해야만 할 수 있는 거요?"

"그러니까, 진심이라고!"

홍선은 자기 얼굴에 난 흉터를 한심하다는 듯이 긁었다. 모닥불을 바라보며 말했다.

"형씨는 누님하고 이야기를 하고 싶다. 그게 다요?"

"……군대를 이끈 경험은 나보다 그 녀석이 더 많을 것 같아. 그러니까 나는 그 녀석에게 배워야만 하는 입장이고."

"그렇겠죠."

"그리고 동료로서……, 뭐라고 해야 하나, 신뢰해줬으면 좋겠어."

"……여자를 싫어하는 형씨가 그런 말을 하는 거요?"

"나도 알아. 그렇기 때문이라고 해야 하나, 좋은 기회라고 해야 하나."

"아, 이번 기회에 여자를 싫어하는 성격을 극복하고 싶다는 말이군."

"……완전히는 힘들더라도, 어느 정도는."

"긍정적인 건지 내성적인 건지. 마음가짐은 훌륭한 것 같은데……, 그렇다면 해야 할 일은 뻔한 거 아니요."

"뭔데? 뭔데?"

"서로 눈을 보고 이야기를 나누는 거."

쭉 뻗던 조운의 등이 점점 구부러졌다.

"그럴 수 있다면 고생도 안 했겠지."

"그래도 누님은 그렇게 꾸물대는 걸 싫어하는 사람 아니요. 그럼 탁 터놓고 이야기를 나눌 수밖에 없지."

"나도 그렇게 생각하는데 말이야. 지금도 그 녀석 눈을 보면서 이야기하는 건 힘들고, 다가오기만 해도 소름이 돋아……."

"그런 말을 하는 녀석하고 터놓고 이야기하자는 생각은 안 들 겁니다."

"그러니까 나도 그렇게 생각한다고."

"뻔뻔하게 나올 일이 아닐 건데……, 이야기를 나눌 수가 없다면 이제 무인답게 결투 같은 걸 할 수밖에 없겠소. 서로 실력을 보여주고 이해한다, 뭐 이런 건 줄거리가 뻔한 연극에서나 통하겠지만……."

조운은 턱에 손가락을 대고 생각에 잠겼다. 홍선이 불안한 표정을 지을 때까지 생각이 계속 이어졌고, 잠시 후 조운이 고개를 저었다.

"……안 되겠어. 아마 둘 중 한 명이 죽을 거야. 양쪽 다 힘 조절이 될 것 같지가 않아."

"이야기는 못 한다고 바로 대답해놓고 결투는 진심으로 생각하다니……, 당신 무섭네……."

"또 뭔가 없을까? 마초하고 마음을 터놓을 방법."

"뭐, 이제 그거밖에 없겠네요."

홍선은 애교와 악의가 뒤섞인 듯한 표정으로 속삭였다.

"형씨도 알 거 아뇨? 그거 말이요. 그러니까……, 남자하고 여자니까, **그런 사이**가 되어버리면 되는 거지."

"……바보야?"

"반쯤은 바보 같은 소리지만, 나머지 절반은 진심이요. 나 같은 졸개에게 누님 같은 여자는 과분하지. 말괄량이를 싫어하는 건 아니오만, 그래도 도를 넘어섰으니까. 그래도 영걸인 형씨라면 자격은 충분할 텐데. 의외로 확 넘어와 버릴지도 모르고."

"의외고 뭐고 없어. 이상한 말을 하면 진짜로 죽을 때까지 싸우게 된다고."

"뭐, 나는 어차피 글러먹은 놈이니 말이요. 지혜를 짜내 봤자 이런 것밖에 없지. 영걸은 영걸을 안다고 하잖소. 당신들만 아는 세계가 있을 테고, 거기에 고개를 들이밀 사람은 내가 아니요."

홍선이 무슨 말을 하고 싶은 건지는 조운도 이해가 된다. 영걸은 영걸을 안다———, 그 말이 맞을 것이다.

문제는 조운이 자신을 조금도 영걸이라 생각하지 않는다는 점이다. 그럴 자격이 없다는 걸 알면서도 오기만 부리며 억지로 물고 늘어지고 있을 뿐. 끈질김만으로 이루어져 있는 자신이 진짜 영걸인 마초와 공유할 수 있는 세계가 있을까.

조운은 마초가 지금 어디에 있는지도 홍선에게 물었고, 역시나 홍선은 알고 있었다.

"나한테두 낯앙우 정겨우 곳이니 말이요. 마침 자주 다니던 가게가 어떻게 되었는지 구경하러 가봤는데, 폐허의 밤은 무섭더구만. 뭐가 무섭냐 하면, 있단 말이요. ……아니, 유령이나 요괴 같은 게 아니고. 이곳저곳에 살아있는 사람의 흔적이 있고, 그게 최근에 생긴 거요. 이런 저승 같은 곳이 마음에 들어서 자리 잡은 녀석은 제대로 된 녀석이 아니지. 그래서 낙양의 어둠이 깊은 곳에는 다가가지 말라고 동료들에게도 엄하게 말해 두었고요. 혼자서 길을 헤매지라도 않으면 그쪽이 먼저 손을 대지는 않을 겁니다만……, 아, 마초 누님하고는 돌아오는 길에 마주쳤지요. 사정을 설명했는데, 혼자서 어디론가 가버립디다. 말릴까 싶었는데 내가 누님에게 잔소리를 하는 것도 이상할 것 같아서…….”

조운은 홍선에게 들은 거리 쪽으로 서둘러 갔다. 기분 나쁜 예감이 든다. 마초의 몸 상태가 회복되었다고 생각했지만, 이렇게 어두운 곳에서 갑자기 습격당하면 당해버릴 우려도 있다. 그렇지 않아도 지금 마초는 머릿속이 동백으로 가득 차 있는 상태다.

안 좋은 예감은 꼭 들어맞기 마련이다.

거리 건너편에서 싸우는 기척을 느낀 조운은 서둘렀다. 짐승 같은 냄새가 풍겼다.

“……어라?”

조운이 멈춰 선 곳, 그 앞쪽.

마초가 너덜너덜한 옷을 입은 남자를 억누르고 있었다.

팔을 잡고 찍어누른 채 들어 올린 대도가 달빛을 반사했다. 아무리 봐도 숨통을 끊으려는 상황. 마초는 조운이 나타나자 놀란 기색이었다.

"조운? ……앗."

우득, 둔탁한 소리가 들리나 싶더니 마초 밑에서 남자가 기어 나와 도망쳤다. 팔의 관절을 빼내서 빠져나온 모양이었다. 남자는 짐승 같은 순발력으로 어둠 속을 향해 뛰어든 다음, 조운의 감각으로도 포착할 수 없을 정도로 멀리 도망쳤다.

"……저거, 누구야?"

"몰라. 갑자기 습격당했다. 동료가 두 명 더 있었는데 나머지는 놓쳤고."

도적일까, 이민족일까, 그게 아닌 다른 무언가일까. 지금 낙양에는 무엇이 숨어 있다 해도 알 수가 없다. 야간 불침번을 늘려야 할지도 모르겠다……, 그렇게 생각한 조운을 마초가 싸늘한 눈으로 바라보았다.

"너는 뭐 하고 있지?"

동백이 있는 곳에서는 절대로 보여주지 않는 눈초리와 찌르는 듯한 기척———, 아니, 거의 살기. 절대로 동료에게 드러내도 될 것이 아니다.

이 시점에서 얼른 돌아가 자고 싶은 마음이 가득했지만, 조운은 견뎌냈다. 이야기를 나누지 않는다면 남은 선택지는 사두를 벌이는 것밖에 없다. **그런 사이**는 아예 말도 안 된다.

꿀꺽, 침을 삼키고 땀을 쥐며 상대방의 눈이 아니라 이마 근처를 바라보았다. 조운은 챙겨온 꾸러미를 내밀면서여기 올 때까지 생각했던 말을 내뱉었다.

"시, 실은 배가 고프지 않을까 해서 가지고 왔는데……."

마초는 의심을 가득 담아 꾸러미를 노려보고는 코로 살짝 숨을 들이켰다.

"……물고기인가?"

"말린 물고기, 인데. 식량."

"물고기는 안 먹는다. 그런 기분 나쁜 것을 먹으니 중원사람들은 빈약한 거야."

그건 실례지. 내가 여자를 싫어한다는 거랑은 상관없이실례지, 중원 차별이지———, 조운은 머릿속으로 그렇게곱씹었다. 좋아, 화를 내자.

"너———."

그렇게 말하려다 그만두었다. 길바닥에 쓰러진 그을린기둥———, 어떤 저택의 기둥이었던 것 같은 그것을 누가여기까지 가지고 온 건지는 모르겠지만, 마초는 거기에 걸터앉아 있었다. 가죽 용기에서 무언가를 집어먹고 있었던거다.

식사를 가지고 온 사람 앞에서 일부러 보여주는 거냐는생각이 들긴 했지만, 뭘 먹고 있는 건가라는 흥미가 더욱강했다. 하얗고 특정한 형태가 없는 음식. 그리고 산미가

섞인 냄새가 코를 찔렀다.

조운의 시선을 눈치채고———, 하지만 표정이 어떤 의미인지까지는 이해하지 못한 채 마초가 자랑스러운 듯이 미소를 지었다.

"처음 봤나? 이건 양의 젖을 발효시켜서 말린 거다. 내가 함께 지내던 강족들은 전투에 나설 때 이걸 휴대 식량으로 삼았지. 기운이 나고 자양 효과도 있다. 중원에서는 이걸———."

"징그러워……."

처음 접한 식문화를 보고 진짜 감상을 소리 내어 말해버렸다. 당연하게도 마초는 화를 냈다.

"네놈! 나를 키워준 강족의 식사를 바보 취급하는 거냐!"

"아, 아니, 미안. 그래도 양젖이라는 것만으로도 거부 반응이 있는데 발효시켰다니……. 잠깐만, 오지 마. 다가오지 말라고……!"

"자, 잘 봐라! 이게 얼마나 뛰어난 음식인지 봐라! 그리고 인정해!"

"그러니까 오지 말라고……, 냄새나! 이게 뭐야! 냄새! 썩었잖아!"

"써, 써써써써썩었다고?! 할 말이 따로 있지, 네놈, 발효시킨 거라고 했잖나! 썩은 게 아니다! 발효시킨 거다!"

"분명히 썩은 거라니까! 실제로 위험한 냄새가……, 냄새! 진짜 냄새나! 그만두고, 배탈 나니까!"

"썩은 게 아니라고 하잖나! 뭐냐! 네놈! 양주 차별이냐!"

"너도 중원의 음식을 바보 취급했잖아……, 잠깐만, 잡지 마. 잡지 말라고."

조운은 도망치려고 발버둥 쳤지만, 마초의 엄청난 악력이 옷깃을 잡고 놓아주려 하지 않았다. 그녀가 싫어하는 조운에게 얼굴을 들이밀었다.

"네 그 태도는 예전부터 마음에 들지 않았다. 좋은 기회가 생겼으니 이야기하도록 하지."

"잠깐만, 잠깐만, 진정하라고. 일단 손을 놓고———."

"닥쳐라! 너는 항상 그래. 내가 말을 걸어도 제대로 대답하려 하지도 않고 눈도 마주치지 않아. 무례한 태도를 바로잡기는커녕, 휘말리든 피해자 행세만 하고. 다른 사람들을 깔보면서 자신을 가엾게 여기는 건 정말 마음이 편할 거야. 멋대로 해라. 하지만 그런 행동은 어엿한 남자의 몸가짐을 제대로 갖추고 나서 해야지, 어설픈 녀석."

그때, 조운은 그제야 마초와 눈을 마주 볼 수 있었다. 조운의 가슴속에 솟구친 분노는 주로 정곡을 찔렸기 때문이었지만, 분노에는 종류에 상관없이 껄끄러운 것을 극복하게 만들어주는 힘이 있다.

"멋대로 떠들어대기는———."

멱살을 잡고 있던 마초의 손목을 잡고 밀어냈다. 마초를 건드린 건 이번이 처음이었고, 그래서 무방비하게 **그것**을 느껴버렸다.

"———……왜 칼을 쓰는 거야?"

"뭐라고?"

"칼을 쓰기 시작한 건 최근 1년이나 2년……, 예전에는 다른 무기를 썼네……, 칼보다 훨씬 더 오랜 시간을 훈련에 투자했겠지……."

호전적이던 마초의 눈빛이 확실하게 흔들렸다.

조운이 말한 내용은 마초의 손을 통해 느낀 청경의 영감이었다. 근육이 붙은 방식이나 경맥을 통해 정보를 읽어내고, 그렇게 품은 의문이 있는 그대로 입 밖으로 나와버렸다. 빈약한 무예의 재능에 조금씩 물을 주며 키워온 조운에게는 마초의 무기 선택이 쓸데없이 돌아가는 길이라 느껴졌기 때문이다.

"자루를 짧게 쥐고 베는 게 아니라, 두 손으로 잡고 휘두르거나 말 위에서 찔러 내리는 훈련……. 창이나 모(矛) 같은 것……, 대단하네. 이렇게까지 단련했는데 왜 그걸 버리고———."

짜아악!

조운의 손이 튕겨 나갔다. 뼈에 스며드는 듯한 통증은 이제 신경 쓰이지 않는다. 조운은 태어나서 처음으로 눈앞에서 여자의 감정을 보았다.

"———죽어."

저주가 담긴 말을 내뱉은 마초는 진 쪽으로 돌아갔다.

발소리와 기척이 멀어지지 조운은 여전히 저려서 감각

이 돌아오지 않는 자신의 손바닥을 내려다보았다. 방금 마초의 발경은 조운이 도저히 흉내 낼 수 없는 것이었다. 손목을 통해 흘러들어온 경이라고는 볼 수 없을 정도로 강하고 공격적이었다. 조운의 반응이 늦었다면 다섯 손가락을 전부 삐었을지도 모른다.

하마터면 염좌가 생겼을지도 모르는 손으로 찰싹, 얼굴을 때렸다.

"너무 깊게 파고들었네……, 게다가 결국 싸웠고……."

말린 물고기를 든 채, 조운은 한동안 그곳에서 중얼중얼 불평을 늘어놓았다.

◇

"호오~, 그렇구나~, 동백 쨩, 남자애하고 논 적이 별로 없구나~?"

"네에……."

"그럼 지금처럼 남자들만 있는 곳에서 여자애 혼자 있는 것도 처음 아니야?"

"네에……."

"그래서 긴장하는 거구나~, 괜찮아, 괜찮아. 힘 빼고~."

"네에……."

―――이게 뭐야.

이곳은 손상향의 마차 안. 조조의 진지에서 탈출했을 때

탔던 투박한 짐수레와는 달리 비단 막이 둘러진 호화로운 마차다. 여기까지 오면서 갈아탔는데, 나는 그 비단 막 안에서 손상향의 시종들에게 둘러싸여 있었다.

"저기……, 손상향 님이 늦으시네요. 관문을 통과할 수 속을 밟는다고 하셨는데……."

"이 근처는 뒤숭숭해서 관문도 엄하거든~." "미안해~." "그래도 동백 쨩을 심심하게 만들지 말라고 공주님께서 말 씀하셨으니까. 즐거운 시간을 보내자."

――그래서인가? 이 녀석들이 엄청 가까이 있는 게.

손가락 하나 건드리지는 않지만, 내 개인적인 공간을 마구 침범하고 있다. 대인 관계 쪽에 트라우마가 많은 내게 는 꽤 스트레스다.

"저기, 밖에 좀 나가고 싶은데요……."

"밖에? 관문 앞이라 사람이 꽤 있는데? 괜찮겠어? 무섭 지 않아?"

――여기서 당신들에게 둘러싸여 있는 것보다는 낫지.

남자들과 함께 밖으로 나섰다. 폭이 좁은 언덕길. 그곳에 설치된 방책이 이쪽과 건너편을 나누고 있다. 관문이라기보다는 규모가 작은 요새라는 느낌에 오래된 것 같지도 않다. 전쟁을 대비해 설치된 급조 관문으로 보인다.

그리고 관문의 문에서 약간 떨어진 곳에 노점이 늘어선 공간이 있었다. 마치 축제 같다.

"성실 사람이 많네…, 딱히 관문이 혼잡한 것도 아

닌데."

"관문 근처에는 정보를 교환하기 위해서 사람이 모이니까~, 자주 있는 일이야, 자주 있는 일."

관문의 관리가 뇌물을 요구할지도 모른다, 건너편에서는 전쟁이 일어나려 하고 있을지도 모른다, 도적이 잠복한 채 목이 빠지게 기다리고 있을지도 모른다……. 관문을 통과할 때는 그러한 불안함이 항상 따라붙기 마련이다.

그 때문에 정보를 교환할 곳이 필요하다 → 사람들이 모여들면 물물교환이 발생한다 → 자연스럽게 장사도 이루어진다……, 이런 느낌인 모양이었다.

내 발은 관문이 아니라 그쪽으로 향했다. 시장 같은 형태가 이루어져 있지만 파는 물건은 시장보다 훨씬 조촐하다. 활기가 있다고 하기 힘든 이유는 사람들의 표정이 어둡기 때문이다. 노잣돈을 얻기 위해 어쩔 수 없이 내놓은 물건도 많을지 모르겠다.

가격표가 있는 노점은 거의 없고, 구두로 교섭하는 게 기본인 모양이었다. 화폐로 거래하는 것보다는 물물교환이 일반적이다. 그리고 이곳에서는 보석이나 장식품 같은 것들보다 식량이 제일 고급스러운 물건인 것 같다. 난세의 여행자에게는 사치품보다는 오늘 먹을 밥이 더 중요하다는 뜻일까.

"어라?"

문득 정신을 차리고 보니 그 남자들이 사라졌다. ……아니, 내가 구경하느라 정신이 팔린 사이에 따로 떨어진 모양이었다. 장식품이 진열된 노점 앞에서 '이거 공주님께 어울리지 않을까?', '엄청 어울리겠네', '살 수밖에 없지'라는 이야기가 들린 게 마지막이다.

———아무리 그래도 낯선 지역에서 혼자 있는 건 위험한데……!

빠른 걸음으로 돌아가 남자들을 찾아보았지만, 보이지 않았다. 소리를 내어 부르는 것도 망설여졌다. 큰 목소리로 나 자신이 미아라고 선전하면 스스로 위험을 불러들이게 될 것 같다. 나는 최대한 차분한 척하면서 시장 안을 돌아다녔다. 손님들의 얼굴을 살펴보며 딱히 익숙하지도 않은 얼굴을 찾아다녔다.

젊고 경박하게 생긴 얼굴, 경박하게 생긴 얼굴…….

"뭐야, 이 은화."

"장안에서 나돌고 있는 물건이야. 봐, 마왕의 손녀, 장안의 마녀."

"그래, 은화에 자기 얼굴을 새긴다는 소문이 사실이었나? 터무니없는 아이로군."

———…………

특수한 은화가 거래되고 있는 것 같은데, 나는 무슨 이야기인지 잘 이해할 수가 없었다. 나는 옷소매로 얼굴을 가리고 재빨리 그곳을 떠났다.

……그때, 묘하게 정겨운 향기가 느껴졌다. 기시감 같은

그 향기는 감귤 계열 과일의 향. 환생한 이후로는 처음 맡은 향기였다.

잠시 후 나는 파란 과일을 잔뜩 싣고 있는 짐수레 앞에 멈춰 서 있었다.

"……레몬?"

"어라, 아가씨, 이거 아나?"

짐수레 옆에는 반쯤 알몸인 중년 남자가 걸터앉아서 해진 옷을 수선하고 있었다. 남자는 짐수레를 턱으로 가리켰다.

"먹고 싶으면 하나 줄게. 깨물어봐."

"아뇨, 통째로 깨물어 먹는 건 좀……."

"하하. 맛을 알고 있는 걸 보니 아는 척했던 게 아닌 모양이군."

앞니가 없는 미소를 보이며 남자가 코를 문질렀다. 말동무에 굶주렸던 건지 나 같은 아이 상대로 수다를 떨기 시작했다.

"이건 남쪽에서 왔다는 상인에게서 사들인 건데. 물 건너온 신기한 과일이고, 장강 건너편에 사는 부자 녀석들이 좋아하는 물건이지. 여행에는 짐만 되니 푼돈만 받고 팔겠다……, 그렇게 지껄이길래 사들였어. 그런데 이건 한 입 베어 물기만 해도 혀가 쪼그라들 정도로 시더라고. 도저히 먹을 만한 게 못 돼. 강동 출신이라는 행상인에게 물어봤는데, 익어도 달아지는 게 아니라는 모양이더라. 나는 얼른 관문을 통과하고 싶은데, 이렇게 짐이 많으니 세금을 얼마나 매길지 알 수가 없잖아? 꼼짝도 못 하게 되어버려서 말이지."

나는 남자의 이야기를 반쯤 흘려듣고 있었다. 머릿속에는 문득 떠오른 아이디어가 가득 차 있었다.

레몬의 원산지는 분명히 인도나 히말라야 근처였을 텐데. 중국 기준으로는 서쪽. 그런데 남쪽에서 온 상인이 가져왔다고 한다. 그 사람이 정말로 상인이었는지는 의심스럽지만(과일의 정체를 알지 못하고 빼앗아 온 도적일지도 모른다), 방향이 신경 쓰였다.

내가 장안에서 공사를 세우고 교역에 나선 실크로드. 이것은 서역이라 불리는 지역에서 중앙 아시아를 통해 유럽에 이르는 육지의 교역로였다.

하지만 대륙의 동서를 이어주는 교역로는 한 가지 더 있다.

그것은 동중국해에서 인도양을 지나가는 루트. 유목민, 캐러밴이 아니라 배를 이용하는 해양 교역로다. 이 교역로를 통과했다면 인도의 과일이 중국까지 왔을지도 모른다. 홍콩이나 상하이를 지나 외국의 상품이 들어왔다고 한다면.

──그 물류에 우리 공사가 파고들면 육지와 바다, 양쪽 국제 교역로를 손에 넣을 수 있겠는데……

장안에서 홍콩, 상하이는 멀지만 불가능한 건 아니다.

그 이유는 두 가지다.

첫 번째. 장강의 지류 중 몇 군데는 익주로 흐른다. 익주에는 오두미도라는 종교 세력이 존재하고, 그 교주인 장로와 나는 협력 관계를 맺었다. 다시 말해 익주를 통한 장강의 수운을 풀가동하면 이 레몬 같은 해외의 상품도 다룰 수 있을지 모른다.

두 번째. 강동(남경 등을 포함한 장강 하류 지역)은 손가의 근거지이며 나중에는 장강 유역의 거의 모든 지역이 손오의 지배를 받게 된다.

첫 번째는 이미 해결되었고, 두 번째는 지금부터.

진심으로 이 계획을 진행한다면 손견을 만나러 가는 도중인 나는 지금, 놓칠 수 없는 비즈니스 기회를 맞이한 것이다. 그들의 부탁을 들어주고 우리 부탁도 들어달라고 한다면.

"……이봐~, 왜 그래, 아가씨. 갑자기 멍하니 서 있고."

노점의 주인이 말을 걸자 나는 정신을 차렸다. 발상이 부풀어 올라서 진심으로 구상에만 빠져 있었다. 지금 내 입장은 포로나 마찬가지인데, 대체 뭐 하고 있는 걸까.

쑥스러움을 감추려고 머리를 긁으며 농담처럼 말했다.

"아뇨……, 이 레몬을 보니 괜찮은 장사가 생각나서요."

"오오, 그래? 그거 잘됐군!"

"잘됐다고요?"

"좋은 옷을 입고 있으니 말이야. 당신, 용돈 좀 있어?"

"아뇨……."

"그럼 아버지하고 같이 온 거야?"

"지금은 손가 사람들하고 같이 있는데요."

"손가……, 강동의 손가? 지금은 원술 님하고 손을 잡았다는? 손가의 손님인가?"

"손님이라고 하면 손님이겠네요."

"그렇다면 안심이지. 당신도 관문을 통과할 건가?"

"네, 손견 님에게 가던 참이에요."

"오오! 그럼 내가 가져다주지!"

──가져다준다고……? 왠지 이야기가 엇나가고 있는 것 같은데.

남자는 당황한 나를 내버려 두고 짐을 챙기기 시작했다. 짐수레를 움직이면서.

"아니, 이 짜증 나는 과일을 전부 산속에 버릴까 싶었는데, 끈질기게 버틴 보람이 있었군. 사줘서 고마워! 돈은 관문의 세금까지 포함해서 손가에 외상으로 달아둘 테니까!"

흐읍, 그렇게 기합을 넣은 남자는 짐수레를 끌고 뛰어가기 시작했다. 눈을 흘기는 사람들을 흙먼지와 함께 밀쳐내며 짐수레가 멀어졌다. 그제야 나는 이야기가 엇갈렸다는 걸 눈치챘다.

"아, 아니에요! 그걸 산다고 한 게 아니라……, 빨라!"

골치 아픈 일이 생겨버렸다. 이제부터 장사 이야기를 하러 갈 상대에게 외상을 달고 물건을 사다니, 인상이 안 좋아질 것 같은 느낌밖에 안 든다.

나는 타박타박 남자를 쫓아가다⋯⋯, 곧바로 포기했다. 짐수레라는 핸디캡이 있다 해도 어른이 뛰는 속도는 따라잡을 수 없을 것 같았고, 10초 정도 느릿느릿 뛰자 운동이 부족한 몸이 비명을 질렀기 때문이다.

어깨를 들썩이며 숨을 쉬던 나는 주위 사람들의 주목을 받고 실수했다는 생각이 들었다. 하지만 병사로 보이는 사람이 몇 명 있으니 갑자기 습격당하지는 않을 것이다.

불행 중 다행으로, 낯익은 얼굴도 찾아냈다.

젊고 경박하게 생긴 남자.

나는 상대방을 제대로 확인하지도 않고 말을 걸어버렸다.

"저, 저기, 좀 전에는 엇갈려버려서⋯⋯."

"⋯⋯동백?"

조용히 경악한 상대방의 표정에 나는 그제야 최악의 엇갈림을 눈치챘다.

손상향의 일행처럼 상인 같은 차림새가 아니었다. 경갑을 걸친 무인이었고, 그 옆에는 땅바닥에 꽂힌 극이 있었다. 다시 말해 사람을 착각한 것이다.

하지만 그건 결국 내가 잘 아는 얼굴이었고———, 가능하다면 두 번 다시 만나고 싶지 않다고 생각했던 남자의 얼굴이었다.

"⋯⋯여, 여포?"

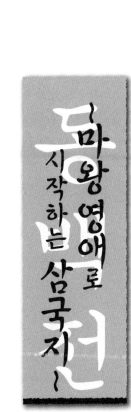

마왕 영애로 시작하는 삼국지전~

7장 동백 쨩, 옛 적을 거느리다.

여포는 내가 동백이라는 사실을 눈치채자마자 주위를 둘러보았다.

어느새 시장에는 병사들이 모여 있었다. 여포의 부하인 모양이었다. 여기에 내 병사나 호위가 없다는 사실을 확인했는지, 여포의 얼굴에 악의가 드러나기 시작했다.

"이봐, 이봐, 이봐, 이봐~? 이런 우연은 보통 있을 수 없는 일이거든요? 나를 함정에 빠뜨리려는 거야? 다시 만난 척하면서? 그런 속임수야?"

방천화극을 어깨에 들쳐멘 여포는 내게 다가와 떠보는 듯이 시선을 깔았다. 당장에라도 흘러넘칠 것 같은 사나운 감정을 억누르며 냉정하게 내 생각을 꿰뚫어 보려 하고 있다. 나는 그 신중함이 무서웠다.

"……그래도 척 보기에는 그런 표정도 아닌데. 그럼 너, 무슨 사고라도 쳤냐?"

여포의 볼이 크게 찢어지며 사악한 미소를 드리웠다. 이제 와서 도망칠 수 있을 것 같지는 않지만, 나는 퇴로를 찾아야만 했다. 싸움의 낌새를 느끼고 근처의 노점이 문을 닫고, 구경꾼들은 멀리서 상황을 지켜보았다. 그 대신, 여포의 병사들이 나를 둘러쌌다.

아무리 봐도 도망칠 수 있는 상황이 아니다. 한시가 급한 사태다.

마음가짐을 추스를 시간도 아까웠기에 나는 곧바로 입을 열었다.

"오랜만이에요, 여포 님. 여전히 광견 같으시네요."

초조한 마음을 들키지 않게끔 한마디 한마디를 신중하게 내뱉었다. 효과가 있었는지는 모르겠지만, 여포는 나를 건드리려 하지 않았다.

그 대신 한순간, 여포의 눈이 내게서 벗어났다. 주위를 재빠르게 둘러보다 돌아왔다. 내게 너무 집중하지 않게끔 주의하는 것 같았다.

여포는 호로관 전투 때 내 책략에 빠져 후퇴해야만 했다. 이런 상황에서도 여유 있는 모습을 보고 무너지기 직전이었던 자제심을 다시 다잡은 모양이었다. 나는 이 여포의 신중함에 걸 수밖에 없었다.

"여전히 망할 꼬맹이구나~. 아니, 전혀 상관없어. 오히려 환영이지. 목숨 구걸을 하기는 아직 이르니까. 순서라는 게 있잖아. 미리 물어보는 건데, 귀, 손가락, 코, 어떤 거부터 날려줄까?"

"악취미시네."

나는 그렇게 말하며 일부러 한숨을 쉬었다.

"악취미인데다 성격까지 안 좋으니 답이 없네요. 그러니까 우리 진영에서 붕 떠 있었던 거라고요, 당신."

내 말을 들은 여포의 병사들이 당황했다. 맹수의 우리를 확인하려는 듯이 여포의 안색을 살피고 있었다. 여포가 신중함을 잊을 정도로 분노하면 나도 끝장이다.

하지만 나는 여포가 그 정도로 화를 내지 않을 거라 예상했다. 이상한 성격이나 고립된 처지를 지적당한 것 정도로, 이 남자의 자존심은 흔들리지 않는다. 지뢰가 있다고 한다면 다른 사람이 깔보는 것. 그리고 자신의 무력을 부정당하는 것이려나.

"아, 그래. 그래서 그 진영의 졸개들은 어디 있어? 이각 아저씨는? 마초라고 했던가? 그 여자는? 있으면 미리 예고했던 대로 처죽이고 싶은데. 내게 겁을 먹고 도망친 거라면 미안해. 사과하는 의미로 그 못생긴 머리를 잘 보이는 곳에 매달아줄게."

"없어요."

나는 곧바로 대답한 다음, 여포가 입을 열기 전에 말을 이었다.

"혼자 돌아다니다니, 너무 경솔했네요. 덕분에 보고 싶지도 않았던 얼굴을 보게 되어서 정말 질색이에요. 이곳은 수도도 아닌데, 그렇죠?"

어차피 내가 혼자라는 사실은 숨길 수가 없다. 그렇다면 내가 혼자 있다는 걸 경계하게 만들 수밖에 없다. 나는 '수도'라는 단어를 슬쩍 들먹임으로써 여포가 떠올리게 했다. 동백이 혼자 돌아다니는 건 낙양에서도, 저택 안에서도 없었던 일이었다는 사실을.

여포는 그 사실에 부자연스러움을 느낄 것이다. 그 위화감은 내게 손을 대는 걸 주저하게 만드는 브레이크로 작용한다.

———문제는 여포가 내 허세를 언제까지 경계해줄지인데…….

"여포!"

구조선은 내가 기대했던 것보다 빨리 왔다.

손상향이 시종들을 데리고 이쪽으로 다가왔다. 여포의 병사들이 나보다 연하인 소녀에게 길을 양보했고, 손상향은 코앞에서 여포를 노려보았다. 상대가 천하무쌍인데, 어린 나이에 담력이 정말 대단하다.

"나랑 하던 이야기가 아직 안 끝났어. 여기서 뭐 하고있지?"

"뭐냐니, 일인데? 나한테 뭔가 감추고 싶어 하는 게 뻔히 보이길래 확인해야겠다 싶어서."

"멋대로 구는군."

"그게 멋대로 구는 게 아니란 말이지. 나는 장강 동맹의 장군이고? 근무 태도도 성실하니까. 수상쩍은 건 확인해야 하잖아? 그래서 말인데…….."

여포는 나를 손가락으로 가리키며 몸을 숙여서 손상향에게 얼굴을 들이댔다.

"……이거 뭔데. 이런 걸 데리고 돌아간다는 이야기는 들은 직이 없어. 설명."

"손가의 사정. 당신하고는 상관없어."

"그 엉터리 변명을 백 보 양보해서 인정해줄 수도 있지. 하지만 손님 취급은 아니잖아. 포로여야지. 적이니까."

"그녀는 형주 공략에 필요할 거라고 판단했어. 장강 동맹을 위한 조치."

"그런 말로 납득할 것 같아? 하하하, 이 꼬맹이, 머리가 정말 안 좋네~, 재미있어."

여포는 웃으면서 손상향의 머리를 마구 쓰다듬었다.

"이봐! 너, 뭐 하는 거야!"

소녀 뒤에 있던 남자들이 여포와 그녀 사이에 끼어들었다. 주인을 모욕당한 그들은 이마에 푸른 핏줄을 드러내며 매우 화가 난 것 같았지만, 여포는 오히려 기뻐하는 낌새를 보이고 있었다. 보아하니 손견의 딸에게는 손을 댈 수가 없어도, 평범한 병사라면 기뻐하며 죽일 것 같다.

하지만 그보다 먼저 손상향이 병사들의 발꿈치를 봉으로 때렸다.

"아얏~?! 뭐 하는 거야, 공주님!"

"지키라고 한 적은 없어. 물러나."

연하답지 않게 사나움이 담긴 낮은 목소리. 남자들은 곧바로 뒷걸음질 쳤다. 그리고 그녀가 다시 여포에게 말했다.

"여포. 당신을 납득시킬 필요는 없어."

"아버지 부하에게 자기를 공주님이라고 부르게 하는구

나. 엄청 안쓰러운데, 이 꼬맹이."

"당신이 해야 할 일을 했다면, 나도 그녀를 데리고 올 필요가 없었을 거야. 불만이 있다면 원술 님에게 보고해도 돼."

여포는 감탄하는 것 같기도 하고, 어이없어하는 것 같기도 한 목소리를 냈다.

――그런가 싶더니 몸을 'ㄱ' 자로 구부려 손상향의 얼굴 앞에 자기 얼굴을 들이댔다. 한쪽 손은 어느새 손상향의 곤을 잡고 있었다. 곤에서 삐걱대는 소리가 울렸다.

"아버지 부하들에게 둘러싸여서 건방지게 굴던 꼬맹이가 이번에는 원술 이름을 대면서 으스대는 거야? 촌스럽긴. 제대로 된 어른이 못 될 것 같은데 지금 죽는 게 낫지 않을까?"

무례하기 짝이 없는 그 태도를 보고 손상향의 부하들도 검을 뽑아 들려 했다. 하지만.

"소란 피우지 마!"

손상향의 일갈에 잠잠해졌다.

"무의미한 공갈이야. 당신은 여기서 내게 손을 댈 정도로 어리석지 않아."

여포는 싸늘한 쇠 같은 눈으로 재빨리 주위를 보고는――, 많이 몰려든 구경꾼들을 보고 혀를 찼다.

"……늘어지네. 난 간다, 할 일도 있고."

완전히 흥미를 잃은 듯이 등을 돌렸다. 떠나가다가 돌아보고 내게 밀까고은 시선을 던졌다.

"동백 쨩은 허세를 부리는 법을 좀 더 배워야지? 다음에는 오늘처럼 기다려주지 않을 거니까."

――들켰는데도, 내버려 둔 모양이다.

그제야 손상향에게 고마운 마음이 생겼다. 고맙다는 인사를 하려던 참에 그녀가 원망스러운 눈초리로 나를 빤히 보았다.

"멋대로 돌아다니면 곤란해."

"죄송합니다……."

"아, 아니야, 공주님. 동백 쨩이 잘못한 게 아니라, 우리가――."

"잘 좀 해."

"네, 죄송합니다."

모두가 일제히 고개를 크게 숙였다. ――잘 길들였네.

"따라와."

손상향이 다른 사람들의 이목을 신경 쓰며 내 옷소매를 잡아당겼다. 우리는 함께 마차로 돌아갔다.

마차는 아무 일도 없이 관문을 통과했다. 손상향이 이미 이야기를 해둔 모양이었다.

바깥 상황을 신경 쓰던 손상향은 관문이 뒤쪽으로 멀어지고 마차와 나란히 달리던 부하들이 고개를 끄덕인 것을 확인하고는 이야기를 시작했다.

"그 남자와 만나게 할 생각은 없었어. 사과할게."

"장강 동맹은 모두가 한데 뭉친 게 아닌 모양이네요."

"처음부터 뭉치지도 않았어. 아버님도 어쩔 수 없이 따를 뿐이고."

손상향은 잠시 망설이고 나서 덧붙여 말했다.

"어머님께서 인질로 잡히셨어. 원술은 어머님의 목숨을 방패 삼아 아버님에게서 옥새를 빼앗았고."

……상황을 대충 알겠다. 나는 무심코 하늘을 올려다보았다.

손견은 인질 때문에 원술을 따르고 있다……, 그렇다면 장강 동맹은 실질적으로 원술과 여포, 두 명뿐이다. 조조 곁에서 들었던 '장강 유역 제후들의 연합'이라는 것의 실체가 의심스러워진다. 손상향이 한 말대로 진궁이 사기를 치는 거 아닌가?

──그렇다면 혹시……, 이 세계의 역사가 그리 크게 바뀐 것도 아닌 걸까?

장강 동맹이라는 묘한 이름을 내세우고 있을 뿐, 원래 역사와 별다른 차이가 없다……, 그런 느낌이 들기 시작했다. 내가 알고 있는 삼국지에서도 여포와 손가는 원술과 손을 잡은 시기가 있었지만, 최종적으로는 갈라서게 된다. 이 세계에서도 그렇게 될 것이다. 원소 쪽 화북 연합도 언젠가는 그렇게 될 테고.

역사라는 큰 강에 돌멩이를 던진 것 정도로는 쉽사리 흐름이 바뀌지 않는다 ──, 초선이 한 말이 맞다,

"유표에게서 형주를 빼앗는 것. 그게 원술이 아버님께 내세운 조건이야. 어머님을 구하기 위해서는 형주를 공략해야만 해. 그러니까 동백, 힘을 빌려줬으면 좋겠어."

"그런 거라면, 알겠어요. 당신 아버님께 협력하죠."

역사의 흐름에 큰 변화가 없다면 내 삼국지 지식도 아직 효과가 있다는 뜻이다. 그렇다면 나는 분명히 손견에게 협력할 수 있다. 잘만 하면 장안으로 돌아갈 수도 있을 테고, 교역 이야기도 진행시킬 수 있는 일석이조의 전개로 몰아갈 수 있을 것이다.

"정말로? 고마워, 동백."

"섭섭하네요. 우리는 친구잖아요."

"친구. 맞아. 이야기를 듣고 보니 처음부터 그랬던 것 같아."

이번에 손가에 은혜를 베풀어두면 장강 수운을 이용한 교역 이야기를 진행시키기 편할 것 같다는 속셈은 말하지 않았다. 어린아이에게 그런 돈 이야기를 하는 건 좀 그런 것 같으니까.

"그건 그렇고, 아버님에 대해 할 이야기가 좀———."

손상향이 갑자기 쌍절곤을 들고 마차를 덮고 있던 비단 막을 걷어냈다. 지금까지 눈치채지 못했지만, 마차가 천천히 속도를 늦추고 있었던 모양이다.

언덕길을 가로막으려는 듯이 누군가가 서 있었다. 보라색 천을 두건처럼 늘어뜨리고 있어서 얼굴 생김새는 알아볼 수가 없다. 천 끄트머리를 깨물고 있는 붉은 입술에선 묘한 요염함이 느껴졌다. 주변 나무에서는 불길한 까마귀 소리가 여러 겹으로 겹쳐서 들리고 있었다.

손상향과 시종들은 이미 전투태세에 들어가 있었다.

"웬놈이냐."

손상향의 물음에는 대답이 돌아오지 않았다. 그 사람은 그저 가늘고 하얀 손가락으로 이쪽을 가리키기만 했다. 마치 사람 숫자를 세는 것처럼.

"여보세요~? 공주님이 누구냐고 물어보시거든요? 자기소개를 해주시면 안 될까요."

"다행이야."

남자가 소리 내어 그렇게 대답했다. 몸매가 가늘고 피부도 하얘서 여자인줄 알았는데.

"다들 약한 것 같아. 후훗. 좀 전에 반짝거리던 사람들과는 다르, 네."

"좋아, 그럼 적으로 간주하지. 우리 공주님께 다가오지 말아줄래?"

"후후. 안 돼. 후후후후. 안 돼, 안 돼, 안 돼."

흔들흔들, 기묘하게 흔들리며 남자가 움직였다. 느긋한 발걸음으로만 보이는데 눈 깜짝할 새에 마차 코앞까지 다가왔다. 거리감과 걸음걸이의 모순으로 인해 머리가 혼란스러워진 건 나뿐만이 아니었는지, 그 남자는 누구의 방해노 받시 잃고 마차고 뛰어올랐다.

딸랑, 방울 소리.

손상향의 곤과 남자의 쌍도가 맞물렸다. 칼은 날이 너덜
너덜하고 이가 빠진 상태였지만, 거기에 담긴 힘은 쉽사리
소녀의 몸을 억눌렀다. 두 사람의 속눈썹이 맞닿을 정도의
거리에서 남자가 말했다.

"이 애, 눈이 반짝거려. 하나 가져갈래."

──────가져가게 둘 것 같아?

"안 돼요. 그만두세요."

내 말을 듣자 그 남자는 손상향의 얼굴 쪽으로 뻗던 손
가락을 거두고 고개를 들었다. 보라색 천 너머에 있던 것
은 예전에 한 번 본 적이 있는 청년의 얼굴. 낼름 내민 혀
끝에는 금속 방울이 두 개.

"이 애, 동백의 친구야?"

"네."

"그럼 내 친구네. 잘 부──────."

따악, 뒤통수에서 둔탁한 소리를 내며 남자가 쓰러졌다.
손상향의 곤이 둘로 갈라져서 사각을 친 것이다.

"너는 친구가 아니야."

"아파……."

얼굴을 가리고 있던 천이 떨어져 남자가 머리를 문질렀
다. 그동안 손상향은 물러나서 둘로 나뉜 곤을 겨누었다.
더 이상 일이 꼬이기 전에 내가 그녀의 어깨에 손을 얹었다.

"죄송합니다, 손상향 님. 이거, 제 지인이에요."

남자 쪽을 돌아보면서 그쪽을 향해 말했다.

"당신도. 무기를 거두어주세요. 감녕."

조운에게 패배해서 감옥에 갇혀 있던 도적 두목, 감녕. 그가 이곳에 있는 건 아무래도 이각 일행이 보냈기 때문인 모양이었다. 나를 구출하기 위해 군대를 파견하면서 병참을 유지할 일손이 부족해졌기에 감녕을 써먹기로 한 듯하다.

──아니, 아무리 봐도 인선 실패잖아.

이 감녕은 내 목숨을 노린 적도 있는 위험인물이다. 유명한 영걸이라고는 해도 간단히 써먹을 생각이 들지 않아서 사람 됨됨이를 신중하게 파악한 뒤에 채용을 고려할 생각이었다. 그런데 설마 병참 관리 같은 후방 지원을 맡고 있을 줄이야.

"한중에서 동백의 친구를 만나고 왔어."

감녕은 마차 옆을 걸어가며 그렇게 말했다.

손상향과 그녀의 시중들은 사정을 파악한 건지 동행을 허가해 주었다. 첫인상이 최악이었을 텐데.

"나도 동백의 친구라고 했더니 잘 대접해줬어. 맛있었는데."

"그래서, 수송을 맡을 사람들은 어디 있나요?"

"없는데."

"어? 그럼 병량은요?"

"없어. 모으고 싶지 않다고 했으니까."

"누가요."

"동백의 친구."

감녕의 대답은 보통 이런 느낌이라 정보를 알아내는데 고생하고 있다.

"그 '친구'라는 건 한중의 상인들 말이죠? 예전에 제가 파견했던."

장안 천도 때, 나는 공사에서 일할 인재를 모집했다. 공모와 시험으로 채용한 사람들 말고도 천도로 인해 가게를 잃은 상인들도 스카웃해서 그들을 각지의 도시로 파견한 것이다. 한중에도 그런 사람들을 보냈을 텐데, 감녕이 한 이야기가 사실이라면 공사의 요청을 거절당했다는 뜻이다.

그런 반항아를 스카웃한 기억은 딱히 없는데, 한중으로 보냈던 게 어떤 사람이었더라…….

"'백냥냥께 잘 좀 말씀해 주세요'라고 했어. 그게 무슨 뜻이지?"

"그 녀석들인가……."

그 호칭을 들으니 생각났다. 동 일족의 중진이었던 동민, 동황, 이 두 사람과 함께 있던 3인조다. 나는 일족의 권력을 이용해서 돈을 벌던 그들을 천도 사업에 이용했고, 그 이후로는 한중으로 파견했던 것이다. 한중의 장로 건도 있어서 그들을 어떻게 할지는 미뤄두고 있었는데.

"감녕, 그들에게 뭔가 받았나요?"

"응. 선물로 반짝이."

네, 뇌물. 그 3인조는 공사 일을 떠맡는 걸 피하기 위해서 감녕을 끌어들이려 한 모양이다. 내 눈을 피하며 지방에서 편히 지내려 했겠지만, 상대가 안 좋았다.

하지만 지금은 불량 상인에게 벌을 주고 있을 때가 아니다. 그건 장안으로 돌아가고 나서 할 일이다.

감녕이 더듬더듬 이야기한 것에 따르면 그 3인조는 아무래도 한수의 수운에 관여해서 이익을 얻고 있는 것 같았다. 감녕은 호화로운 배에서 술과 식사 접대 공세를 받으며 한수를 내려갔고, 질렸을 때쯤 상륙해서 상인들과 헤어진 뒤 별생각 없이 북상하다가 나를 발견했다고 한다.

"그렇게 애매한 느낌으로 저를 용케도 찾아냈네요."

"감!"

"감이구나~."

조운이 보고한 대로 천재……, 아니, 천연이다. 어떻게 나를 찾아낸 건지, 애초에 어째서 장안으로 돌아가지 않았는지, 아무리 물어봐도 이해할 수 있는 대답이 돌아오지는 않았다.

고립된 내 곁에 아군이 달려와준 건 고맙지만, 상대가 멍한 천연 계열 살인귀인 도적 두목님이니 솔직히 기뻐하기가 힘들다.

"일단, 고맙다는 인사를 힐게요. 용케도 저를 찾아내 주섰네요."

"응, 다행이야! 조운이 직접 건네라고 했거든."

"……뭘요?"

"자, 이거!"

감녕이 손을 뻗어 내 손에 무언가를 쥐여 주었다. 금속이 뒤얽힌 물체라고밖에 표현할 길이 없는 아이템. 흔들어 보니 방울 같은 소리가 들렸다.

"……진짜로 뭔데요?"

"내 방울. 친구라는 증거야."

"감사합니다……?"

"응!"

감녕은 만족스러운 듯이 고개를 끄덕이고는 그대로 계속 걸어갔다. 멍하니 올려다본 하늘을 큼직한 까마귀가 가로질렀고———.

"———아니, 아니, 아니. 잠깐만, 잠깐만, 잠깐만! 감녕, 당신, 결국 뭐 하러 온 거예요?!"

"그걸 주러 왔어. 슬슬 돌아갈까."

"그건 아니죠!"

나도 모르게 마차에서 몸을 내밀어버렸다. 손상향의 시종들도 보다 못해 말 위에서 쓴소리를 하기 시작했다.

"좀, 좀, 조옴~!" "감녕 쨩, 그건 아니잖아~?" "친구가 곤란해하면 도와줘야 하는 거 아니야~?"

"동백, 곤란해?"

"곤란해요!"

"누가 곤란하게 하는데?"

어느새 감녕의 동공이 벌어져 있었다. 나는 기분 나쁜 예감이 들었기에 입을 다물었다.

나와 감녕은 직접 이야기를 나눌 기회가 별로 없었지만, 조운의 보고를 믿는다면 상당히 위험한 사람이다. 말을 함부로 하다가는 여기 있는 모두를 모조리 죽일지도 모른다.

나는 단어를 신중하게 골라가며 말했다.

"……아뇨, 제가 좀 착각한 건지도 모르겠네요."

"다행이네."

감녕은 활짝 웃었다. 어쩌라는 거야.

"저기, 그냥 돌아가도 상관없으니까, 조운이나 마초에게 연락을 취해주실 수 있을까요? 제가 어디에 있는지."

"전해주면 돼? 알았어. 그렇게 할게."

의외로 쉽사리 받아들였기에 안도의 한숨을 쉬었다. 마초나 이각과는 다른 위험한 타입이었기에 다룰 때는 주의해야만 한다. 아니, 여기 오면서 뭔가 저지르진 않았겠지? 불안해지네.

"감녕, 그냥 확인하는 건데 약탈 같은 건 안 했죠? 노잣돈을 제대로 받고, 그걸 쓰면서 여기까지 온 거죠? 그렇죠? 그렇다고 해주세요."

"안 했는데? 조운이 어지간하면 사람을 죽이지 말라고 했고. 이설 줬어. 보여주면 돈 대신 쓸 수 있대."

감녕이 그렇게 말하면서 꺼낸 것은 어른 손바닥 정도 크기의 금속판이었다. 원형 패라고도 불리는 물건———.

"———잠깐만요. 그 패에 각인된 얼굴은."

"동백 얼굴이지. 재미있어. 후훗."

"감녕. 그거, 저한테 주세요. 몰수할게요."

"싫어. 조운이 준 반짝이란 말이야. 내 반짝이."

———준 사람은 조운이지만, 어차피 디자인은 이각이 했겠지!

"어? 자기 얼굴을……?" "엄청난 자신감이라고 해야 하나, 위험해……." "자의식의 괴물."

터무니없는 이야기가 들리기 시작했다. 아마 정상적인 반응일 거라 더 괴롭다.

감녕이 가지고 있던 패는 내가 공사를 설립할 때 검토하던 아이디어의 실물일 것이다. 원격 거래에 도입할 예정인 물건이고, 은행 통장이나 어음에 해당된다. 패의 디자인에 대해서는 은화 때 실수를 저지른 이각을 제외하고 진행시켰는데……, 또 천하에 창피를 살 만한 짓을……!

"감녕? 더 좋은 반짝이를 드릴 테니까, 그건 저 주세요. 네?"

"싫어~."

우리가 그런 이야기를 나누는 모습을 손상향과 시종들이 기이한 것을 보는 눈초리로 바라보고 있었다.

'친구도 종류가 다양하구나', 손상향이 그런 감상을 말하는 게 들렸다.

8장 동백 쨩, 손견과 재회하다.

　마차의 목적지는 성채였다.

　낙양이나 장안처럼 성벽이 도시를 둘러싼 성채 도시와
는 달랐다. 주민을 살게 하는 게 아니라 병사를 주둔시키
고 무기와 병량을 모아둔 군사기지다.

　전화에 휩쓸린 흔적이나 화살로 인한 흠집은 거의 없었
다. 주위에는 방치된 나무 그루터기가 보였고, 파낸 흙의
색이 선명했다. 요새 자체는 최근에 세운 모양이었다. 성
벽 위로 드러난 파수대가 그림자를 넓게 드리우고 있었다.

　가장자리에 뾰족한 징이 박힌 대문 앞에서 마차가 멈
췄다.

　"여긴가요?"

　"번성 공략과 방어를 위해 만든 성채. 아버님은 이곳에
계셔."

　"……손견이."

　호로관에서 한번 적대했던 관계이기에 이제 만난다고
생각하니 물론 긴장된다. 손상향이 중재해 줄 예정이긴 하
지만, 다른 시점에서 보면 나는 어린아이의 말재주에 넘어
갔다고도 할 수 있다.

　허공을 바라보던 감녕이 이쪽을 돌아보았다.

　"그 손견, 죽여?"

"안 죽여요. 여기서는 죽이기 없기. 부탁이니 얌전히 있
어요."

손상향의 부하들이 엄청난 눈빛으로 바라보잖아. 부탁
좀 하자고요, 진짜.

문지기와 이야기를 마친 손상향이 이쪽으로 돌아왔다.

"아버님은━━."

"여기다."

머리 위에서 목소리가 울렸다. 낮고 중후한 중년의 남자
목소리.

올려다보니 파수대에서 몸을 내밀고 있는 남자가 있었
고, 그가 가장자리에 발을 걸치고는 뛰어내렸다.

충격적인 광경에 '꺄악', 여자애 그 자체 같은 비명을 질
러버렸다. 그런 나 자신을 부끄러워할 틈도 없이 중년 남
자의 몸이 공중에서 기묘한 궤도를 그리며 낙하했다. 약간
비틀거리면서도 우리 눈앞에 멀쩡하게 착지했다. 거친 숨
을 내쉬며 옷깃을 가다듬고 있다.

"이거 나이가 드니 힘들군. 백부라면 이 정도 경공은……."

"아버님!"

손상향이 자그마한 몸에 힘을 주고 아버지━━, 손견
을 끌어안았다.

"오오, 딸아. 멋대로 돌아다니지 말거라. 너까지 인질로
잡히면 아버지도 참을 수 없었을 거다."

"미안해, 아버님."

"좋아, 착한 아이이구나."

손견은 딸을 내려준 다음, 무릎을 꿇은 남자들을 보았다.

"딸의 응석에 휘둘리게 만들어버린 모양이군. 미안하다."

"이런 건 응석도 아닙니다. 저희도 즐거웠고요."

"귀여운 부하들에게는 가족을 돌보는 일보다 훨씬 더 어울리는 일을 하게 해줬으면 하는 법이야. 뭐, 이 이야기는 나중에 하지———, 손님이 있는 것 같으니까."

손견과 눈이 마주쳤고, 우리는 서로 인사를 했다.

"오랜만입니다. 손견 님. 호로관 이후로 처음이죠."

"그래. 아무래도 양쪽 다 예전과는 상황이 달라진 것 같군."

여전히 비꼬는 듯한 미소. 그런 손견을 손가락으로 가리키며 감녕이 말했다.

"저거, 죽여?"

"안 돼요. ……돌아가는 거 아니었어요?"

"안 돌아갈 건데? 동백이 여기 있다고 전하기만 하면 되지?"

"……응? 으응?"

왠지 이야기가 안 통하는 것 같다. 내가 생각해도 나사가 빠졌지만, 손견은 태도가 바뀌지 않았다. 오히려 재미있어하는 것 같았고.

"기운이 넘치는 부하로군. 새 호위인가?"

"나는 부하도 호위도 아니야. 동백의 친구."

"그거 좋군. 난세는 주종 관계만으로 헤쳐나갈 수 있는 게 아니니까. 하지만 친구라면 이 앞으로는 오지 말았으면 하는데."

손견이 엄지손가락으로 요새 안쪽을 가리키며 말했다.

"같이 가자고요?"

"싫다면 상관없고."

"제가 들어가도 되는 건가요?"

적지에 들어가는 건 가능하면 사양하고 싶다는 마음, 그리고 손견과 거리를 좁히고 싶다는 마음 사이에서 갈등하며 물었다.

"상관없어. 내 손님이라면 들어갈 권리가 있지. 안 그래?"

손견은 근처에 있던 문지기 어깨에 팔을 두르며 말했다. 허물없는 태도로 인해 문지기가 눈살을 찌푸렸지만, 손을 쳐내진 않았다.

방금 그 모습으로 이곳과 손견의 관계를 알 수 있었다. 손견은 요새의 주인이 아니지만, 병졸들이 업신여길 정도로 약한 입장도 아니다. 인질을 잡힌 상태로도 잘 처신하고 있는 모양이다.

"…………."

의미심장한 미소와 함께 나를 바라보는 손견의 시선을 눈치챈 나는 눈을 피했다. ──혹시 방금, **관찰하던 나를 관찰한 건가?**

삼시 후, 손견은 부하에게 말했다.

"3리 정도 떨어진 곳에 병사들을 대기시켜 두었다. 너희는 딸하고 먼저 돌아가 있어."

"그럴 수가! 아버님!"

손견은 몸을 숙여서 손상향을 끌어안았다. 귓가에 뭔가 속삭였지만, 내용까지는 알아들을 수가 없었다.

"───알겠지? 손가의 공주님은 천하제일의 효녀야."

"……알겠어."

축 처진 딸의 머리를 마구 쓰다듬었다.

이렇게 된 이상 나도 감녕에게 바깥에서 기다리라고 할 수밖에 없다.

"감녕, 당신도……, 어라?"

어느새 감녕이 보이지 않았다. 잘 살펴보니 멀리서 비트적비트적 걸어가는 감녕의 뒷모습이 보였다. 하늘을 날아가는 까마귀를 쫓고 있는 모양이었다.

"괜찮으려나……, 아무도 안 죽이면 좋겠는데."

"괜찮을 거야. 무슨 짓을 할지 모르는 남자 같았다만, 지금까지는 살기가 없었으니."

조운의 보고에 따르면 잠잠하다가 갑자기 살육을 저지르는 남자라고 하니 전혀 안심할 수가 없다. 하지만 내 말을 따르게 할 수 있을지도 의심스러우니, 이렇게 된 이상 그가 조운의 말을 따라 얌전히 지내줄 것을 기원할 수밖에 없다. 문득 보니 손견이 나를 향해 손을 내밀고 있었다.

"그럼 요새를 안내해드릴까요, 아가씨."

"그런 건 됐으니까 얼른 가시죠."

"차여버렸나. 이런, 이런, 나이도 생각하지 않고 젊은 여자에게 손을 댔다가 창피를 샀군."

어깨와 눈썹을 늘어뜨리고 두 손을 든 채 척 보기에도 '이런, 이런' 같은 포즈를 취하고 있다. ———손가는 주인과 시종들이 모두 골치 아픈 분위기네…….

"딸에게 이곳에 대해 들었나?"

"번성 공략을 위한 거점이라고 들었는데요."

"맞아. 그리고 북쪽에 있는 조조에 대비하는 곳이지. 이건 내 추측인데, 자네가 장안을 떠나 중원에 온 건 조조의 소행 아닌가?"

"……어째서 그렇게 생각하시는 거죠?"

"그 녀석의 시점으로 보면 알지. 원술이 거슬리긴 하지만, 원소에게 등을 보이고 싶진 않다. 누군가가 남쪽을 헤집어주면 좋겠다는 거지. 하지만 그 상황에서 마왕의 손녀를 소환한 건 상상하지 못했어. 맛이 간 남자야."

손견이 그렇게 이야기하면서 앞장섰고, 나는 뒤를 따랐다. 어쩌면 적지에서 긴장을 풀어주기 위해 그렇게 해주는 건지도 모르겠다는 생각도 들었다. 요새 안은 의외로 넓고 깔끔해서 요새라기보다는 높은 사람이 사는 성 같은 느낌이었다. 조명도 촌스러운 횃불 같은 게 아니라 붉게 장식된 제등이었다.

"그래서, 그 맛이 간 남자를 방해하기 위해 딸을 보낸 건가요?"

"아니. 내 감독이 부족했을 뿐이야. 설마 조조의 손님을 빼앗을 정도로 대담하게 나설 줄은 몰랐지."

돌아본 손견은 내가 처음 보는 진지한 표정을 짓고 있었다.

"휘말리게 해서 미안하군. 부디 딸을 원망하지 않았으면 해."

"원망은 안 해요. 애초에 저는 조조에게 억지로 끌려온 거니까."

"설마 상국을 납치한 건가? 상상 이상의 간웅이로군, 그 남자."

손견이 진심으로 어이없어하고 있었기에 나는 약간 안심했다. 유비나 조조보다 커뮤니케이션의 허들도 낮을 것 같다.

"가족분이 인질로 잡혔다고 들었는데요."

"부인이야. 어떻게 해서든 되찾겠어."

"따님은 저에게 그걸 돕게 하려던 것 같았어요."

"이건 나와 원술의 문제야. 남자들끼리 맞붙는 곳에 여자를 끌어들이는 건 내 신조에 어긋나는 짓이지."

"그럼 왜 저를 데리고 가시는 건데요."

"이 진영의 내막을 보고 싶기 때문인데."

손견이 멈춰 섰다. 복도에서 보이는 안뜰……, 아니, 요새니까 뜰이 아니라 곽(郭)이라고 해야 하나? 아무튼, 탁

트인 곳에 병사들이 모여 훈련을 받고 있었다. 지휘관의 지시에 따라 기합과 함께 무기를 휘두르고 있었다.

"여기 있는 자들은 거의 대부분 원술의 부하다. 여포는 낙양에서 도망칠 때 병사들을 거의 다 잃었다더군. 봐라. 저기 구석에 머리 모양이 묘한 병사들이 모여 있지? 저건 원술에게 복속한 이민족 출신자들이다. 옥새의 권위에 고개를 조아리는 기특한 녀석들이지."

"네에……."

"질문이 있다면 대답하마. 그런 다음에 그쪽 이야기를 해줬으면 좋겠군. 나와 이야기를 하기 위해서 여기까지 따라온 거겠지?"

나는 대답을 망설였고, 손견은 병사들이 훈련하는 모습을 바라보며 계속 말했다.

"딸과 함께 나타난 자네를 보고 한눈에 감이 왔다. 전투에 참가할 각오는 없는 것 같지만, 뱃속에 계략을 품고 있어. 손가와 동맹이라도 맺을 셈인가?"

솔직히 껄끄러웠다. 계속 선수를 치면서 주도권을 전혀 넘기려 하지 않는다.

"어……, 장강의 수운을 이용한 교역에 대해 이야기를 나눌 수 있으면 좋겠는데요……."

"교역이라. 그러고 보니 자네 조부는 양주와 인연이 깊은 남자였지. 우리 손가에 충성을 맹세해준 장강 상인은 많아. 양주와 징둥, 강남의 특산품이 천하를 돌아다니면

이 세상도 재미있어지겠군. 좋아, 그 제안을 받아들이지."

"결론이 너무 빠르시네……."

"장사와 싸움은 멋진 여자와 마찬가지다. 서두르지 않으면 다른 남자에게 뺏기게 되지. 그리고 자네처럼 재미있는 장사 상대는 좀처럼 없고."

"어린아이인 데다 상국이니까요."

"나이는 상관없다. 적이 된 나를 용서하고 손을 잡으려하는 모습이 마음에 들었다. 은혜나 복수보다 이익을 우선시하는 유연함, 정말 마음에 드는군. 나이 든 여자였다면 꼬셨을 거야."

"네에……."

———이럴 때는 고맙다는 인사를 해야 하나?

"바로 장사 이야기를 하고 싶지만……, 우리는 둘 다 그럴 수 없는 사정이 있군. 자네는 장안에서 멀리 떨어진 곳에서 고립되었고, 나는 부인을 위해 형주를 공략해야만 해. 우선———."

복도를 지나가는 발소리를 듣고 손견이 뒤쪽을 돌아보았다. 마침 죽간을 끌어안은 젊은 문관이 지나가던 참이었고, 손견을 보고는 서로 고개를 숙여 인사를 나누었다.

"———우선, 자네가 장안으로 돌아갈 방법을 생각해야하지 않을까."

"저기, 손견 님. 좀 전에 그 사람, 왠지 낯이 익은 것 같은데……."

지나쳤던 발소리가 급하게 되돌아왔다.

기분 나쁜 예감을 떠안은 채 돌아보았다. 아까 그 문관이 거기 있었고, 오른손으로는 죽간을 떠안은 채 왼손으로 나를 가리키고 있었다. 그 새끼손가락은 나무로 만든 의수였다.

"동백? 어라? 왜 여기 있는 거지? 저기, 이유가 뭡니까? 손견 님."

"내 손님이다. 그렇게 당황하면 실례잖나."

"아, 죄송합니다."

"아, 아뇨~, 아뇨~."

그가 순순히 고개를 숙이자 나도 무심코 고개를 숙이며 인사를 해버렸다. 환생한 이후로도 사라지지 않은 일본인의 특성이다. 나는 그 흐름을 그대로 이어가며 물어보았다.

"역시 진궁……, 님, 이시죠?"

"아, 네, 진궁, 자는 공대라 합니다. 낙양에서 옥새를 찾으셨을 때 만나 뵌 이후로 처음 뵙는 것 같은데요."

"아, 네, 오랜만이네요. 그때는 정말."

"그 이후로 낙양을 태우기도 했습니다만, 인사를 드리지 못해서 아쉬웠습니다."

"아, 그러셨군요. 만나 뵙기 전에 낙양을 떠나길 잘한 것 같네요."

"아, 저로서는 이렇게 만나 뵙게 되어 기쁘네요. 일단은 서로 적이니 숙여야 알지도 모르겠지만요. 아니, 지금 당장 죽이겠다는 건 아니고요."

"아~, 지금 죽이려 하시면 좀 곤란하네요……."

"아, 그러시다면 나중에 일정이 괜찮으실 때라도 연락을 드리는 걸로……."

옆에서 이야기를 나누는 모습을 바라보고 있던 손견이 내 어깨를 붙잡고 진궁에게서 떼어놓았다. 그리고 진지한 표정으로 물었다.

"사이가 좋은 건 아니지?"

"그건 아니죠."

눈앞에 있는 이 녀석이 이상해서 제가 거기에 휘둘렸을 뿐이라고요.

진궁은 끼어든 손견을 빤히 바라보았다.

"손견 님, 이 상황은 군사로서 그냥 넘어갈 수 없습니다. 설명해주실 수 있을까요."

"동백 님은 내 손님이야. 그 이상 설명이 필요한가?"

"설명하실 생각도 없으신 것 같으니 질문을 바꾸겠습니다. 어째서 당신이 여기 계신 겁니까?"

"나는 장강 동맹의 구성원이다. 요새를 방문하는 게 잘못인가?"

"형주 공략에 전념해주시지 않으면 곤란하니까요. 최전선의 번성을 공격하고 계신다는 보고를 받았습니다. 이야기가 다르지 않습니까."

"이야기가 다르다는 건 내가 할 말이지. 어째서 요구한

대로 물자가 오지 않는지 이유를 말해보실까."

"번성을 공격하기 위해 필요한 만큼은 보내드렸습니다. 그 이상은 드릴 수 없고요."

"부족하다고 하잖나. 내 병사들을 말려 죽일 셈인가?"

"그건 그쪽 문제일 텐데요. 자신의 무능함을 후방 탓으로 돌리지 말아주시죠, 곤란하네."

진궁이 갑자기 도발하자 오히려 내가 초조해져 버렸다. 하지만 손견은 의젓하게 웃어넘겼다.

"군사님이 그렇게 말씀하시니 뭐라 할 말이 없군. 하지만 내 계략에 대해서는 전달했을 텐데. 이것만 실행하면 죽는 사람이 최소한으로 그칠 거야."

"피해를 줄이기 위해서라는 이유만으로 전선을 떠나신 겁니까? 그런 이야기는 전령에게 문서를 보내기만 해도 되잖습니까. 당신은 지시를 내리지 않더라도 최선의 판단을 내릴 수 있는 사람인 줄 알았는데요. 좀 실망이네."

"면목이 없군. 그래서, 물자에 대해서는 검토해주실 수 있겠나?"

"검토는 하겠습니다. 실제로 어찌 될지는 모르겠지만요."

"그렇다면 결론이 나올 때까지 나는 이 요새에 머무르도록 하지. 필요한 물자를 창고에서 꺼내올 때까지 이곳에서 움직이지 않을 거야."

에휴, 진궁이 한숨을 쉬었다. 악질 손님이 시비를 걸어서 곤란하다는 느낌이지만, 여유 있어 보였다.

"골치 아프네. 지금은 피해를 신경 쓸 상황이 아니라는 것쯤은 파악해주시죠. 옥새를 내보이기에는 아직 시기상조지만, 소문을 이용해서 사람을 모으는 것 정도는 가능합니다. 당신의 말이 줄어든다면 이쪽에서 보충해드릴 테니 지금은 소모를 무시하시고 번성을 뚫어주시죠."

진궁이 끌어안고 있던 죽간이 바닥에 흩어졌다. 정신을 차리고 보니 진궁의 몸이 공중에 떠서 벽을 들이받고 있었다. 손견은 비꼬는 듯한 태도를 계속 유지하며 진궁의 목덜미를 붙잡고는 한 손으로 들어 올렸다.

"내 병사는 내 가족이다. 다른 사람이 대신할 수 있는 게 아니야. 내 부인도 마찬가지지. 호랑이는 조잡하게 다루면 언제든 네놈들에게 이빨을 드러낼 거다. 명심해두라고, 군사님."

"콜록……, 영문을 모르겠는데요……, 가족이라니. 전쟁하고는 상관도 없고……."

"전쟁이든, 정치든, 누군가를 위한 것이다. 그것 자체를 목적으로 삼는 건 외도에 불과하지."

"멋대로 이상을 강요하지 마시라고요. 기분 나쁘네."

벽에 눌린 채 완력의 차이를 느끼고 있을 텐데도 진궁은 변함이 없었다. 손견의 비난에 대해 확실하게 경멸하는 눈빛으로 대답했다.

"당신이 무엇을 위해 싸우는 건지는 알 바 아니라고요. 저는 제 전쟁을 하기 위해 여기 있는 겁니다. 당신의 주장 같은 건 흥미도 없고, 어찌 되든 상관없으니까 얼른 돌아가서 말이나 움직이라고."

손견이 지금까지 보여준 적이 없는 표정을 지었다. 그것은 일단 미소이긴 할 것이다. 하지만 내 눈에는 이빨을 드러낸 호랑이로만 보였다.

아무리 그래도 말리는 게 낫지 않을까, 그렇게 생각하며 초조해진 내 어깨를 뒤에서 누군가가 붙잡았다.

"손견 님. 진궁이 저지른 무례는 용서해주셨으면 하오."

듣기만 했는데도 무인의 목소리라는 걸 알 수 있었다. 강하고 굳은 심지가 느껴지지만 투박하지는 않은 목소리. 예전에 낙양 천도 때도 들은 적이 있었다.

예상했던 대로 내 어깨를 붙잡은 사람은 얼굴에 화상을 입은 무인이었다.

"고순 님……."

여포의 부하 중 한 명. 호로관에서 싸웠을 때 내 화계에 당해 얼굴에 화상을 입었는데도 신경 쓰지 않는다고 했을 정도로 멘탈이 훈남인 사람.

손견은 진궁을 계속 벽에 밀어붙이면서 말했다.

"당신인가? 여포와 함께 있는 줄 알았는데."

"그렇게 말씀하시는 걸 보니, 여포 님이 자리를 비우신 것을 확인하고 오셨소이까."

"문제는 없을 텐데. 이곳에는 동맹의 대표인 원술 님이 있으니까. 이제 인사를 하러 찾아뵈려던 참이었어."

"아, 안 됩니다, 그건!"

진궁이 그렇게 급한 목소리로 외쳤다.

그러자 손견은 눈을 가늘게 뜬 채 간격을 재듯 관찰했다.

"뭐가 안 된다는 거지? 진궁 님. 내가 원술을 만나면 안 되는 이유를 말해주셨으면 하는데."

진궁은 고순을 돌아보았다. 외부인은 알 수 없는 무언의 대화를 통해 고순은 자기 역할을 깨달은 모양이었다.

"손견 님. 귀공의 불만은 이해합니다만, 저는 여포 님께서 비우신 자리를 맡은 몸. 군사가 아니라고 하면 저는 그 말에 따를 뿐이오. 귀공을 들여보낼 수는 없소. 억지로라도 들어가려 한다면 거친 행동에 나서더라도 막도록 하겠소이다."

"그거 무섭군."

손견은 맥이 빠질 정도로 간단히 진궁을 놓아주었다. 진궁의 등이 벽에 스치며 흘러내렸다.

"고순 님 같은 강자가 안 된다고 한다면 나 따위는 어떻게 할 방법이 없겠군. 이번에는 물러가도록 하지. ……돌아갈까, 동백 양."

손견은 마치 좀 전에 진궁에게 보이던 살의가 거짓말이었던 것처럼 물러났다. 내 옆을 지나친 그를 나도 따라가려 했……지만, 고순의 두터운 손이 아직 내 어깨를 잡고 있었다.

"……저기, 고순 님?"

척 보기에도 고순은 무언가를 전하려 하고 있었다.

하지만 입을 열려 하자 진궁이 쏘아붙이듯이 말했다.

"고순 님. 당신의 주인이 누군지, 잊지 말아주시죠."

"……나도 알고 있다."

고순의 손이 물러났고, 나는 손견을 쫓아갔다.

왔을 때와는 달리, 손견은 내 옆에서 걸어가고 있다. 나는 처음으로 손견이 계속 내 발걸음에 맞춰주고 있다는 사실을 눈치챘다.

"자, 동백 양. 여기에서 본 걸 어떻게 생각하나."

"남자들끼리 맞붙는 곳에 여자를 끌어들이지 않는다고 하셨나요? 그런 말이 잘도 나온다는 생각이 드네요."

나는 시치미를 떼고 있던 손견에게 그렇게 말했다.

"저를 데리고 온 건 진궁의 반응을 살피기 위해서. 그렇죠?"

"미안하군. 자네와 그 남자를 한번 마주치게 해보고 싶었어. 그 남자를 동요하게 만들어서 솔직한 모습을 끌어내는 데는 동백이라는 사람이 딱 좋지."

"상상 이상으로 따로 놀고 있네요, 장강 동맹."

"허울뿐인 동맹이지. 실체는 그저 원술과 여포에 의한 양자 동맹을 부풀려서 선전하고 있는 것에 불과해. 하지만 그래도 효과는 있었지. 아군이 늘어났고, 적은 손대기를 망설이고 있으니까."

"인질 같은 억지스러운 수단을 쓰면서까지 당신을 끌어들인 것도 그런 이유 때문인가요?"

"이래 봬도 강동에서는 인기가 많은 남자로 유명하니까."

손견은 비꼬는 듯한 미소를 지으며 으스댔다. 하지만 곧바로 진지한 표정으로 변했다.

"나 자신도 형주를 공격하는 건 그렇게까지 망설이지 않아. 어차피 언젠가는 부딪힐 상대니까. 유표와는 나름대로 악연도 있어. 하지만 지금은 다른 생각도 드는군. 이렇게 시시한 일에 부인을 번거롭게 해버렸다고."

"고순이 뭔가 말하던데, 사모님은 이 요새에 계신가요?"

"그래. 처자식을 인질로 내놓는 것은 충성을 나타내는 관습. 하지만 나는 원가를 섬긴 적이 없고, 그 녀석은 왕도 아니야. 그 멍청한 녀석은 언젠가 옥새를 써서 황제가 될 생각이겠지만."

손견은 그런 말을 내뱉고 나서 계속 말했다.

"단, 인질은 나를 써먹기 위한 책략으로서는 효과적이었지. 그 바보가 내 부인의 신병을 확보하고 있는 한, 나는 형주를———, 지금 목표로서는 번성을 함락시켜야만 하는데……."

"진궁이 물자를 보내지 않으면서 방해하고 있다는 거군요. 괴롭히는 거네요."

그냥 생각하면 그렇게 된다. 인질 건으로 인해 손견은 반감을 품고 있고, 진궁과 다른 사람들도 그 사실을 파악하고 있다. 그렇기 때문에 인질이 도망가지 못하게끔 감시하고 있고, 물자도 보내지 않는다.

하지만, 손견은 고개를 저었다.

"내 책략으로는 번성을 쉽게 빼앗을 수 있어. 하지만 녀석들은 그게 마음에 안 드는 거겠지. 내 세력을 깎아내기 위해서 피투성이 공성전을 통해 병사들을 죽게 만들려 하고 있는 거야. 유표와 내가 동귀어진하는 것, 두 호랑이가 서로 잡아먹게 만드는 계략이야말로 녀석들의 목적이지."

"동맹은 손견을 써먹다 버리려는 건가요?"

"더 악질이야. 내가 병사를 잃으면 녀석들은 나를 포로로 잡을 수 있지. 손가의 인질이 늘어난다는 뜻이야. 이번에는 강동에 있는 아들이 나 대신 불려 와 부려 먹히겠지. 그렇게 되기 전에 원술에게 창고를 열게 만들고 싶었다만……, 뭐, 결과는 이미 봤으니."

그래서 손견은 원술을 만나러 가려 했고, 진궁 일행은 막은 거구나.

"그러니까 지금 내게 욕심을 부릴 여유는 없어. 장강 교역에 손을 댈 수 있는 건 한참 뒤가 되겠지."

"손견 님. 제가 여기로 온 건 당신을 돕기 위해서였고……."

"딸이 한 말은 잊어도 돼. 가족을 위한 헛소리니까."

손견은 문을 나설 때까지 멈추지 않았다.

9장 동백 짱, 친구와 함께 어른을 협박하다.

동백을 구출하러 나선 군대는 낙양 폐허 야영지를 떠나 호로관에 도착했다.

낙양을 지키는 동쪽 요충지로 알려진 호로관은 반동백 연합과의 싸움으로 뚫린 이후 방치되어 지금도 활짝 열려 있다.

목적지는 허창. 조조의 근거지다.

행군 도중에 조운은 계속 마음이 껄끄러웠다. 낙양에서 마초가 '죽어'라고 한 이후로 이야기다운 이야기를 나누지도 못하고 여기까지 왔다. 다행히도 마초는 후미를 맡고 있기에 얼굴을 마주치지는 않았지만.

"……좋아, 일단 정지. 여기서 휴식한다."

"알겠슴다."

조운은 예정대로 행군을 정지시켰다. 홍선이 부하들에게 자세하게 지시를 내리자 병사들이 길 위에, 또는 호로관 성벽에 몸을 기대고 쉬기 시작했다. 조운은 기병들을 모아 척후 임무를 맡겼다.

그들은 마대가 빌려준 숙련된 기병들이니 경험이 적은 조운의 지시에도 충분히 활약해주고 있다. 이때도 양주마를 몰아 재빠르게 산개한 뒤 주위를 경계하러 갔다.

조운은 말 등을 쓰다듬으며 생각했다. 문제는 지금부

터다.

"왜 그러심까, 형씨. 묘한 표정인데."

"……언제 덤빌지 기다리고 있었는데, 한계려나. 지금부터는 내버려 둘 수가 없어."

"저기, 대체 무슨 말씀이신지?"

"손님이 왔거든."

홍선도 산전수전 다 겪은 사람이었기에 조운이 한 말이 무슨 뜻인지 눈치챈 모양이었다. 표정이 굳었다.

"어떻게 할깝쇼."

"우선 내가 만나볼게. 도망가지 않았으면 하니까, 병사들에게는 말하지 않아도 돼."

"알겠습니다."

그렇게 말하며 고개를 끄덕인 홍선 곁을 떠난 조운은 뚫린 호로관으로 향했다. 황폐해진 계단을 올라 성벽 위로. 산책이라도 가는 듯이 아무렇지도 않게 걷다가 멈춰 섰다.

"……이제 됐지? 나와."

군데군데 무너진 흙벽 구석, 조운은 아무도 없는 그곳을 향해 말을 걸었다. 아래쪽에서 휴식을 취하고 있던 병사가 그 광경을 보았다면 괴짜가 뒤틀린 음기 때문에 머리가 이상해졌다고 생각했을 것이다.

그대로 한동안 시간이 흐르고 조운이 어깨에서 창을 내렸을 때였다.

"……놀랐습니다. 기척을 완전히 숨기고 있었을 테데요."

스르륵, 흙벽 틈새에서 남자가 기어 나왔다. 머리에 머리카락이 하나도 없고 거무스름한 피부. 어디에 그 몸을 숨기고 있었는지 궁금해질 정도로 큰 키에 등에는 가죽 두루마리 같은 것을 짊어지고 있었다. 조운은 남자에 대한 경계를 풀지 않고 대답했다.

"기적을 지울 필요조차 없는 천재와 맞붙은 지 얼마 안 되었거든. 그 녀석과 비교하면 당신의 은형은 꽤 솔직해서 알아보기 쉬웠어."

"제 수련도 아직 미숙하군요. 부끄러울 따름입니다."

"무슨 심정인지는 알아. 그래서, 당신, 정체가 뭔데? 꽤 오랫동안 따라왔잖아."

창 끄트머리를 들이대며 묻는데도 그 남자는 자세조차 취하지 않았다. 두 손을 펴고 있는 걸 보니 여기서 맞붙을 생각은 없는 모양이었다.

"저는 조조 님을 섬기는 자, 이름은 전위. 지금까지 저지른 무례를 사과드리겠습니다."

"용건은."

"동백 님의 행방에 대하여."

조운과 전위가 동시에 같은 방향을 돌아보았다. 계단을 타고 성벽으로 올라온 사람이 한 명 더 있었다. 대도를 등에 메고 늑대처럼 흉폭한 기를 뿜어내는 양주의 여자였다.

"네가 동백을."

세 사람은 동시에 뛰어올랐다.

마초가 전위를 향해 도약하고, 조운과 전위가 서로 위치를 교체했다. 맞부딪힌 것은 마초의 대도와 조운의 창이었다. 마초가 소리쳤다.

"무슨 짓이냐!"

"진정해! 저 녀석은 동백이 어디 있는지 알아낼 단서야!"

"그 정도는 나도 알아! 내가 단서를 벨 정도로 바보 같으냐!"

"말은 그렇게 하면서 칼을 뽑아 들었잖아!"

"네가 나서길래 뽑은 거다!"

　어? 제가 나서면 여자들은 칼을 뽑는 건가요———, 그런 부조리함을 느끼면서도 냉정함은 유지할 수 있었다.

　창에 담긴 힘을 빼자 마초도 얌전히 칼을 거두었다. 거리를 두고 상황을 살피던 전위에게 마초가 말했다.

"동백이 있는 곳을 얼른 말해라."

"네. 동백 님께서는 손가 사람들과 함께 남쪽으로 향하셨습니다. 목적지는 번성, 또는 번성 공략을 위해 원술이 세운 요새, 두 곳 중 한 곳일 겁니다."

"어째서 손가 사람들과 동백이 함께 있는 거지?"

"그것까지는 알지 못합니다. 저희는 성의를 다해 모셨습니다만, 마음에 들지 않으셨는지 진에 불을 지르고 떠나셨습니다."

"강한 아이구나, 동백⋯⋯."

　마초는 감탄하는 마음을 담아 말한 다음, 전위를 노려보았다.

"또 할 말이 있나?"

"아뇨, 지금———."

"그럼, 죽어라."

하얀 칼날이 번쩍였고, 가로로 휘두른 참격이 전위를 덮쳤다. 좁은 성벽 위에 피할 곳은 없다.

그럼에도 불구하고 마초의 대도는 허공을 갈랐다. 전위는 경공을 사용해 흉벽 위로 뛰어오른 뒤 뒤쪽을 향해 이상한 속도로 멀어져갔다.

"동백 님의 무사를 기원하겠습니다……, 우선, 첫 번째."

뭘 세는 건지 밝히지도 않은 채, 전위는 지상으로 뛰어내렸다. 저렇게 대단한 경공의 달인이니 생채기 하나조차 입지 않았을 것이다. 실제로 두 사람이 지상을 내려다보았을 때는 흔적도 남아있지 않았다.

"놓쳤나. ……뭐야, 무슨 불만이라도 있나?"

정보를 더 알아낼 수 있을지도 모르는데 칼을 휘두르다니———, 하지만 주의를 주는 것도 바보같다는 생각이 들었기에 조운은 재빨리 물러났다. 필요가 없다면 물리적으로 거리를 두는 게 무난하다.

아무튼, 목표는 정해졌다.

목적지는 남쪽. 동백과 함께 있다는 손가 사람을 찾아낸다.

결의하며 남쪽을 바라보는 조운을 누각 위에서 까마귀

가 불길한 눈으로 내려다보고 있었다.

◇

　번성은 장강의 지류에 있는 한수 북쪽에 위치하고 있다.

　한수를 사이에 두고 남쪽에 있는 곳은 양양. 이곳은 형주의 주인인 유표가 있으며, 형주의 중심이라고도 할 수 있는 도시다. 번성은 양양의 자매격인 성채이고, 북쪽의 위협으로부터 수도를 지켜주는 방어 도시이기도 했다.

　번성을 포위한 손견군이 남쪽에 진을 두텁게 친 이유는 양양에서 올 원군에 대비했기 때문일 것이다. 꼼꼼하게도 수상전을 대비한 배까지 띄워두고 있었다.

　———또 최전선에 끌려와 버렸네……

　손견군의 진 안에서 나는 멍하니 그런 생각을 하고 있었다. 옆에서는 어느새 합류한 감녕이 나와 마찬가지로 멍하니 서서 무슨 뼈를 깨물어 먹는 중이었다. 그 옆에는 거대한 까마귀 두 마리. 뭔가 고기를 쪼아먹고 있어서 정말 고딕하고 메탈한 광경이었다.

　"평화롭네에."

　"전장이에요, 일단은."

　우리가 서 있는 곳은 진에서 번성을 내려다볼 수 있는 언덕. 손견 같은 장교들이 머무는 막사가 있고, 먼 곳까지 내다볼 수 있는 파수대도 있다. 감녕은 번성, 그리고 진을 둘러보며 말했다.

"아무도 안 죽었는데? 누구든 상관없으니 죽이고 올까?"

"절대로 그러지 마세요. 지금은 포위가 완료되어서 교착 상태예요. 다음에 움직임이 생기면 전황이 크게 움직이겠죠. 잘 모르겠지만."

"모르는구나."

"몰라요. 그다지 깊게 관여하고 싶지도 않고. 그러니까 누군가를 다치게 해서 불씨가 될 만한 행동은 피해 주세요."

번성 성문 앞에서는 손견군 병사들이 연달아 도발을 하고 있었는데, 목소리가 크고 가로막는 것도 없어서 여기까지 들렸다. 언젠가 호로관에서 내가 당했던 것과 비슷한 도발이었다. 화가 난 방어 쪽에서 성문을 열고 공격에 나서면 카운터를 먹여줄 준비가 되어 있을 것이다.

호로관 때와 다른 것은 공성 병기를 사용해서 힘으로 밀어붙일 낌새가 없다는 것.

"감녕, 그러고 보니 그건 어떻게 되었나요? 조운 일행하고 연락을 해준다던 거."

"응. 해뒀어."

"……해뒀다고요? 편지를 보냈다거나 그런 건가요?"

"편지? ……그럴지도."

안 되겠다. 말이 안 통해. 믿지 않는 게 나을 것 같다.

병사들과는 달리 작은 발소리가 다가오자 나와 감녕이 돌아보았다. 손상향이 토라진 듯한 표정으로 다가왔다.

"아버님은 너를 장안으로 보내겠다고 했어."

"그런 모양이네요."

"납득이 안 돼. 지금은 수단을 가릴 상황이 아닌데."

"뭐, 인질을 잡혔으니까요."

"동백도 친구를 위해서 목숨을 걸 각오인데."

"그 문맥은 어디서 나온 거죠……?"

손상향은 땅바닥에 꽂아둔 봉에 몸을 기대고 입술을 삐죽댔다.

"아버님은 적이 치고 나오지 않는 이상 공격하지 않겠다고 말씀하셨어. 이 전투에 걸려 있는 건 병사들의 명예가 아니래. 다들 어머님을 위해서 목숨을 걸어도 좋다고 하는데."

──동백에게 힘으로 밀어붙였던 건 명예를 얻을 수 있기 때문이었나? 그렇게 생각해버리는 저는 그릇이 작네요.

"손견은 물자만 있으면 번성을 편하게 함락시킬 수 있는 책략이 있다고 하던데요."

"하지만 진궁이 방해했어. 동백도 거기 있었으니까 알텐데."

"있긴 했는데, 물자가 구체적으로 뭔지는 모르거든요. 아시나요?"

"응. 병량하고 술."

"술……."

―――연회라도 하는 건가?

의아해하고 있자니 옆에서 감녕이 묘한 자세를 취했다. 몸을 고양이처럼 기울여서 나와 손상향의 얼굴을 들여다보고 있었다. 자세도 버릇도 이상한 사람이 아이들과 눈을 마주치려 하면 이렇게 되는 건지도 모르겠다.

"적의 대장, 죽이고 올까?"

"응." "안 돼요, 그러지 마세요."

손상향과 내가 전혀 다른 대답을 하자 감녕은 얼굴 전체를 움직여 눈을 감았다. 손상향이 내 옷소매를 잡아당겼다.

"왜 안 돼? 그러면 최소한의 희생으로 끝낼 수 있어. 아버님의 책략과 마찬가지야."

"그런 게 아니라 말이죠……."

어디까지 설명해야 할까, 나는 그렇게 생각했다. 이 이야기를 손가의 딸에게 하는 건 좀 민감한 문제다.

"저 번성을 지키는 장수가 누군지 아시나요?"

"몰라. 아버님이 공격할 성은 누가 지키더라도 마찬가지야."

"손견은 알고 있었어요. 저 번성을 지키고 있는 장군의 이름은 황조."

황조―――, 손가의 시점에서 삼국지를 논할 때는 결코 무시할 수 없는 이름이다. 장강의 패권을 걸고 손가와 싸웠던 유표가 가장 의존했을 남자. 형주 방어의 핵심.

그리고 손견을 죽게 만든 사람이기도 하다.

"손견이라면 번성을 뚫을 수 있을 거라는 건 저도 동의해요. 하지만 그 이후가 말이죠."

삼국지에서는 황조가 손견에게 패배하고 번성을 빼앗겼다. 하지만 황조는 도망쳤고, 손견은 한수 건너편에 있는 양양을 공격하다 죽는다. 너무 깊은 곳까지 추격하다 함정에 걸렸다는 설도 있고, 수풀에 숨어 있던 암살자에게 사살당했다는 설도 있지만 양쪽 다 황조의 지시였다는 점은 같다.

"아무튼, 황조는 간단히 이길 상대가 아니에요. 함부로 손을 댔다가는……."

"모르겠어. 지키는 장수에게 문제가 있다면 지금 죽이는 게 나아. 나중에 문제도 안 생기고."

"…………."

"아니야?"

그럴, 지도 모르겠다.

골치 아픈 녀석이니까 죽여두는 게 낫겠다, 그건 사실일지도 모르겠다. 특히 이 시대에서는.

하지만 지금 황조가 손견보다 먼저 죽으면 역사가 확실하게 바뀐다. 손견은 죽지 않고, 형주가 손가의 것이 될지도 모르겠다. 손가의 시점에서 보면 좋기만 할 것이다. 손가와 연계하려는 내게도 메리트는 있다.

더 따져보면 나도 천도 때 동탁 일족의 중진인 동민 같은 사람들을 죽게 했다. 그건 그들의 자업자득이긴 하지만 내가 죽게 내버려 두었다고도 할 수 있다.

그런데도, 나는 아직 내 이익을 위해 다른 사람의 생사를 좌우할 각오를 다지지 못했다.

"있지~, 죽일 거야~? 안 죽일 거야~?"

감녕이 상반신을 좌우로 흔들며 물었다. 이 시대엔 이런 사람들밖에 없네.

"말은 쉽게 하는데, 감녕은 번성에 침입할 방법이라도 있나요?"

"없는데에."

"없는 거야?"

내가 아니라 손상향이 태클을 걸었다. 나는 솔직히 안심했다.

"하지만 적장을 암살할 거라면 나도 협력을 아끼지 않겠어. 강동에서 데리고 온 친구들의 힘도 빌릴 거야."

"그 친구들은 반짝거려? 그럼 만나보고 싶은데에."

황조 암살 이야기가 더 이상 진행되지 않게끔, 나는 화제를 돌렸다.

"애초에 손상향은 저한테 손견을 돕게 할 생각이었죠? 구체적으로 뭘 시키고 싶었던 건가요?"

"그걸 생각하는 건 내가 할 일이 아니야. 네가 할 일."

──빌어먹을 안건을 떠넘기는 빌어먹을 거래처…….

"마왕의 손녀딸이라면 뭔가 떠오르는 게 있을 거야. 번성을 함락시키기 위한 사악한 생각이."

없어, 라고 말하고 싶다. 내게 공성 전문지식 같은 건 없다. 그리고 지금 번성이 뚫리면 손견의 사망 플래그가 확정되는 것 아닐까 하는 불안한 마음도 있다.

하지만 이대로 가다간 손견이 부인을 구하기 위해 언젠가 힘으로 밀어붙일 것이다. 그렇게 되면 많은 사람이 죽게 된다. 이미 역사가 바뀌어 가고 있는 지금, 손견은 그 싸움 속에서 목숨을 잃을지도 모른다. 개인적인 이해관계를 고려하더라도 나중에 제휴할 예정인 손견이 죽는 건 마음에 들지 않는다.

"……손견이 원하는 물자를 우리가 모으는 건 어때요?"

"모은다고? 어떻게?"

"그야 장사죠."

"이 근처 상인은 이익과 기회에 민감해. 사람 입에 들어갈 것들은 전부 가격이 올랐어."

"자금은 얼마 정도 있나요?"

"거의 바닥났어. 불리한 상황에서도 병량을 모아야만 했으니까. 그리고 어제 짐수레 한가득 이상한 과일이 와서 대금을 치렀던 것도 타격이 컸고. 먹기 힘들 정도로 시기만 하니까 완전 손해야."

"……호오~."

"손가의 손님을 자칭하는 사람이 멋대로 사들인 모양이야. 범인에게는 하고 싶은 말이 많아."

"별 나쁜 녀석이 다 있네요."

올려다보고 있는 손상향으로부터 눈을 피한 나는 그렇게 말했다.

예상하지 못한 곳에서 책임이 발생할 것 같다. 어떻게 하지? 이 시대에서 레몬을 어떻게 요리해야 할지 상상도 안 된다. 레모네이드라도 만들까? 그것도 나름대로 물자가 필요할 것 같다.

이런 건 장안에 있었을 때라면 문제도 안 될 거리였다. 상국의 권위와 공사의 연줄을 사용할 수 있었다면.

문득 보니 감녕이 금속판을 만지작거리고 있었다. 동백의 얼굴이 각인된 그 문제의 패다.

———……잠깐만? 그러고 보니 최근에 공사 관련 인물 이야기가 나왔던 것 같은데.

"감녕. 당신이 만났다는 상인들은 한중으로 돌아갔나요?"

"아니. 한동안 진(津, 나루)에 배를 대고 있을 거라고 했어."

———진이라는 게 뭐였더라? 뭐, 어디 있는지 알면 어떻게든 되려나.

"손상향, 힘을 좀 빌리고 싶은데요."

"아버님에게 도움이 되는 거야?"

"그럴지도 몰라요."

"알았어. 하지만 이제 병사를 데리고 가는 건 힘들지도 몰라. 아버님이 말릴 거야."

"그럼 힘을 빌려줄 만한 사람은요? 아까 말했던 '정말 강한 친구'라든가."

"그건 괜찮아."

그럼, 하고 손상향에게 고개를 끄덕였다.

상인들이 있다는 진이 너무 먼 곳이 아니기를 기원했다.

◇

진이란 강의 건널목 같은 곳을 일컫는 말이다.

한수처럼 큰 강은 다리를 놓는 것도 쉽지 않기에 배가 주요 교통수단이 된다.

손님을 태우고 맞은편까지 옮겨주는———, 운송업으로 먹고 사는 사람들의 배가 모이고 오가는 곳이다.

마차에도 높은 사람을 태우는 격이 있듯이, 진에서 보이는 배에도 종류가 있다. 진 근처, 한수의 수면에 뜬 그 배는 엄청나게 커서 다른 배들을 압도하고 있었다. 등롱은 아직 꺼져 있지만, 밤이 되면 화려한 붉은색 등이 되어 얇은 비단막을 비출 것이다.

이곳에 있는 유람선들의 주된 고객은 전란을 피해 도망쳐 온 부자나 높은 사람들이다. 그리고, 그 배의 주인 또한 마왕의 손녀딸이 지배하는 장안을 떠난 세 사람이었다.

세 사람은 지금 배의 객실에서 차를 마시며 우아한 시간을 즐기고 있었다.

"그래서 제가 말씀드렸죠? 이제부터 장사는 남쪽이라고."

"설마 이렇게까지 장사가 잘될 줄은 몰랐지요. 다른 곳 장사에 끼어든다는 게 여간 고생이 아니니까요."

"우선 수도에서 가져온 물건이 비싸게 팔린 게 컸지요. 본전을 마련하면서 품위 있는 수도의 상인으로 얼굴을 알릴 수 있었고요."

"이 근처 상인들은 수도의 문물을 동경하는 마음이 강합니다. 황건적의 난으로부터 시작된 전란으로 인해 물자의 움직임이 둔해졌으니 더더욱 수도의 향기에 굶주렸을 테고요."

"이제 북쪽은 안 되겠군요. 수도도 끝장입니다. 동백이 장사를 주름잡으려 하고 있으니까요. 높은 사람이 장사에 참견하는 건 말도 안 되는 일이지요. 공사는 무슨, 터무니없는 소리."

"동백이라고 하니."

그는 그렇게 말하며 목소리를 낮췄다.

"얼마 전에 배를 태워주었던 그 청년, 골치 아픈 일이 되진 않겠지요?"

다른 두 사람이 차의 떫은맛을 참지 못한 듯 인상을 찌푸렸다.

"그건 이미 끝난 일입니다. 그자는 우리 뇌물을 받았고요. 그 사실을 동백에게 들키게 되면 그자도 몸이 성하진 못할 겁니다."

"그렇지요. 우리를 속일 수 있을 정도로 지혜가 뛰어난 것 같진 않더군요."

"하지만 한중의 장로가 동백 밑으로 들어갔다는 이야기를 들었습니다. 지금까지는 그들이 주목을 끌어주었습니다만, 우리가 공사의 임무를 내팽개치고 있다는 사실이 알려지면……."

"하긴, 이제 한중을 벗어나야 할 때일지도 모르겠군요. 어떤지요. 아예 이곳 형주로 저택과 장사 터전을 옮기시는 것이?"

"그거 묘안이로군요. 형주는 오랫동안 전란에서 벗어나 평안한 땅. 지금은 번성 근처가 소란스럽긴 합니다만, 그 또한 장삿거리가 될지도 모르지요."

"무엇보다 장안에서 멀다는 것이 안성맞춤이로군요. 이 곳에는 아무리 마왕의 손녀라 해도 그리 쉽게는———."

출렁, 유람선이 기울었다.

차가 쏟아지고, 상인들이 욕설을 내뱉었다. 그와 동시에 방으로 선원이 뛰어 들어왔다.

"나으리! 큰일입니다! 배, 배가……."

"무슨 일이야?! 도적인가?!"

선원은 필사적으로 고개를 젓고 있었다. 말을 제대로 하지 못하는 선원을 본 세 사람은 바깥 상황을 살폈다.

그들이 소유하고 있는 유람선은 나룻배보다 크다. 그런데 그 배보다 훨씬 더 큰 배가 맞닿아 있었다. 그것이 군선

임을 난세의 상인들은 한눈에 알아보았다. '손'이라고 적힌 깃발이 세워져 있었다.

"어, 어째서 손가의 배가……!"

마음만 먹는다면 유람선 옆을 선수로 들이받아 가라앉히는 것도 쉬운 일일 것이다. 그런 전투용 배가 옆에 나란히 서서 갑판에 널빤지를 걸치고 있었다.

널빤지 위를 지나 넘어온 사람은 손가의 병사도 아니었고, 수적도 아니었다. 세 사람에게는 누구보다 만나고 싶지 않은 어린아이. 그녀는 마치 자신의 배인 것처럼 성큼성큼 객실 안으로 들어왔다.

"평안하신가요, 여러분. 오랜만이네요오. 잘 지내시는 것 같아 다행이에요."

어른을 깔보는 도발적인 미소. 거만하기 짝이 없는 태도. 자신을 방해할 것은 아무것도 없다고 확신하는 발걸음. 손에는 왠지 모르겠지만 채찍.

상인 중 한 명이 겨우 억지웃음을 지으며 비위를 맞추려 했다.

"이, 이런, 이런. 만나 뵙게 되어 기쁩니다, 백냥냥……."

"또 그 호칭으로 부르면 죽을 때까지 채찍질을 할 거예요."

"히익."

갑자기 진지한 표정으로 채찍을 들어 올린 동백을 보고 상인들이 일제히 엎드렸다. 동백은 그들 앞에서 채찍을 만지작거리며 말했다.

"최근에 매우 흥미로운 이야기를 들었어요. 제가 한중으로 파견한 상인분들께서 공사의 요청을 거절했다고요. 사실이라면 정말 큰 문제가 되겠죠. 그렇게 생각하지 않으시나요?"

"그, 글쎄요. 저희는 무슨 일인지 짐작도……."

채찍이 바닥을 때렸다. 그것만으로도 상인들은 곧바로 소리를 질렀다.

"요, 용서해 주십시오! 저희는 결코 동백 님의 은혜를 잊은 것이 아닙니다! 그저 익숙하지 않은 지역에서 장사를 하려면 지반을 다지는 것이 필수이기에 그러기 위한 시간을, 좀……."

상인들 눈앞을 털 뭉치 같은 무언가가 가로질렀다. 하얀 털 뭉치다. 하얀 구름이 배 위에 드리운 듯한 풍경에 상인들은 눈이 뒤집힌 채 할 말을 잃었다.

예전에 동백에게 심문당했을 때는 곽사라는 인간 같지 않은 거인이 나타났는데, 이번에 나타난 것은 분명히 인간이 아니었다.

털이 새하얀, 호랑이였던 것이다.

"…………."

말재주가 자랑거리인 상인도 말문이 막혔다. 막히는 게 당연했다. 아무리 말재주가 좋고 혀가 잘 돌아가도 호랑이에게는 시끄러운 먹잇감에 불과하다. 왠지 모르겠지만 동백도 놀라고 있었다,

호랑이가 의젓하게 그들 앞을 가로지른 다음 엎드렸다. 그제야 그들도 호랑이 등에 앉아 있던 존재를 눈치챘다.

"동백, 이 녀석들이야?"

말투와 태도가 동백과 비슷할 정도로 거만하다. 이쪽은 채찍이 아니라 곤을 들고 있지만, 이제 그런 건 어찌 되든 상관이 없다. 이 배에 있는 사람들을 모조리 잡아먹을 수 있는 호랑이가 얌전히 소녀를 태운 채 엎드려 있기 때문이다.

"우선 자기소개. 난 손상향. 이 아이는 친구인 미미(米米). 하얗고 맛있을 것 같아서 내가 이름을 붙였어. 그럼 동백, 그걸. ……동백?"

봉으로 찔리고 나서야 동백이 정신을 차리고 품속에서 무언가를 꺼냈다. 종이 두루마리를 펼치고 내밀었다.

"아, 이건 발주서예요. 잘 부탁드릴게요."

"발주, 서……?"

보아하니 술과 고기, 최근에는 가격이 치솟은 물건들만 적혀 있었다.

"청구는 장안의 공사로 해주세요. 좀 급하긴 하지만, 납기는 준수해주시고요."

예전과 마찬가지라고, 세 사람 모두 똑같은 생각을 품었다. 그들의 의지와는 상관이 없는 속도와 압력으로 이야기가 정리되어 간다. 지금 이의를 제기하지 않으면 대금을 받을 수 있을지도 의심스러운 계약을 하게 되어버린다.

"저, 저기."

"다행이야. 동백 덕분에 필요한 만큼은 손에 넣을 수 있 겠어. 감사."

"무슨 말씀을 하시는 거예요. 우리는 친구. 친구를 위해 힘을 다하는 건 당연한 거죠."

"그런데 어떻게 하지? 마음씨가 나쁜 어른이 우리 우정 에 금이 갈 만한 짓을 하면. 흐흑, 걱정이 되어서 가슴이 찢어질 것 같아. 흐흐흑."

엄청나게 국어책을 읽는 듯한 목소리로 몸을 기댄 소녀 를 동백이 끌어안았다.

"아아, 이럴 수가. 병약한 당신에게 마음고생 같은 건 있 을 수 없는 일. 무슨 일이 생기면 아버님께서 슬퍼하실 거 예요. 강동의 맹호라 불리며 두려움을 사고, 우는 아이도 그치는 도깨비 장군이라는 소문이 있는 손견 님께서. 아아, 얼마나 원~망~스~러~워~하~실~지~."

동백은 손등을 이마에 댄 채 하늘을 올려다보고 있었다. 연기는 지독하지만 효과는 있었다. 장강의 지류에서 장사 를 하는 사람이 손견이라는 이름을 모를 리가 없다. 상인 들은 더더욱 새파랗게 질렸다.

"안심하세요, 손상향. 우리처럼 무력한 소녀의 우정을 시험하려는 악마가 지상에 있을 리가 없어요. 그렇지 않 나요?"

"동백 말이 맞아. 우리의 천진난만한 부탁을 들어주지

않는 짐승이 있을 리가 없지. 우후후."

"아하하."

양쪽 다 눈이 웃고 있지 않았다. 어린아이답지 않은 두 사람의 탁한 시선이 빙글, 상인 쪽을 향했다.

"당신들도 그렇게 생각하시죠?"

마왕의 손녀딸과 도깨비 장군의 딸. 그리고 채찍과 호랑이.

전보다 무시무시한 것이 더 늘었으니 결과를 뒤엎을 수는 없다. 인생은 포기하는 게 중요하다. 특히 지금 같은 난세에서는.

딸 같은 나이인 아이들에게 엎드린 채, 상인들은 그런 생각을 하고 있었다.

◇

손가의 깃발을 내건 배는 유람선에서 물러나 한수를 내려가기 시작했다.

역시 나중에 장강의 지배자가 되는 손가라 그런지 선원들은 배를 다루는 게 익숙했다. 그리고 배 안을 자기 집처럼 활보하는 백호와 그 위에 앉아 있는 소녀의 모습에도 익숙했다.

"친구가 호랑이라는 이야기는 못 들었는데요."

그렇게 말한 나는 아직 익숙해지지 못했다. 고양이는 좋

아하지만, 호랑이는 그냥 무섭기만 하다.

"말하면 겁을 먹어버리잖아. 미미는 섬세한 아이라 상처 입어."

"제가 상처 입을 걱정은 안 하시나요?"

"괜찮아. 미미는 손가 사람은 절대로 물지 않아."

"……아니, 저는요?"

"남자라면 위험하겠지만, 여자라면 괜찮아. 미미."

백호는 주인의 말을 듣자마자 일어서서 내 곁으로 다가 왔다. 포식자의 거대한 몸집이 소리 없이 다가온 다음, 자 지러진 내 손에 코를 가져다 대고 킁킁, 냄새를 맡았다.

쭈욱, 호랑이의 윗입술이 치켜올라가 묘한 표정이 되었 다. ──플레멘 반응?

"미미가 이런 표정을 지은 건 처음 봤어."

나는 손을 저으며 백호에게서 물러났다. 자극하지 않게 끔 조심조심 물러나서 적절한 거리(호랑이와 같은 배를 타고 있 는 한, 그런 건 없다)를 유지하며 말했다.

"……일단 물자는 마련할 수 있을 것 같네요."

"응. 역시 동백이야. 네게 눈독을 들인 나는 정확했어. 친구로 삼아준 보람이 있어."

"왠지 거만한 시선인데……, 뭐, 상관없지만요. 손견 님 은 구체적으로 어떤 책략을 쓰실 생각이시죠? 술이나 음 식 같은 걸 모아서."

"뭘 할 생각일 것 같아?"

그녀가 호랑이 등 위에서 약간 으스대듯 고개를 갸웃거렸다. ———가끔 약삭빠른 짓을 한단 말이지, 이 애.

"전혀 짐작이 안 되네요. 연회 준비로밖에 안 보이니까."

"그거."

"네?"

"연회를 열 거야. 성대하게."

"……진짜로?"

"진짜로."

진짜라고 합니다.

10장 동백 쨩과 손견의 공성.

전위라는 조조의 부하와 만난 이후로 조운과 마초는 다시 이야기할 기회를 잃었다.

역할 분담이 확실하게 되어 있기에 행군에는 지장이 없었다. 척후를 포함한 행군의 선두를 조운이, 후방을 마초가 담당하는 흐름이다. 그리고 보니 마대에게 빌려온 기병들도 마초와 서로 피하는 낌새가 보였다. 딱히 이유를 알고 싶진 않지만.

"두 분 사이에서 중개를 맡게 된 사람 처지도 좀 생각해 주셨으면 하는데요. 앞으로 갔다가 뒤로 갔다가, 바빠서 정신이 하나도 없으니."

고개 중턱에서 휴식을 취할 때, 홍선이 그런 이야기를 꺼냈다. 그가 없었다면 행군 속도도 꽤 느려졌을 것이다.

"그래서, 이번 휴식의 목적은 뭐요? 잠깐 쉰 지 얼마 되지도 않았는데."

조운은 말없이 앞쪽을 살펴보고 있었다. 여기에서 보이는 건 평범한 언덕길이었고, 그것 말고 눈길을 끄는 것은 없었다. 하지만 조운의 안색에서 뭔가 심상치 않은 기색을 느낀 건지 홍선이 물었다.

"위험한 거라도 있는 거요?"

"위험한지 어떤지 척후에게 살펴보라고 했어. 이 앞에는 원술군 관문이 있는 모양이야."

"그렇다면 충돌이 일어날지도 모르겠군. 뭐, 요새 정도 가 아니라면 어떻게든 되겠지요."

조운도 똑같은 의견이었다. 이번 기회에 동백을 데리고 갔다는 원술, 손견 같은 녀석들의 태도를 파악할 수 있을 것이다. 동백을 해칠 생각이 없다면 교섭하기에 따라 거친 행동 없이 지나갈 수 있을 테고, 그렇지 않다면 힘으로 밀어붙이고 지나간다. 중요한 분기점이긴 하지만, 어차피 단순한 양자택일일 뿐이다.

그런데 왜 이렇게 기분 나쁜 예감이 드는 걸까.

"……홍선, 병량은 부족하지 않지?"

"예. 보급이 순조로운 건 동백 님께서 고안하신 공사라는 것 덕분이라던데. 참 감사하지요. 그리고 조조군이 덤벼들 낌새도 아직까지는."

홍선에게는 후방 요충지에 감시할 사람을 남겨두라고 말했었다. 전위는 동백 구출에 대해 조언을 해주었지만, 애초에 동백을 끌고 간 그들을 믿을 수는 없다. 가슴이 묘하게 답답한 건 조조군에 대한 의심 때문일까.

잠시 후, 언덕길 건너편에서 척후가 돌아와 보고했다.

"관문의 통과를 허가받았소이다. 관문을 지키는 자는 상국 각하의 행방도 알고 있었고, 며칠 전에 손가의 영애와 함께 이곳을 지나가셨다 하오."

"들으셨지요? 형씨. 이거 좋은 소식이네. 동백 님이 행방도 알아냈고, 원술네 뭐시기 동맹도 우호적이군. 이제 임무는 달성한 거나 마찬가지요."

조운은 고개를 끄덕였지만, 가슴의 답답함은 사라지지 않았다. 만에 하나를 대비해서 홍선에게 명령을 내려두었다.

"이 근처는 언덕길이라 숨을 수 있는 곳이 많아. 기습에 주의해. 마초에게도 전해주고."

"그렇긴 하지. 알겠슴다."

홍선이 행군을 다시 시작하라고 외치며 후방으로 향하자 병사들이 느릿느릿 대열을 갖추기 시작했다.

잠시 후, 조운과 양주 기병의 선도에 따라 대열이 움직이기 시작했다.

앞에 보이는 것은 새로 생긴 듯한 관문. 문은 열려 있었고, 앞을 가로막는 것은 아무것도 없었다. 관문을 지키는 경비병들은 무표정하게 조운 일행을 바라보고 있었다.

조운은 신경을 곤두세우며 관문을 통과했다.

……잠복은 없고.

병사들도 줄줄이 뒤를 따라왔고, 행군은 아무런 문제도 없이 이어졌다. 조운은 앞으로 나아가며 보폭을 재고 최후미 병사가 관문을 언제쯤 통과할지 파악하는 데 집중하고 있었다.

무슨 일이 생긴다면 그때이기 때문이다.

꽈아아앙~.

징 소리가 울렸다. 위치는 후방, 관문 근처.

전부 조운이 경계했던 대로였다. 방금 들린 소리는 아마 기습 개시 신호.

"경계! 습격에 대비해라!"

모두가 멈춰 섰고, 조운은 지시를 내리며 주위 기척을 살폈다. 길 양쪽은 깎아지른 듯한 절벽. 병사들을 숨기기는 힘들지만, 위에서 무언가를 떨어뜨리는 건 가능하다. 병사들을 전진시키고 단숨에 빠져나갈까, 후퇴시켜서 마초와 합류할까――.

"――어? 뭐야?"

조운이 갑자기 뒤쪽을 올려다보며 중얼거렸다. 그는 주위에 있던 병사들이 의아한 표정을 짓는 것도 아랑곳하지 않고, 머리를 굴렸다. 어느새 식은땀이 조운의 등을 적시고 있었다.

"……말도 안 돼."

멍하니 중얼거린 다음, 조운은 양주 기병에게 지시를 내렸다.

"위험할 것 같으면 보병들을 데리고 도망쳐. 판단은 맡길게."

대답도 기다리지 않고 조운이 말을 몰아갔다. 놀라서 피하거나 굳은 보병들의 움직임을 예측하며 조운은 그 누구와도 부딪히지 않은 채 말을 타고 계속 달려갔다.

그대로 최후미에 도착했을 때쯤, 조운이 말을 멈췄다.

관문의 문이 완전히 닫혀 있었고, 문지기의 모습은 보이지 않았다. 후방을 지키고 있던 마초를 발견하자 조운이 말했다.

"마초. 뭔가가 온다."

"나도 알아."

마초는 이미 전투태세에 들어가 있었다. 자신의 영역을 침범당한 늑대처럼 이빨을 드러내고는 깎아지른 절벽 위를 노려보고 있었다.

"이 말발굽 소리, 잊을 수가 없지."

조운은 그때까지 희미하게 들리던 소리가 말발굽 소리라는 사실을 그제야 눈치챘다. 상상조차 하지 못했다. 이렇게 땅울림 같은 말발굽 소리를 낼 수 있는 말이 이 세상에 있다니.

붉은 말의 그림자가 절벽 위에 솟구쳤다.

원근감을 의심할 정도로 큰 말은 등에 무사 한 명을 태우고 있었다. 들고 있는 무기는 방천화극.

"여포!"

내려오는 붉은 기병의 착지 지점을 향해 마초가 말을 몰아갔다. 달려가며 안장 위에서 몸을 낮게 숙이고 있다. 달려가는 말의 속도를 그대로 경력으로 바꾼 다음, 그 힘을 다시 아래쪽으로 내린 대도로. 칼끝이 지면을 스치고, 흙먼지와 함께 성난 파도 같은 기세로 뻗어나갔다.

땅을 가르며 날아든 일격을 받아낸 것은 방천화극. 인마의 체중이 실린 일격으로 마초의 대도를 쉽사리 쳐낸 것이다.

위이이이이이이이이이잉!

공기를 뒤흔드는 그 소리는 마초가 날린 경력의 단말마였다. 조운이 정면으로 맞으면 단번에 끝장이 날 것 같다고 생각한 마초의 발경이 한 번 휘두른 방천화극으로 인해 온데간데없이 흩어졌다.

"워, 워, 어이쿠……."

기병은 방금 보인 절기를 자랑하려는 낌새도 없이 흥분한 붉은 말을 진정시키고 있었다. 말의 몸집 차이로 인해 자연스럽게 마초 일행을 내려다보는 형태가 되었다.

"말을 이용한 발경이지. 처음 봤을 때는 당황했지만, 온다는 걸 알고 있으니 딱히 상관없다."

으득, 마초가 이를 가는 소리가 들렸다. 보아하니 두 사람은 아는 사이 같았다. 그뿐만이 아니라 홍선을 비롯한 병사들도 경악과 공포로 물들어 있었다.

"여포……." "여포다……!" "어째서 이런 곳에."

여포———, 천하무쌍. 양아버지를 죽이고 동탁 쪽으로 붙은 남자. 그리고 그 동탁의 손녀인 동백과 마왕의 후계자 지위를 두고 싸웠다는 이야기도 들었다. 소문을 듣고 상상했던 호걸과는 거리가 먼 인상이었지만, 이 남자가 진짜 여포라는 건 의심할 여지가 없었다.

전의를 띤 여포가 바로 앞에서 내뿜고 있는 투기는 거의 사람의 수준이 아니었다.

"여포, 어째서 네놈이 여기 있지! 동백 건, 네놈의 소행이었나!"

"그건 내가 할 말이라고, 찌꺼기야. 여긴 우리 영역이란 말이다."

"손견과 손을 잡았나."

"……지금 그런 질문을 하는 걸 보니, 너희들, 그거냐? 동백이 납치당하거나 그런 일이 생겨서 쫓아온 느낌이네. 하핫, 역시 사고를 쳤잖아, 그 꼬맹이."

"물음에 대답해라!"

"누구한테 그런 말을 하는 거야, 망할 졸개 마초. 자기보다 강한 사람에 대한 예의를 모르면 인생이 힘들어질걸?"

"이제 됐다."

마초는 말을 몰아가 살의와 경력을 담은 대도를 내리쳤다.

여포는 살짝 미소조차 드리우며 칼을 피했고, 반격으로 날린 일격이 마초를 덮쳤다. ──마초가 그걸 유도했음을 조운은 간파했다. 최초의 일격은 미끼. 여포가 달려들게끔 하는 목적이다.

일기토의 수 싸움으로는 초보적이지만, 마초 정도의 달인이 하면 그것은 악랄한 죽음의 함정이 된다. 재능이 있는 무인일수록, 진짜 살의가 담긴 일격에는 반사적으로 움직여 버린다.

완전히 낚인 여포의 공격을 대도가 받아냈다. 방천화극에 담긴 경을 말의 몸을 이용해 흘리자 발굽 근처에서 흙이 터졌다. 마초는 흥분한 말의 힘을 대도에 담아 여포를 적토마와 함께 밀어냈다.

말 위에서 자세가 무너진 여포의 몸이 붕 떴다. 이제 방어하기는 늦었다. 그 기회를 놓치지 않고 마초가 발경과 함께 필살의 참격을 날렸다.

하지만, 무너진 상태로도 천하무쌍.

"호오오오오오오!"

여포는 숨을 내쉬며 수갑(手甲)으로 대도 옆쪽을 쳤다. 참격이 엇나가고, 대도가 여포를 피해 지나갔다.

이번에는 마초의 몸이 붕 떠서 빈틈을 드러낼 차례였지만, 여포는 움직이지 않았다. 맞닿을 정도로 가까운 거리에서 실실 웃을 뿐이었다.

"응? 왜 그래? 어? 왜 그러냐고, 마초 쨩."

"……윽."

마초는 분노의 극에 달한 듯한 표정이었지만, 손을 쓰지 못하고 있었다. 말의 힘을 빌린 발경을 쓰려면 말을 움직일 필요가 있다. 저렇게 매우 가까운 거리에서 시도하는 건 여포에게 치고 들어 올 빈틈을 줄 뿐이다. 마초가 할 수 있는 건 빈틈을 보이지 않게끔 계속 긴장하는 것뿐.

조운은 병사들을 돌아보았다. 사기는 이미 땅에 떨어졌다고 할 수 있다. 수적 우세로 여포를 물리치려면 그들을 격려하고 움직일 수 있는 말이 있어야 한다. 조운은 그렇게 혀를 잘 놀릴 자신이 없었다. 아군을 움직일 수 없다면, 적을 물러나게 할 수밖에 없다.

조운은 말을 몰아 바로 앞에서 서로 노려보는 두 기병에게 다가갔다. 그것만으로도 바닥이 보이지 않을 정도로 깊은 계곡으로 뛰어드는 것 같은 심정이었다.

"잠깐만 기다려. 우리 목적은 동백을 데리고 가는 거고, 그쪽 영지를 어지럽힐 생각은 없어."

여포는 짜증 난다는 듯이 눈살을 찌푸리면서도 생각하는 시늉을 보였다.

"……그러고 보니 이럴 경우에는 어떻게 할지 진궁에게 못 들었는데. 동백이 손견의 손님이라면 이 녀석들도 손견의 아군이라는 건가?"

"적어도 우리는 적이 아니야. 할 수 있다면 교섭으로 끝내고 싶다."

"귀찮아. 너희가 여기서 죽고, 진궁이 뒤처리를 하는 게 훨씬 간단하지."

"과연 그럴까. 아무리 천하무쌍이라 해도 혼자서 이렇게 많은 사람들은 죽이지 못할 텐데."

"나 혼자 올 리가 없잖아, 멍청아. 내 말이 제일 빨랐을 뿐이야. 병사들은 나중에 온다."

그 말은 조운보다는 병사들을 전율하게 만들었다. 천하무쌍이 지휘하는 정예가 사기가 꺾인 병사들을 몰아치면

차마 볼 수 없는 결과가 될 것이다.

"그건 그렇고……."

그제야 여포가 처음으로 조운을 보았다. 봤다고 해도 시야 끄트머리에 살짝 걸친 것뿐이지만.

"너, 누군데. 건방지게 말 걸지 말라고, 쓰레기가."

닿기만 해도 갑옷과 함께 터져나갈 것 같은 일격. 그것이 너무나도 쉽사리 조운에게 날아들었다.

청경이 뛰어난 조운에게는 이치에서 벗어난 경력을 휘두르는 여포의 기술이 마치 태양의 빛과도 같았다. 너무 강하기 때문에 그것만으로도 간파하기가 힘들다.

조운은 사고를 평소보다 몇 단계 더 가속시켰다.

이제 경력의 크기는 아예 무시한다. 자신의 빈약한 내공으로는 평생 걸리더라도 내지 못할 출력, 그것만 알면 충분하다. 노리는 곳과 방향, 모은 힘을 관측, 연산. 아슬아슬하게 합격점이라고 할 만한 각도로 창이 방천화극을 받아냈고, 기도하는 듯한 마음과 함께 비틀어 필사적으로 흘리며 위력을 죽였다.

온다는 걸 알고 있는 공격을 막는데 이렇게까지 집중이 필요했던 건 조운의 인생에서 처음 경험한 일이었다.

"……허억! 젠장!"

정말 질색이다. 일격을 흘린 것뿐인데 무거운 짐을 내려놓은 것처럼 숨을 크게 내쉬어 버렸다. 마초는 이것보다 묵직한 공격을 연달아 상쇄시키고도 호흡이 흐트러지지 않았는데.

문득 보니 여포가 놀란 듯이 조운을 보고 있었다.

"……흐으응~?"

경박함을 그림으로 그려놓은 듯한 여포의 얼굴에 미소가 드리웠다. 하지만 그것은 마초에게 보여주던 것과는 본질적으로 달랐다. 마초에게 보이던 여포의 미소는 일종의 도발이자 시위. 자신의 영역에 발을 내디디려 하는 괘씸한 자에 대한 공격적인 의지의 표현이었다.

하지만 조운에게 보인 것은 그렇지 않았다. 그것은 완전히 깔보는 상대에게만 보여주는 것. 필사적으로 발버둥 쳐봤자 자신의 발치에도 미치지 못하는 자그마한 존재에 대한 비웃음이었다.

"하하, 하하하하하하하하! 뭐야? 잠깐만, 재미있는데, 너! 척 보기에도 졸개인데, 졸개 나름대로 그런 노력을 하는 사람이었구나? 하하, 하하하하하하하!"

여포는 조운을 손가락으로 가리키며 마구 웃어대고 있었다. 들켰다, 조운은 그렇게 생각했다. 자신이 투쟁에 있어서 얼마나 머리를 쥐어 짜내며 싸우고 있는지. 그 노력을 겨우 한 합 만에 꿰뚫어 본 것이다.

타고난 내공뿐만 아니라 기술적인 재능까지 천하제일. 그렇기 때문에 조운의 노력이 우스워서 견딜 수가 없다. 여포의 눈에는 조운의 노력이 논어를 해독하려는 원숭이나 마찬가지로 보였을 것이다.

얼굴이 뜨거워지는 게 느껴졌다.

"대단하네, 방금 감동해버렸다고. 그렇게 필사적일 수 있나? 너, 이름이 뭐야?"

"……조운."

"조운 군이란 말이지. 아니, 오늘은 조운 군을 만난 게 가장 큰 수확이야. 재미있어. 너, 최고야."

여포는 그렇게 말하며 안장에서 내려섰다. 곧바로 땅바닥에 앉아 무릎을 세우며 실실 웃었다.

경계하는 조운 일행에게 여포가 말했다.

"지금 나는 기분이 꽤 좋으니까, 한동안 여기서 쉬도록 할게. 너희가 도망쳐도 쫓아가지 않을 거야. 마음대로 해라."

"장난치는 거냐, 네놈."

"장난치는 거예요~."

여포가 시원스러운 표정으로 그렇게 내뱉었다. 압도적인 폭력이 뒷받침해주는 여유가 이 남자의 온몸을 뒤덮고 있다.

"잘됐네. 내가 장난치는 덕분에 너희가 좀 더 오래 살 수 있는 거니까. 내가 좀 더 성실했다면 너희는 지금쯤 살아 있지 못했을 테지. ……아, 조운 군은 예외야. 죽이는 게 아까울 정도로 재미있는 사람이니까 봐줄게. 그래."

"내가 네놈이 하는 말을 따를 거라 생각하는 거냐? 말에서 내린 건 네놈의 판단이야."

"기분이 좋으니까, 라고 말했잖아."

여포가 한 말이 투기를 띠자 조운은 온몸의 털이 곤두서는 걸 느꼈다.

"딱히 어느 쪽이든 상관없거든. 여기서 봐줘도 되고, 죽여도 되고. 우리 관문을 통과한 시점에서 너희 결말은 이미 정해져 있으니까. 내 병사들이 도착하면 마음이 다시 바뀔지도 모르고. 진짜로 어느 쪽이든 상관없어."

이 남자는 흥정을 할 생각조차 없다———, 조운은 그 사실을 알 수 있었다. 정말로 장난치는 마음에 두 사람을 보내줄 생각이고, 경계를 반쯤 풀기까지 했다. 마초는 그렇지 않았다. 상황이 이렇게 되자 망설이고 있지만, 분노가 더 강하다. 그녀를 설득해야만 한다.

"마초, 가자. 우리 목적을 잊지 마라."

"……이렇게 모욕당하고도 가만히 있으라는 거냐."

"동백을 구하는 게 우선이잖아."

"너는 전사가 아니니까———."

손이 멋대로 움직였다. 마초의 어깨를 붙잡고 이쪽을 보게 했다. 지금까지와는 달리 목소리에 감정이 담겨버렸다.

"내가 아무것도 느끼지 못한다고 생각하는 거냐?"

마초가 놀랐다. 그 표정을 보고 조운도 놀라 손을 놓았다.

"알겠다."

마초는 그렇게 작은 목소리로 중얼거리고 말을 몰았다. 물러나기로 결심한 뒤에는 재빠르게 움직였고, 조운도 그녀를 쫓았다. 뒤쪽에서 여포의 웃음소리가 들렸다.

"잘 가라! 조운! 또 재미있는 재주를 보여달라고!"

조운은 평소에도 재능이 있는 무인들에 대한 질투를 떠안은 채 창을 휘두르고 있다. 그 감정은 이제 완전히 조운의 일부다.

조운은 자기 마음속에 이렇게 강한 분노가 가득 찬 것을 느껴본 적이 없었다.

◇

해가 진 뒤 번성. 그곳을 포위한 손견군 진 안에서 우리는 번성 쪽을 바라보고 있었다.

성문에서 별로 거리가 멀지 않은 지점에서 진짜로 연회가 벌어지는 중이었다.

"감사하네, 동백 님. 귀공 덕분에 내 책략을 실행할 수 있었어."

"……아뇨, 어떻게 할 건가요, 이거."

여기까지 술 냄새가 풍길 것 같은……, 아니, 번성 안에는 분명히 술 냄새가 닿을 것이다. 냄새와 함께 주정뱅이가 외치는 목소리도 들린다.

"번성에 계시인!" "얼쑤!(추임새)" "여러분께에!" "얼쑤!" "오늘도오!" "오늘도?" "감사!" "고맙슴다!"

"여러부운!" "덕분에에!" "오늘도오!" "평화아!" "어……, 뭐였지?" "일한 다음에 먹는 술은 최고~." "우웩……, 우웨에엑……."

마지막에는 목소리가 점점 작아지며 들리지 않게 되었다. 저 축 늘어진 느낌……, 분명히 진짜 취했다.

손견은 자신의 턱 끝을 어루만지며 유쾌하다는 듯이 웃었다.

"마음대로 소란을 피우라고는 했지만, 평소에 훈련할 때도 저 정도로 기운을 내줬으면 좋겠군. ……그런데, 어떤가, 동백 님. 내 책략이. 맹우(盟友)가 된 귀공에게는 설명하는 게 나을까?"

"이렇게까지 보여주셨으니 상상이 되네요. 노리는 건 도발. 저렇게 상대방을 화나게 해서 바깥으로 끌어낸 다음, 결전으로 몰아간다."

"나쁘지 않은 추리야, 동백 양. 정답이라고 해도 되겠지만, 도발은 덤으로 하는 것에 불과해. 우리가 손대고 싶은 건 좀 더 깊은 곳에 있지."

손견은 어떤 것 사이에 끼워 넣듯 손가락을 번성 쪽으로 뻗었다. ———'덤'으로 저렇게 짜증 나는 도발을 당하는 번성 병사들에게 동정하는 마음이 생겨버렸다.

"적이 얼마나 많은 병량을 남기고 있을까. 병사들을 얼마나 잘 다스리고 있을까. 내일도 전투를 계속 이어갈 생각일까……, 그런 의심암귀 위에서 넘어지지 않게끔 계속 버티고 서는 것이 공성전이라는 것이지. 양쪽 다 가장 큰 적은 자신들이라 할 수 있어. 하지만."

손견은 소란을 피우고 있는 곳을 가리키며 말했다.

"저 주정뱅이들의 모습을 보고 사기를 계속 유지하는 건 힘들겠지. 성을 지키고 있는 황조는 나와 원술의 사이가 좋지 않다는 사실을 알고 있어. 보급에 문제가 있다는 것 또한 알고 있을지도 몰라. 하지만 이 광경을 보면 그 정보를 의심하게 되겠지."

"다시 말해서, 정신적으로 뒤흔들어놓으려는 목적인가요? 병량은 잔뜩 있고, 사기도 높다. 그렇게 생각하게 만들어서 항복을 유도하는 거……."

"그것도 괜찮은 선이지만 아쉽군. 여기에서 보이는 적 병사들은 분노와 동요한 기색을 보이고 있지만 항복할 낌새는 없어. 번성이라는 미녀를 길들이려면, 조금 더 꼬셔 내야지."

손견은 그렇게 말하고 나서 등을 돌렸다. 손견 옆에는 백호가 엎드려서 자고, 그 등에 기댄 손상향이 꾸벅꾸벅 졸고 있었다.

"딸을 재우고 오겠네. 동백 양, 자네도 지금 눈을 좀 붙여두는 게 좋을 거야. 그러면 나이 어린 자네에게 더할 나위 없는 경험과 즐거움을 가르쳐주지."

"……성희롱?"

손견은 딸을 업고 백호와 함께 막사 쪽으로 갔다.

어두운 밤 새벽이 되기 얼마 전, 어둠이 가장 짙게 깔린 시간.

번성의 성문이 안쪽에서 조용히 열렸다.

완전히 개방되지는 않았지만 사람이 드나들기에는 충분한 틈새. 그곳을 통해 병사들이 한 명, 두 명, 차례차례 나왔다. 그들은 이야기도 나누지 않고 눈짓만으로 확실한 의사소통을 한 다음, 몸을 숙인 채 조용히 행동을 개시했다.

목표는 손견군의 진. 연회를 벌이며 떠들다가 지쳐서 술에 곯아떨어진 병사들이 코를 고는 소리가 들렸다.

진지 곳곳에는 횃불에 붉게 비친 경비병이 있었다. 우선 그들을 처치하기만 하면 그 뒤로는 식은 죽 먹기나 마찬가지다. 모조리 죽이지는 못하더라도 최대한 많은 적을 죽이고 병량을 태우기만 하면 승리다.

그들은 결사대. 애초에 살아서 번성으로 돌아갈 생각은 없었다.

가장 몸이 날쌘 사람이 단검을 거꾸로 쥐고 숨을 죽인 채 그늘에서 경비병을 향해 몰래 다가갔다. 누군가에게 들킨 듯한 낌새는 없었다. 자객은 소리를 전혀 내지 않고 단검을 들어 올렸다.

"……?!"

근처까지 다가가서야 눈치챘다. 경비병은 사람이 아니라 짚을 짜서 만든 허수아비였다. 그 무렵, 손견군의 진 이곳저곳에서 똑같은 일이 벌어지고 있었다. 경비병은 전부 짚으로 만든 인형. 침상에는 천을 뭉쳐서 넣어두었을 뿐,

사람은 없었다.

"이봐, 저걸 봐."

누군가가 번성을 손가락으로 가리키며 속삭였다. 성문이 크게 열려 있다는 사실을 눈치챈 습격자들은 멍해졌다. 성문은 이미 닫혀 있어야 하는데.

"쏴라."

어디선가 목소리가 울렸다. 막사가 부풀어 오르나 싶더니 천을 찢고 수많은 화살이 벽처럼 날아들어 습격자들을 덮쳤다.

웅얼거리는 목소리가 겹쳐진 한순간 이후로 서 있는 사람은 아무도 없었다. 온몸에 화살이 빽빽하게 박혀 많은 사람들이 즉사했고, 즉사를 피한 사람도 거의 죽어가는 상태였다.

"목숨을 걸고 온 용사들이다. 괴롭게 하지 마라."

찢어진 막사 안에서 병사들이 기어 나왔다. 그들은 들고 있던 쇠뇌를 세워두고 그 대신 검을 써서 습격자들의 숨통을 끊어나갔다. 손견은 그 모습을 싸늘한 눈으로 바라보고 있었다.

옆에서는 동백이 새파랗게 질린 얼굴로 눈을 돌리는 중이었다.

"마왕의 손녀라면 익숙한 광경일 줄 알았다만, 어린아이에게는 너무 자극이 강했나."

"이걸 보여주고 싶으셨던 거가요?"

"아니. 보여주고 싶은 건 지금부터다."

손견은 마치 연기처럼 무릎을 꿇고 예의를 차렸다.

"동백 양, 당신은 가장 큰 공을 세운 사람이다. 감사의 증표로 내 책략이 성취되는 순간을 보여드리지."

"이미 충분히 알겠는데요."

동백은 매우 질색하며 시체가 흩어져 있는 진을 둘러보았다.

"연회의 목적은 이 야습을 유도하는 거였군요. 적은 이쪽 병량이 풍부하다고 착각하고는 초조해져서 행동을 일으키겠죠. 그 순간에는 성의 방어에도 빈틈이 생기고요."

손견은 미소를 지으며 열린 번성 성문 쪽으로 손을 뻗었다.

"그렇고말고. 이렇게 우리는 무사히 번성의 견고한 정조에 손가락을 걸칠 수 있었어. 지금부터 끌어안고 사랑을 속삭이며 그녀를 내 것으로 삼을 거다."

"그런 표현을 쓰면 따님에게 미움받지 않나요?"

"지금까지는 그러지 않았는데. 그러고 보니 그 청년은 어디 있지? 감녕이라던."

"졸리면 어디론가 가버리거든요. 자기가 자는 모습을 다른 사람에게 보여주고 싶지 않은 모양이에요."

"맹금 같은 녀석이로군."

와아, 번성에서 시끌벅적한 목소리가 솟구쳤다. 성문으로 숨어든 손견의 별동대가 번성에 침입해서 충돌이 발생한 모양이었다. 이제 번성의 병사들도 무슨 일이 일어난 건지 눈치챘을 것이다. 야습은 손견이 유도한 것이었고, 오히려 자신들이 궁지에 처했다는 것을.

적이 야습을 가했을 때, 손견의 부대는 이미 번성 근처로 다가가 잠복하고 있었다. 어둠 속에 숨을 필요가 있었기에 말을 끌고 가지는 않았고, 가벼운 차림인 보병 부대뿐.

이번에는 그곳에 완전무장을 한 주력군이 투입되려 하고 있었다.

"동백 양, 손을."

"……감사합니다."

손견은 동백이 마차에 타는 것을 도와준 다음, 자신은 애마에 올라탔다. 곡도를 뽑아들고 그것을 들어 올리며 기병을 번성 쪽으로 보냈다. 번성의 성문은 뚫렸고, 이제 앞을 가로막는 것은 없었다.

"자, 얘들아, 마지막 마무리다! 공을 세워 고향에서 기다리고 있는 여자에게 선물로 가져다주거라!"

"알겠습니다~!" "공성, 들어갑니다아~!" "기합 넣고 가보자고오~!"

외치는 목소리, 그리고 땅울림과 함께 군단이 번성으로 치고 들어갔다. 마차에서 동쪽 하늘을 보며 동백이 말했다. 아침 해가 어둠을 물들이기 시작하고 있었다.

"손견 님, 해가."

"그래. 적도 좀 더 일찍 습격할 줄 알았는데, 꽤 오래 기다리게 해버렸군. 이래선 공주도———."

손견이 곡도를 들어 올렸다. 훈련이 잘된 손견군 병사들은 일제히 멈춰 섰다.

모두가 손견과 마찬가지로 동쪽 방향을 보고 있었다. 그들이 보고 있는 것은 동이 트는 하늘이 아니라 지상에 솟아난 그림자였다. 아침 해를 등진 그림자들은 무구를 걸친 병사들의 모습이었다.

"……아군은 아닌 것 같군."

소속을 알 수 없는 군대가 함성과 함께 공격해왔다. 선두에서 달리는 건 한층 눈에 띄는 기병.

그 모습을 본 동백이 '으엑'이라는 비명 같은 목소리를 흘렸다.

◇

번성에서 약간 떨어진 어떤 산속.

자신의 부하들과 합류한 여포는 그들의 보고를 듣고 신기하게도 동요하는 모습을 보였다.

"……잠깐만. 어떻게 된 거냐고, 이봐."

"말한 그대로라고요, 대장. 동쪽 관문을 지키고 있던 부대가 당했소. 적은 원소의 군대고, 형주로 파견된 원군인 모양이요."

"부대를 이끌고 있던 녀석은 장료였지. 죽었나?"

"살아있고 내버려 두면 복귀할 수도 있겠지만, 한동안은 못 써먹을 것 같은데."

수통을 기울여 목을 축인 다음, 부하가 계속 보고했다.

"'적을 영지 안으로 끌어들인 다음에 섬멸'. 진궁의 그 책략에 벌써 구멍이 뚫렸단 말이요. 적은 곧바로 서쪽으로 향해 나아가서 자취를 감췄다는데. 자, 우린 어떻게 할 거요? 대장."

여포는 적토마에 등을 기댄 채 생각에 잠겨 있었다. 이럴 때 여포는 자기 안에 틀어박혀 있는 것처럼 보이지만, 인정한 자의 의견에는 제대로 귀를 기울이고 있다.

"……그 녀석은 바보지만, 간단히 당할 정도로 약하지 않아."

"뭐요? ……아, 장료 말이군. 우리 중에서는 대장 다음으로 강한 게 고순 아니면 장료니까. 하지만 상대가 안 좋았지. 대장도 알고 있는 녀석이요. 이름이 뭐라고 했더라……, 그러니까."

여포가 혐오로 얼굴을 찡그렸다. 혀를 차기까지 하는 그에게 부하가 말했다.

"그, 왜, 그 녀석, 호로관하고 낙양에서 싸웠던, 청룡언월도를 다루고 이상한 가면을 쓴……."

"관우."

11장 동백 쨩, 외상값을 청구받다.

"으엑."

내 목에서 자연스럽게 그런 목소리가 새어 나왔다.

겨우 번성 공략을 달성할 수 있을 것 같은 단계에서 전혀 예상하지 못한 제3세력이 출현. 게다가 그 선두에는 관우가 있다.

엄청나게 동요한 나와는 달리 손견은 말 위에서 짧게, 하지만 단호하고 확실하게 물었다.

"동백 양. 알고 있는 걸 간단하게 말해주게."

"아, 네! 선두에 있는 가면 쓴 남자는 관우! 원소군의 객장이고 엄청나게 강해요! 비슷하게 강한 의동생도 같이 있을 가능성이 있어요! 그리고 저는 개인적으로 미움받고 있어요!"

"저 가면과 칼날, 낙양이 타오를 때 본 적이 있지. 그때의 복수를 하려고 온 걸까, 아니면 동백 양의 목을 노리는 걸까……."

손견은 곡도를 머리 위로 휘두르며 부하들에게 말했다.

"번성은 일단 미뤄두자! 밀회를 방해하려는 촌스러운 자가 온다! 몸소 깨닫게 해주자!"

"알겠습니다~!" "야전, 들어갑니다아~!" "멋진 모습을 보여줄 테니까 잘 봐! 동백 쨔앙~!"

농담을 하면서 움직이는 병사들도 있었다. 그런 말 하고 있을 때야? 상대방은 삼국지 톱클래스의 무력이라고.

하지만 손견군의 숙련도는 문외한이 보기에도 높았다. 손견의 지휘에 따라 병사들이 마치 하나의 생물처럼 움직였고, 그렇게 갖춰진 진형이 관우가 이끄는 병사들에게 창끝을 들이댔다.

아군들 사이의 거리가 가깝다. 나는 전체적으로 내려다볼 수 없지만, 방어력이 높은 밀집진형일 것이다. 그리고 손견은 기병들에게도 지시를 내렸다.

"우회해서 적의 배후를 찔러봐라. 속도는 낼 필요가 없으니 퇴로를 끊으며 돌아가 봐. 반응을 보고 싶다."

손견군의 기병들이 지시한 대로 움직임을 보였다. 하지만 적의 움직임에는 변화가 없었다. 일직선으로 돌진해 왔다.

"장수도 그렇고 병사도 흐트러짐이 없나. 이쪽도 각오를 다져야만 하겠군. ……들어라, 훈남들아! 기병이 저 녀석들의 엉덩이를 찌를 거다! 그때까지 적을 푹 빠지게 만들자!"

진 가장 앞줄에 방패를 든 중장비 병사들이 전열을 짰다. 그 뒤에 궁병이 모이고, 대각선 위쪽을 향해 화살을 겨누었다. 평소에 어떤 훈련을 하는지 알 수 있게끔 군더더기가 없는 움직임으로 화살을 날렸다.

화살이 비가 적의 움직임을 막았다. 상대는 이쪽 공격을 예상했는지 방패로 방어 진형을 짜고 있어 피해는 별로 없었지만, 일단 멈춰 섰기에 기병으로 배후 공격을 진행하던 손견이 한 수 유리하다고 할 수 있다.

……그렇게 생각한 것도 잠시, 싸늘한 소리가 새어 나오기 시작했다.

휘이이이이이이이잉……!

그 뒤를 이어 들린 것은 귀를 막고 싶어지는 금속의 마찰음———, 방패를 든 병사들이 물러나고, 거기에 밀린 궁병이 엉덩방아를 찧었다. 공중에 뜬 붉은 물방울도 보였지만, 누가 얼마나 다친 건지는 알 수가 없었다.

알 수 있는 건 방패를 든 전열이 단 일격에 흐트러졌다는 것. 그리고 그 틈새로 보이는 것은 붉은 가면.

손견은 쓴웃음을 지으며 조금 신음했다.

"……이 자식."

"손견 님, 이제 후퇴하는 게 낫지 않을까요. 관우의 돌파력은 수준이 다릅니다."

"아니, 이미 덤벼들었어."

손견이 곡도로 가리킨 쪽을 보니 적의 병사가 번성을 향해 뛰어가고 있는 모습이 보였다. 적은 양쪽으로 갈라졌던 모양이었다. 그리고 숫자는 상대방이 더 많다.

"저 녀석들의 목적은 번성의 구원이군. 우리 목이 아니라."

"그럼, 관우는 미끼……?"

미끼라는 걸 아는데도 관우라서 무시할 수 없는 게 악질이다. 무신을 미끼로 쓰다니, 대체 무슨 농담이야?

군세를 양쪽으로 나눈 것은 손견의 기병에 대한 대책으로 작용하기도 했다. 그들은 미끼인 관우 일행의 배후를 치는 것을 포기하고 번성으로 향하는 병사들을 쫓아가고 있다. 번성으로 들어가게 두면 먼저 침입한 손견의 부하들이 불리해지니 잘못된 판단이라고 할 수는 없을 것이다.

문제가 있다면 적의 전력을 잘못 판단했다는 것.

"크하하하하하하하하하! 왜 그러냐? 술의 여흥이다, 덤벼 보거라아!"

장비. 유비 삼형제의 막내아우가 병사들의 뒤를 지키고 있었다. 후미를 따라잡으려던 기병은 장비의 사모에 얻어맞고 차례차례 떨어졌다.

들판에는 그들이 번성으로 향하는 것을 막을 수 있는 사람이 아무도 없었다.

우리 눈앞에는 여전히 관우가 있다. 말을 타고 천천히 다가오는 그의 가면 너머에서 위엄이 넘치는 목소리가 울렸다.

"손가의 병사들아. 우리는 의로서 유표 님을 도와 형주의 백성들을 구하려 하는 자이니라. 형주를 침입한 불의는 이 관운장이 벌을 내리리라. 나의 의형, 유현덕의 이름 아래 귀공들에게 선고한다."

불의라는 말을 했을 때, 붉은 가면이 분명히 이쪽을 보았다. 나는 이미 마차 그늘에 숨어 있었으니 관우가 내 존재를 눈치챘는지 여부는 모르겠다.

관우는 일방적인 선고를 마친 다음, 청룡언월도를 눈앞으로 들어 올렸다.

"그럼 간다."

쏴아아, 살기가 솟구쳤다. 관우뿐만이 아니라 쓰러뜨려야 할 적을 앞둔 병사들의 뒤에서 피어오른 기척이었다. 그것은 이미 짐승 같기까지 했고———.

크르르릉!

포효. 양쪽 군대가 서로 노려보고 있는 사이를 털이 새하얀 호랑이가 내달렸다.

"미미?! 그렇다면……."

호랑이는 말 위에 있던 관우를 향해 발톱을 드러낸 채 도약했다. 관우는 짐승의 속도에 반응했다. 물러나는 게 아니라 오히려 말 위에서 몸을 기울이고 한 손으로 호랑이 머리를 누르며 청룡언월도를 들어 올린 것이다.

"아쵸~!"

백호 등에 달라붙어 있던 손상향이 봉을 들며 뛰어올랐다. 공중에서 엉뚱한 방향으로 내지르자, 봉은 가운데가 갈라진 쌍절곤이 되어 사각에서 관우를 덮쳤다.

관우의 머리에서 마치 바위라도 때린 듯한 소리가 났다. 뒤통수를 받고도 멀쩡한 관우는 괴력을 발휘하여 호랑이를 새끼 고양이처럼 내던졌다. 그는 곧바로 청룡언월도를 든 손으로 손상향을 다치지 않게끔 부드럽게 안아들었다.

"아앗~! 이 자식, 공주님을 건드렸겠다!" "공주님을 놔줘! 이 악당!" "어린아이를 인질로 잡다니, 부끄러운 줄도 모르냐!" "짐승!" "비열한 녀석!" "원숭!"

곧바로 손견군에서 야유가 쏟아졌다. 동물이면서도 상황을 이해하고 있는지 미미도 관우를 향해 으르렁거리고 있었다.

그리고, 손견이 어느새 관우 앞으로 다가가 있었다. 손견은 조용하면서도 강한 말투로 말했다.

"이거 실례. 우리 딸이 터무니없는 실수를 저질렀군. 전장에 고개를 내밀지 않게끔 잘 타일러두지. 자, 이쪽으로."

"아이가 부모를 위해 뛰는 것은 의. 착한 아이를 키우셨군."

관우는 쉽사리 손상향을 건넸다. 그녀는 아버지에게 달라붙으며 무슨 생각을 하고 있는지 잘 알아볼 수 없는 눈빛으로 붉은 가면을 바라보고 있었다. 가면 너머에서 울리는 목소리가 말했다.

"불의의 땅에 의의 싹이 틀 수도 있겠지. 손문대. 형주를 위협하는 귀공을 나는 불의로 간주한다. 이대로 싸움을 계속 벌인다면 청룡언월도를 맛보게 될 것인데, 어떻게 생각하시는지."

"딸의 빚을 원수로 갚는 건 괴롭지만, 공교롭게도 나는 예의를 모르는 촌놈이야. 강동의 방식으로 대접해드리지."

양쪽에서 전의가 솟구치는 것을 느끼자 목덜미에 소름이 돋았다. 손견이 곡도를 휘두르고 그 움직임에 따라 병사들이 징을 울렸다. 전장에 울려 퍼진 신호를 듣고, 손견군이 관우를 향해 움직이기 시작했다.

◇

양쪽 군대의 충돌은 소규모로 끝났다.

왜냐하면 전투가 본격화되기 전에 번성에서 손견군 병사들이 물러났기 때문이다. 손견은 그들과 합류한 다음 재빨리 진으로 물러나 버렸다. 그 징은 퇴각용, 철수 신호였던 모양이다.

손견이 말하기로는.

"힘으로 밀어붙이면 번성을 빼앗을 수 있었겠지. 하지만 피해가 너무 커서 수지가 안 맞아. 번성을 얻는 대신 내 병사들을 잃는 건 진궁이 제일 선호하는 전개고. 그 녀석만큼은 기쁘게 만들고 싶지 않아."

……라고 한다.

번성 공략은 실패. 관우 일행은 번성으로 들어갔고, 번성은 뜻밖의 원군이 등장하자 사기가 매우 올라갔다고 한다. 병사들뿐만이 아니라 물자까지 가져온 모양이라 손견에겐 잠잠해지던 두통이 다시 되살아나는 전개가 되었다.

하지만 내가 제일 신경 쓰이는 건 공성의 성공 여부가

아니다.

번성으로 돌입한 병사들 중에 유비가 있었는가.

만약에 유비가 번성으로 들어갔다면 오늘 아침에 있었던 일은 공성 실패 이상의 의미를 지니게 된다.

삼국지에서 형주는 유비와 인연이 깊은 지역이다. 조조가 화북에서 원소와 싸우던 무렵, 유비는 여러 가지 이유로 형주에 머무르고 있었다. 천재 군사, 제갈량과 만난 삼고초려도 형주에서 있었던 에피소드다.

단, 그것은 시대를 따지면 한참 지난 뒤의 이야기다. 그러기 전에 유비는 서주의 주인이 되거나, 여포로 인해 그 지위를 뺏기거나, 조조와 협력하고 나서 적대하는 흐름을 겪는다.

그러한 역사가 완전히 생략되어버렸다. 초선이 말했던 동백 생존으로 인한 역사의 이레귤러, 그건 역사가 앞당겨지는 거였나?

그 여자는 이 사태를 얼마나 예상하고 있었을까. 이걸 예상하고 있었다면 그 여자는 뭘 얻을 수 있을까. 삼국지를 생략하고 단축시킴으로써.

———뭐, 너무 지나친 생각인가?

손견군 진 안을 타박타박 걸어가며 나는 그런 생각을 하고 있었다.

지금 일어난 일은 빨리 감기라고 하기엔 부적절하다. 원술의 황제 참칭이나 여포의 죽음 같은 이벤트도 아직 일어나지 않았고, 그것들이 일어나지 않는 시간의 흐름은 삼국지라고 할 수 없는 다른 것이다. 우연히 역사가 일그러진 결과 유비가 형주에 들어갔다. 그게 전부겠지.

진 안의 사기는 역시 낮았다. 평소에는 나를 보자마자 짜증 나는 느낌으로 달라붙던 병사들이 꽤 조용해져 버렸다.

"예이……." "동백 쨩, 오늘도 귀엽네……, 그렇다고 딱히 어떻다는 건 아니지만……." "이곳 생활은 즐기고 있어~? 나는……, 그러지 못하는 것 같은데……."

표정에도 기운이 없다. 패배한 전투가 이렇게까지 병사들의 사기를 떨어뜨리는구나. 매우 알아보기 쉬운 사례가 되었다.

내가 호출받고 간 진막에 있던 손견만은 여전히 비꼬는 듯한 태도를 유지하고 있었다.

"뭐, 솔직히 두 손 들었어. 책략은 빗나갔고, 패전의 영향으로 진의 분위기는 안 좋아. 적은 일급 무장이 두 명이나 늘었고. 이제 힘으로 밀어붙이더라도 번성을 함락시킬 수는 없겠지. 미녀는 손이 닿지 않는 곳으로 떠난 거다."

"그렇죠."

"그래서 다시 자네가 나설 차례야, 동백 양. 뭔가 좋은 지혜가 없을까?"

"그렇게 부탁하셔도 말이죠. 저는 손가의 가신도 아니고요, 아니, 제 힘은 빌리지 않겠다고 말씀하지 않으셨나요?"

막사 안에 있는 사람은 나와 손견 뿐. 손견은 내게 앉으라고 한 뒤 자기도 건너편에 앉았다. 대등하게 대해주겠다는 신호인가?

"나도 수단을 가릴 수 없게 되었다는 뜻이지. 이번 실패는 손가의 평판을 안 좋게 만드는 결과가 될 거야. 이런 난세에서 얕보이는 건 치명적이고. 가만히 앉아서 멸망할 때까지 기다릴 생각은 없으니."

"네에."

유연하다고 해야 하나, 가벼운 태도라고 해야 하나.

"그리고 자네는 이미 내 책략을 성공으로 이끄는 활약을 해주었어. 이제 와서 어린아이 취급하는 것도 실례일 것 같아서 말이야. 솔직하게 기대기로 했지. 딸도 자네를 추천했고."

나도 앞으로 제휴할 예정인 손가가 여기서 가라앉으면 곤란하다. 손견을 쳐내고 형주의 유표로 갈아타는 방법도 생각해보긴 했지만, 유표는 보수적인 이미지가 있다. 악명을 떨친 동탁의 손녀인 동백과는 손을 잡아주지 않을 것 같았다.

"그러게요……, 우선 번성 공략이 불가능하다면 번성 공략을 위탁한 원술을 어떻게든 하는 게 현실적일지도 모르겠어요."

"원술을 쓰러뜨리는 거라면 나도 생각해 봤지. 하지만 그 녀석에게 손을 대면 여포가 가만히 있지 않을 거야. 그리고 원술의 본거지에서 원군이 오기 전에 원술을 쓰러뜨려야만 해. 가능할까?"

"저는 장수가 아니라 누군가를 죽이는 것 같은 건 못해요. 손견 님께 좋은 생각이 없다면 저도 힘들겠죠."

"그런가."

손견은 아쉽다는 듯이 어깨를 으쓱이고는 주전자로 그릇에 물을 따랐다. 그가 권하는 대로 그릇을 들었을 때, 그 향기를 눈치챘다.

"……감귤 계열 향기가."

"어찌 된 영문인지 먼 이국의 과일이 잔뜩 와서 말이야. 과즙을 물에 타서 마시는 거라고 강동의 뱃사람에게 배운 적이 있지. 전부 다 먹으려면 시간이 오래 걸릴 것 같으니 사양하지 말고 마시게. 자네는 분명 좋아할 것 같군. 이유는 딱히 없지만."

———이 아저씨, 딸하고 똑같은 방식으로 압박을……!

"……번성을 함락시키지 못한 게 결과적으로 더 나았을지도 모르는데요."

숨기고 있던 말을 털어놓아 버렸다. 삼국지에서 손견의 죽음은 번성 공략 이후에 일어난다. 번성을 함락시키지 못함으로써 손견의 사망 플래그도 꺾인 게 아닐까 하는 생각이 들었기 때문이다.

"호오? 그게 무슨 뜻이지?"

"신경 쓰지 마세요. 그것보다 원술을 어떻게든 할 방법중에 전투나 암살 말고는 교섭 정도밖에 없는데요. 저번에는 원술을 만나지도 못했잖아요."

"한 가지 더 있어. 하지만 어떤 방법을 선택하든 원술에게 다가갈 책략이 필요하겠지. 원술의 흥미를 끌고 유혹할 수 있는 무언가. 짐작 가는 건 없나?"

원술의 흥미라는 말을 듣고 제일 먼저 생각난 건 옥새지만, 그건 이미 원술이 손에 넣었다고 했다. 그렇다면 딱히 생각나는 건 없다. 옥새라는 권위와 여포라는 최강 무력을 아군으로 끌어들였으니 더 원하는 게 있을까 하는 말이다.

있다고 하면 개인적인 기호품 같은 거겠지만.

"…………."

"뭔가 생각난 모양이로군."

"원술이 흥미를 가질 만한 거라면 짐작 가는 게 있어요. 얼마 전에 사이좋게 지내게 된 상인에게 부탁하면 손에 넣을 수 있겠죠."

"역시 대단하군, 동백 양. 내게 있어서 자네는 그야말로 행운의 여신이라 할 수 있을 거야."

"냥냥이라고 부르면 곧바로 나가버릴 거예요."

나는 못을 박아두고 나서 손견에게 물었다.

"확인하고 싶은 게 있는데요, 교섭이 아닌 다른 방법이라는 게 뭐죠?"

"너무 위험하기 때문에 선뜻 나서지 못했던 방법이야. 처음부터 기회를 노리고 있긴 했지만 말이지."

손견은 레몬수가 든 그릇을 단숨에 기울였다. 다 마신 뒤에는 번득이는 눈을 보였다.

"요새로 침입해서 원술을 붙잡는다. 그 녀석을 인질로 잡고 여자와 옥새를 되찾는다. 단순하지?"

12장 동백 쨩, 혼돈에 휩쓸리다.

"고순 님. 손가의 아가씨께서 오셔서, 만나고 싶다고 하십니다."

그렇게 말한 사람은 성채에 근무하는 병사 중 한 명이었다. 그때 고순은 쟁반에 따른 물에 자신의 얼굴을 비추며 수염을 깎고 있었다. 고순이 수면을 내려다보며 말했다.

"그 아이의 어머니는 인질이다. 쉽사리 만나게 해줄 수는 없겠지. 안타깝지만⋯⋯."

"그게 아닙니다. 고순 님을 만나고 싶다고 합니다."

"나를?"

"네. 자세한 용건은 본인에게 전하고 싶다고."

물이 담긴 쟁반에 비친 얼굴이 의문으로 일렁였다. 얼굴에 달라붙은 화상 자국이 매우 크게, 추하게 보였다.

"손상향뿐인가? 동백은?"

"동백⋯⋯? 아뇨, 혼자 오셨습니다만."

"그럼 됐다. 만나지."

물을 떠서 얼굴을 씻은 다음, 고순은 수건을 들고 일어섰다.

궁전 같은 요새는 집무실도 화려하게 장식되어 있었다. 원술의 취향에 맞게끔 피워둔 향 연기가 떠도는 실내에서 고순은 손상향과 면회를 하게 되었다.

"오래 기다리게 했군. 아니, 인사는 됐네. 용건을 듣고 싶은데."

고순은 어린아이 상대로도 딱딱한 태도로 예의를 차리며 말했다. 손상향 쪽은 예의고 뭐고 없이 자그마한 항아리를 슬쩍 내밀었다.

"응."

"이건."

"원술 님에게 줄 선물. 분명히 기뻐할 거야."

"술인가."

"물 건너온 과일하고, 물하고, 벌꿀."

손상향은 손가락을 꼽으며 그렇게 말했다.

"을 섞은 거. 레모네이드, 라고 했어."

전해주는 듯한 말투에 고순은 화상이 욱신거리는 느낌을 받았다.

"이거 혹시, 동백 님께서 마련하신 건가?"

"……아니. 그렇지 않아."

애초에 감정을 드러내지 않는 아이다. 거짓말인지 아닌지 알아내는 건 힘들다.

"이미 알고 있겠지만, 원술 님의 입에 들어가는 것은 반드시 독이 있는지 미리 검사해보게 되어 있는데."

"상관없어."

"알겠다. 내가 원술 님께 건네드리지. 다른 용건은,"

"없어."

손상향은 등을 돌렸다. 지극히 갑작스럽고 무례한 방식이었지만, 어린아이가 하는 짓에 일일이 참견할 필요도 없겠지. 고순은 그렇게 생각했다.

그러나 예외도 있다.

마왕의 손녀이자 어린 나이에 상국이 된 동백. 고순은 여자아이의 몸으로 여포와 맞섰던 그녀를 높게 평가하고 있긴 하지만, 그렇기 때문에 마음을 놓아선 안 된다고도 생각했다.

손상향에게 받은 이 항아리에서 동백의 그림자가 느껴지는 건 착각일까.

고순은 망설이면서도 항아리를 가지고 원술에게 가기로 했다. 독이 있는지 확인해보고 문제가 없으면 상관없다. 지금 원술에게는 위로해줄 무언가가 필요할 것이다.

항아리를 한 손으로 들고 성 내부를 순찰할 겸 돌아다니다 지하로 이어지는 계단을 내려갔다. 돌로 만든 통로는 싸늘한 공기와 어둠으로 가득 차 있었고, 고순은 몇 개 안 되는 등불에 의존하며 최심부에 도착했다.

석문 양쪽에 있는 것은 보초 둘.

"이상은 없나."

"예, 없습니다만……."

말꼬리를 흐리고 있다. 고순은 재촉하지 않고 병사들이 스스로 말할 때까지 기다렸다.

"……저기, 일행분은 누구신지."

"일행?"

고순이 돌아보았다.

지하의 어둠 속, 거의 맞닿을 정도로 가까운 거리에 젊은 청년의 얼굴이 있었다.

"웬 놈이냐!"

안색이 안 좋은데도 입술만은 이상하게 붉었다. 마치 유령 같다. 고순은 재빨리 허리에 찬 검에 손을 대며 간격을 벌렸다.

경악하면서도 최적의 행동을 취할 수 있었던 것은 평소에 단련을 쌓은 덕분일 것이다. 이상 사태에도 동요하지 않는 마음가짐이나 반응 또한 무인의 귀감이라 할 수 있었지만, 적은 마물이었다.

청년은 뛰어서 물러난 고순의 행동을 예측하고 있었던 듯이 거리를 좁혔다. 검을 뽑기에는 너무 가깝다. 청년이 간격을 짓뭉개며 옷소매를 휘둘렀다.

딸랑.

"끄악."

보초 두 명이 비명을 지르며 쓰러졌다. 마치 괴조처럼 두 팔을 벌린 청년의 손에는 금속 막대가 쥐어져 있었다. 끄트머리는 화살촉처럼 뾰족해서 철제 붓처럼 보이기도 했다.

"아미자(峨嵋刺)인가!"

급소를 찌르는 기술————, 점혈에 쓰이는 암기다. 자객이라고 확신한 고순은 칼자루를 거꾸로 잡고 허리를 숙이며 검을 뽑았다. 밀착한 간격에서 검을 뽑을 때는 이게 가장 빠르다.

딸랑.

시야가 천장을 비추었다. 무슨 일이 일어났는지도 모른 채, 고순은 무릎을 꿇고 있었다. 무슨 일이 일어났냐 하면, 적의 발끝이 검을 뽑는 속도보다 빠르게 턱을 차올린 것이다.

청경에 걸리지 않는 사각으로부터의 발차기————, 마성의 소행이라고 할 수밖에 없는 발기술로 인해 경이 침투된 고순은 일어설 수조차 없게 되었다.

"……우후. 네 반짝이, 빛이 좀 바랬네."

낼름 내민 혀끝에는 금속 고리가 끼워져 있었다. 고리를 딸랑 울린 다음, 마성은 고순의 관자놀이에 암기를 내리쳤다.

◇

내가 손견과 함께 지하에 왔을 때, 고순은 경비병과 함께 묶인 채 쓰러져 있었다.

"감녕? 저기, 죽이진 않았죠?"

"멋지게 반짝거리는 사람. 걷어차기만 했으니까 죽진 않앉어."

"멋지게……? 나머지 두 사람은요?"

"점혈. 죽은 사람은 별로 없어."

생사에 랜덤성을 부여하지 말았으면 하는데. 확인해보니 세 명 모두 숨이 붙어있는 것 같았다. 의식을 되찾은 고순은 나를 보자마자 분한 듯이 이를 악물었다.

"……크윽. 역시 동백……, 네놈의 소행이었나."

"어? 저한테 따지는 건가요?"

보통 손견 아닌가? 나는 천진난만한 어린아이인데?

"실망이다, 고순."

손견이 그렇게 말하며 고순을 내려다보았다.

"원술은 그 누각에서 사치스러운 생활을 즐기고 있을 줄 알았다. 아무리 첩자를 보내 찾아봐도 동향을 알아내지 못할 수밖에. 설마 지하에 숨어 있었을 줄이야."

"……실망이라는 건 내가 할 말이다. 딸을 이용해서 원술 님의 위치를 알아내려는 목적이었나."

"성실한 너라면 어린아이의 선물도 업신여기지 않을 거라 생각했다. 네가 괜찮은 남자라 다행이야."

"우리와 갈라서기로 결심한 거로군."

"남자가 시키는 대로 따르는 건 견딜 수가 없는 성격이라서 말이지. 장강 동맹의 맹주, 원술 님께 작별 인사를 하러 왔다. 빌려주었던 것도 돌려받아야겠어. 이자까지 쳐서 말이다."

"손견 님, 미안하지만 그렇게 간단한 이야기가 아니야."

고순은 묶인 채 윗몸을 일으켜 벽에 기대고 있었다. 그는 구속당한 상태로도 무인으로서 위엄을 보이며 말했다.

"본인에게 이야기를 들어보면 알겠지. 문을 열고 안으로 들어가시지. 열쇠는 내 품속에 있으니."

그럼, 하며 품속으로 손을 뻗으려던 나를 손견이 말렸다.

"젊은 여자가 남자 몸을 더듬으면 안 되지. 내가 대신 꺼내마."

보아하니 고순에게 다가가는 위험을 대신 무릅써주려는 모양이었다. 손견이 열쇠를 빼앗고 문으로 향했다. 열쇠를 끼워 넣자 묵직한 소리가 지하에 울리며 문이 열렸다. 그 너머에 있던 것은 내가 상상하던 지하실이 아니었다.

지하 같지 않게 밝고 넓었다. 등불이 잔뜩 켜져 있었고, 질식하지 않게끔 어딘가에 환기용 구멍이 뚫려 있는 것 같았다. 용케도 여기까지 옮겼네, 그런 생각이 들 정도로 커다란 가구가 잔뜩 늘어서 있었고, 특히 침대 같은 건 거의 킹사이즈였다. 재료를 안에서 조립하지 않으면 힘들 크기였다.

그 침대 위에 중년 남자가 누워있었다.

"뭐냐아? 오늘은 꽤 많이 왔잖아."

그는 영차, 그런 목소리를 내며 일어났다. 기품이 있는 이목구비는 원소와 많이 닮았지만, 눈 아래의 다크서클과 손질을 하지 않은 수염이 끔찍했다. 원소보다 늙은 것처럼, 그리고 건강하지 않은 것처럼 보였다. ———이게 원술이라고?

"여포, 이 바보 녀석. 드디어 짐을 죽일 결심이라도 한 겐가? 잠깐만 기다려라. 술이……, 아아, 다 마셔버렸었지. 아직 죽이지 마라. 가엾은 황제에게 마지막 술을 베풀어줄 때까지는 아직……."

원술은 탁한 눈으로 우리를 둘러보았다.

"……어라, 고순은?"

"밖에 있다. 한참 못 본 사이에 인상이 바뀌었군, 원술."

손견이 대답하자 원술은 흐트러진 머리카락을 마구 긁어댔다. 잠시 후, 손뼉을 친 다음 일방적으로 떠들어대기 시작했다.

"그러는 자네는 손견! 뭐야아, 만나러 와준 건가! 설마 자네 얼굴을 보고 기쁜 마음이 들 줄이야! 그래도 유일한 말동무가 무뚝뚝한 고순이잖나? 따분해서 죽을 것 같더군. 포로가 된 신세이니 어쩔 수 없다고는 해도 거의 고문이나 마찬가지야!"

나와 손견은 서로 얼굴을 마주 보았다. 아마 똑같은 의문을 품었을 것이다.

"방금, 포로라고 했나?"

"지하에 갇혀서 내 마음대로 나갈 수가 없는데, 포로가 아니면 뭐냐? 짐이 고순에게 이것저것 부탁했더니 들어주긴 했지. 하지만 이곳은 짐의 성이잖나? 마음대로 행동하지 못하는 데다 사로잡힌 신세를 한탄하지도 못한다는 건가? 역시 너는 짐승이다. 촌놈 같으니. 너 같은 녀석은 싫다. 나가라."

"잠깐만 기다려주실 수 있을까요."

내가 그렇게 말하며 끼어들었다.

"혹시 원술 님은 여포 일행 때문에 갇혀 있었나요?"

"그런데. 너는 누구지? 어린애 주제에 건방지군. 오히려 마음에 든다. 과자를 주마."

원술과 고순에게 들은 이야기를 정리하면 이렇게 된 것 같다.

손견에게서 옥새를 빼앗고 형주를 공략하게 보낸 다음, 원술은 여포 일파로 인해 지하에 유폐당했다.

평소에도 불규칙적인 생활을 하던 원술은 모습이 보이지 않더라도 성에 있는 사람들이 수상하게 여기지 않는다. 평소에 그를 돌봐주던 시종 같은 사람들은 멀리 보내거나 살해했다.

고순은 여포에게서 원술을 감시하라는 명령을 받고 침상이 좁다거나 술이 부족하다는 생떼를 질색하면서도 받아준 모양이었다.

"그 녀석은 아무래도 성실한 것 같으니까. 사로잡힌 신세에 동정이라도 한 것 아닐까? 어울리지 않는 주인을 두니 고생한단 말이지, 정말."

원술은 그렇게 말하며 항아리에 입을 가져다 대고 있었다. 내가 손상향에게 들려 보낸 물건이었고, 안에는 벌꿀이 든 레모네이드 유사품이 담겨 있다. 이런 걸로 고순을 원술이 있는 곳으로 보낼 수 있을지는 도박이었지만, 아무래도 고순의 좋은 성격 덕을 본 것 같다.

"이거 맛있네. 계속 마실 수 있다면 술도 끊을 수 있을 것 같아."

"당뇨병에 걸릴 거예요. 그건 그렇고, 옥새는 어쨌나요?"

"당연히 빼앗겼지. 어디에 있는지는 고순이나 진궁이 알지 않을까?"

그곳에 있던 사람들의 시선이 묶인 고순에게 쏠렸다.

"나도 모른다."

"조언해줄까? 손견. 이 녀석, 거짓말을 하고 있다."

"사실이다. 진궁은 나를 믿지 않아. 예전에 내가 지시를 따르지 않았기 때문이다."

"거짓말이 아닐지도 모르겠군. 진궁하고는 계속 사이가 안 좋아 보였으니까."

진궁과 고순은 사이가 좋지 않다, 원술은 덜렁거리는 중년…… . 나는 머릿속에 그렇게 메모해두었다.

"하지만 진궁이 옥새를 어디에 쓰려는 건지는 나도 상상이 된다. 거기 있는 원술과 같은 목적이야."

"그게 무슨 뜻이죠?"

"제국이다. 진궁은 옥새를 이용해서 여포 님을 정점으로 삼은 제국을 장강 유역에 세우려 하고 있다."

여포 제국———, 그 장대함에 현기증이 났다.

그와 동시에 실현 가능성도 생각해버렸다. 삼국지 최강의 무력과 옥새의 권위. 그 두 가지를 겸비한 제국이 장강에 나타나 주변 세력을 병합하기 시작한다면 어떻게 될까.

황제와 천하무쌍, 그 두 가지를 갖춘 전례로 동탁이 있다. 제후들이 힘을 합쳤는데도 완전히 쓰러뜨리지 못했던 마왕. 그 재림이 세력의 공백지가 많은 장강 유역에 나타난다면———, 이 세계의 역사는 여포가 손가의 오를 대체하는 삼국지로 변모할지도 모른다.

고순에게 지명당한 원술은 내가 우려하는 것도 아랑곳하지 않고 손가락을 맞댄 채 중얼거렸다.

"말이 심하네~, 제국 같은 거창한 생각은 해본 적도 없는데~."

"아까부터 자기를 짐이라고 하고 있죠? 황제의 자칭으로요. 아니, 한번 황제라고도 했었죠?"

"그랬을지도 모르겠지만, 그게 어쨌다고. 자신을 짐이라고 칭하는 사람에게 야심이 있을 거라고 누가 정했는데!"

되려 성질을 낸다. 알아서 실토하고 있다.

"애초에 말이지! 고순이 하는 말을 있는 그대로 받아들여도 되는 겐가?! 거짓말을 하면서 우리를 유도하려는 것 아닐까! 뭔가, 안 좋은 목적으로!"

"……내 목적은 잘못을 바로잡는 것이다. 나는 주군이 길을 잘못 드는 것을 막을 수 없었다."

"여포를 말리고 싶었던 건가요?"

내가 묻자 고순은 고개를 끄덕였다.

"원술 님을 맹우로 삼았으면서도 이런 취급. 도저히 올바른 행동이라 할 수 없다. 배신은 난세에 흔히 있는 일이라지만 한도가 있지. 나는 몇 번이나 다시 생각하라고 호소했지만, 여포 님은 나보다 진궁의 말을 받아들이더군."

부자연스러운 이야기 같지는 않았다. 왜냐하면 고순은 낙양 대화재라는 진궁의 꿍꿍이를 내게 털어놓은 적이 있었기 때문이다.

"흥! 잘못을 바로잡겠다고 결심할 때까지 시간이 꽤 오래도 걸렸군그래!"

"여포 님은 내게 이 요새를 맡겼다. 나를 신뢰했기에 수비를 맡긴 것이지. 나는 그 믿음을 배신할 수가 없었다. 이렇게 된 이상, 주인과 함께할 수밖에 없을 테니."

다시 말해 도덕과 충성심 사이에 낀 채 고민하고 있었던 모양이다. 개인적으로 은혜를 입었지만 인격파탄자인 상사 같은 느낌인가? 직장의 인간관계는 담백한 게 최고죠.

아무튼, 이라며 손견이 다시 이야기를 되돌렸다.

"우리가 다음에 해야 할 일은 정해졌군. 옥새를 되찾으려면 진궁을 다그쳐야겠어."

"그렇다면 짐……이 아니라, 나도 협력해주마. 이 성에 있는 병사들 중 대부분은 내 부하다. 진정한 성주인 짐……이 아니라, 나를 따를 터이니. 진궁을 사로잡는 것도 쉬울 게다."

"까불지 마라, 원술. 누가 너를 풀어주겠다고 했지?"

"어? 안 풀어주게?"

"당연하지. 유폐당했다 하더라도 네놈이 내 부인을 인질로 잡은 사실은 마찬가지다. 무엇보다, 이런 상황이 되었는데 네가 주도권을 잡게 둘 것 같으냐."

"하~, 이러니까 촌놈은 안 돼. 촌구석에는 신뢰라는 게 없다니까. 너무 치사해서 눈물이 나오는군."

"네 힘을 빌릴 필요도 없다. 나는 어엿한 장강 동맹의 일원이다. 여기까지 오는 동안 아무도 나를 막지 않더군. 병사들도 내 지시를 따를 거다."

"과연 그럴까? 우리 병사들은 다들 인품이 좋은지 안 좋은지 알아보니까. 촌놈의 지시를 따르지 않을지도 모르지."

"강동은 수도에서 멀리 떨어져 있긴 하지만 발전된 곳이다. 애초에 너희 원가의 거점인 여남도 다른 곳을 흉볼 만한 처지가 못 될 텐데."

"여남에는 강동에 없는 명가가 있는데, 모르시나? 강동에는 없단 말이지, 원가."

"가엾구나, 과거와 가문밖에 자랑할 것이 없는 남자는.

인기도 별로 없겠지."

"명가의 핏줄에 어울리는 여자는 쉽게 찾아볼 수 없으니 말이다. 천한 여자를 괜히 착각하게 만들었다가 슬프게 하는 건 원하지도 않고. 닥치는 대로 먹어치우는 자네가 정말 부러워."

"정말 콧대가 높으신데. 꺾어주면 시원한 소리가 날 것 같아. 시험해봐도 되겠나."

"해보시게. 촌놈의 주먹 따윈 명가의 코로 오히려 박살내주지."

———왜 아저씨들끼리 말싸움하는 걸 보고 있어야 하는 거지……?

우리는 이 성채에 잠입한 상태라 이런 짓을 하고 있을 때가 전혀 아니다. 목표가 확실해졌으니 어서 진궁을 찾아야 하는데.

"잠깐만요~?! 왜 문이 그냥 열려 있는 겁니까! 원술이 도망치면……———."

인상이 부드러운 청년이 방문 너머로 고개를 내밀었다. 얼마 전에 이 요새에서 만났던 얼굴이었다.

"진궁!"

그 얼굴은 재빨리 문 너머로 사라졌다. 타다다닥……, 울리는 발소리가 멀어져갔다.

역시 군사라고 해야 하나. 한눈에 상황을 깨달은 게 틀림없다.

"도망쳤어! 도망쳤어요!"

"쫓아가자!"

손견이 뛰어가기 시작했다. 나도 뒤를 따라 타박타박 뛰어가다가 지하실을 나서자 숨이 찼다. 지하도 벽에 몸을 기대고 있던 감녕이 따분하다는 듯이 하품을 했다.

"감녕! 저기, 방금 온 사람!"

"……? 어느 쪽? 새끼손가락이 나무인 사람?"

"맞아요! 새끼손가락! 쫓아가 주세요! 부디 죽이지 마시고……, 어? 어어어어?!"

감녕은 금속 고리가 달린 혀로 입술을 한 번 핥고는 내 목덜미를 붙잡고 뛰어가기 시작했다. 마초도, 그리고 염행도 비슷한 짓을 한 적이 있지만 그래도 그녀들은 나를 신경 써줬다는 사실을 지금이라면 알 수 있다. 감녕이 나를 옮기는 방식은 죽을 만큼 거칠었다.

지하의 어둠을 뚫고, 계단도 단숨에 뛰어 올라갔다.

까앙! 까앙! 까앙!

지상에서는 긴급 사태를 알리는 징 소리가 울려 퍼지고 있었다. 진궁이 병사들에게 알린 게 분명하다. 지금부터는 시간과의 싸움이다. 손견 일행과 함께 옥새와 인질을 빼앗아서 도망친다.

지상에는 징 소리를 들은 병사들이 있었지만, 감녕은 진로를 변경하지 않았다. 발소리를 내지 않고 사각에서 사각으로 몸을 옮기며 병사들에게 존재를 들키지 않았다.

볼 수도 없고 닿을 수도 없는 바람이 되어 달려가는 도중에 병사들이 손견을 둘러싸고 창을 겨누고 있는 모습이 보였다. 하지만 감녕은 그것도 마치 당연하다는 듯이 피해서 지나쳤다.

"자, 잠깐만요! 감녕! 손견! 구해! 주세요!"

"그래."

나는 엄청나게 휘둘리고 있다는 것밖에 몰랐지만, 아무래도 감녕은 나를 한 손으로 든 채 공중제비를 돈 모양이었다. 그 신체 능력에 놀랄 여유도 없었고, 그저 일단 내려 달라는 생각밖에 들지 않았다.

감녕은 의미를 알 수 없는 신체 조작을 통해 속도를 조금도 늦추지 않고 손견 곁으로 달려갔다. 왼손으로 나를 붙잡은 채 오른손을 휘두르자 끄트머리가 뾰족한 쇠막대기가 나타났다.

따라라라랑.

감녕의 소매가 펄럭인다 싶더니 병사들이 풀썩풀썩 쓰러졌다. 손견이 곡도를 쥔 손등으로 땀을 닦아냈다.

"미안하군, 덕분에 살았다. 하지만 우선은 진궁을."

"감녕, 당신은 진궁을 쫓아가 주세요. 저를 들쳐메고 가지 않으셔도 되니까, 부디 죽이지 마시고……, 잠깐만, 듣고 있나요?"

감녕은 엉뚱한 방향을 향해 희미한 미소를 드리우고 있었다. 그 시선을 따라가 보니 성벽에 까마귀가 모여서 무리를 짓고 있었다.

"이제야 왔네. 반짝이 친구."

성 밖이 갑자기 시끄러워졌다. 소란스럽다고 할 수준이 아니었다. 진짜로 성난 목소리와 무기를 맞부딪히는 금속음. 그리고 말발굽 소리가 성채 안으로 쏟아져 들어왔다.

"마중하러 가자."

"아앗, 들쳐메고 가지 않아도 된다고 했는데!"

감녕은 나를 떠안은 채 곧바로 성문에 도착했다. 열린 성문을 통해 병사들이 차례차례 밀고 들어왔다. 척 보기에도 원술이나 장강 동맹의 병사가 아니었다. 그중에 눈에 익은 기병이 있었다.

"동백!"

"어? 마초?"

대도를 내던진 마초는 말을 몰아 달려와서는, 뛰어내리며 나를 끌어안았다. 그것도 처음 느껴볼 정도로 센 힘으로.

"마, 마초……, 죽어요……, 이거, 죽…….."

"미안하다, 동백! 나 때문에 무서운 일을 당하게 해버려서……!"

"항복, 항복……!"

내가 두들겼는데도 마초는 나를 계속 끌어안고 계속 냄새를 맡아댔다. 그때까지 내 손을 잡고 있던 감녕은 흥미를 잃은 듯이 물러나 병사들 사이를 흐느적거리며 돌아다니고 있었다.

"저기, 조운은? 조운은 어디?"

"형씨라면 저쪽에……."

조운은 성문 앞에 있었다. 왠지 모르겠지만 병사들을 지휘하며 문을 닫으려 하고 있었다.

그때, 그 틈새를 뚫으며 병사들과 백호가 뛰어 들어왔다. 호랑이 등에는 당연하다는 듯이 손상향이 달라붙어 있었다.

"아버님! 아버님~! 상향이 왔습니다!"

"야, 공주님을 방해하지 마!" "어엉?! 네놈들, 공주님에게 무기를 들이대지 말라고!" "미미, 물어! 그 녀석, 물어!"

"호랑이?! 조운 형씨! 아무리 그래도 호랑이는 위험하지 않슴까?!"

"방금, 동백이 죽어가는 목소리가 들린 것 같은데……, 아니, 그것보다는 어서 문을."

"조운! 조운, 오랜만이야~! 여전히 반짝거리네~."

———뭐야, 이 혼돈.

마초에게 안긴 채 멀어져가는 의식. 힘없이 하늘을 올려다보니 성문 위에 원술이 있었다. 어느새 지하에서 기어나와 저기까지 간 모양이었다. 원술은 어깨를 들썩이면서 배에 힘을 주고 외쳤다.

"네놈드을! 짐의 성에서 멋대로 떠들지 마라아!"

———또 짐이라고 하네.

원술의 목소리는 성문 앞에서 소란을 피우고 있던 우리보다는 우리를 포위하려 하고 있던 성의 병사들에게 더 잘 통했다. 그들은 성문 위를 올려다보고 주인의 모습에 넋이 나갔다.

　"원술 님……? 어째서 저런 곳에."

　"잘 듣거라! 이 몸이야말로 여남이 낳은 명가, 원가의 주인———."

　목소리는 중간에 끊겼다. 성문 위를 뛰어온 손견이 옆에서 원술에게 태클을 먹였기 때문이다. 그와 동시에 성 바깥에서 날아온 화살이 손견의 몸을 날려버렸다.

　"아버님!"

　손상향의 절규가 들렸다. 손견과 원술, 두 사람이 한 덩어리가 되어 지상에 있는 병사들 안으로 떨어졌다.

◇

　그 무렵. 성채 바깥에서는 여포가 겨누고 있던 활을 내리고 있었다.

　"……빗나갔네. 방해한 건 손견인가? 늘어지네, 저 아저씨."

　"성문이 닫혀버렸군. 우리가 원술을 사로잡고 있던 게 들통났을 텐데, 어쩔 거요, 대장."

　여포는 적토마 위에서 팔짱을 끼며 잠시 생각한 뒤에 대답했다.

"……뭐, 어떻게든 되겠지. 우선 포위하고 나오는 녀석은 모조리 죽이면 돼."

"그러면 되겠군. 알겠어."

부하들은 말을 몰아가 뒤에서 대기하고 있던 병사들에게 향했다. 교대하는 듯이 장수 한 명이 여포 곁으로 다가왔다. 여포의 부하가 아니라 원술에게 빌려온 장수였다.

"여포 님. 우선 설명을 해주시오. 방금 당신이 쏜 사람, 성문에 있던 분은 우리 주인인 원술 님인 것 같소만."

"내가 원술을 사살했다면 어쩔 건데? 복수를 하고 싶으면 받아줄게. 가신의 의무잖아? 복수. 진짜 기특하네."

여포는 그렇게 말하며 땅바닥에 꽂아두었던 방천화극을 뽑아 들었다. 경악과 공포로 인해 눈이 뒤집힌 장수의 표정을 보고 여포가 깔깔대며 웃었다.

"농담이지이~. 내가 신세를 지고 있는 원술 군에게 무슨 짓을 할 것 같아? 방금 그 말은 좀 상처 입었는데~."

"하, 하지만 여포 님. 우리가 저 요새를 공격하는 이 상황은 병사들에게 어떻게 설명해야……."

"설명? 할 필요 있나? 그거."

"병사들은 동요하고 있소. 그들을 납득시켜야만 하는데."

"데리고 와."

"뭐요?"

"주절주절 떠드는 녀석을 여기로 데리고 오라고. 열 명이

든 백 명이든 죽여줄 테니까. 그러면 문제없겠지? ……아, 방금 한 말은 농담 아니니까."

겁을 먹고 벌벌 떠는 장수의 어깨에 손을 얹었다. 여포는 상대방의 눈을 바라보며 조용히 말했다.

"나도 귀찮은 건 질색이니까 말이지. 내가 방금 한 말을 그대로 전달해도 되고, 말이 안 통한다 싶은 녀석이 있으면 진짜로 데리고 와. 본보기로 써먹을 몇 명 정도는 필요하니까. 그럼, 잘 부탁해~."

~마왕영애로 시작하는 삼국지전~

13장 동백 쨩, 인간관계에 신경을 쓰다.

원술은 가벼운 타박상 정도만 입고 무사했지만, 손견 쪽
은 그러지 못했다.

화살은 손견의 몸을 관통하지 못했으나 배를 스치며 상
처를 입혔다. 돌아다니기 힘들 정도로 깊은 상처였기에 손
견은 성채의 방으로 옮겨졌다.

"젠장. 이 침대, 남자 냄새가 나는데. 설마 네 침대는 아
니겠지? 원술. 그렇다면 이대로 피를 흘리다 죽는 게 낫
다고."

"자중이라는 걸 모르는 게냐? 촌놈. 미리 말해두지만 생
명의 은인 행세는 하지 마라. 이곳은 짐……이 아니라, 내
성이다. 고맙다는 인사 같은 건 안 할 거다."

"됐어. 나도 이유가 있어서 한 거니까. 여자의 거만함은
애교지만, 중년 남자의 거만함은 천지를 더럽히는 악덕이
다. 조만간 하늘이 분노할 게 틀림없어. 목욕재계를 하고
기다리거라."

차마 볼 수 없을 정도로 피를 많이 흘렸기에 손상향과
부하들은 새파랗게 질렸지만, 원술과 말싸움을 벌이는 모
습을 보니 죽을 것 같진 않다.

다행이다———. 내가 그렇게 안심한 것은 이번 일이 역
사적 사실에 있던 손견의 죽음을 재현한 게 아니었기 때문

이다. 손견의 죽음에는 여러 가지 설이 있지만, 암살자의 화살에 사살당하는 패턴도 있다.

그때, 병사들과 함께 중년 부인이 나타났다. 얼굴에는 피로한 기색이 있지만 소탈한 옷을 입고 당당한 분위기를 풍기고 있었다.

"어머님!"

손상향이 뛰어가 가슴에 얼굴을 묻었다. 부인은 딸의 머리를 쓰다듬으며 나무라는 듯한 눈으로 손견을 보고 있었다.

"제가 이런 걸 원할 줄 아셨습니까."

"용서해라."

손견은 부상을 당한 이후로 처음……, 아니, 내가 처음 보는 힘없는 미소를 지으며 말했다.

"내 여자가 다른 남자 옆에 있는 걸 도저히 용납할 수 없어서 말이지."

"백부는 어떻게 지내고 있지요?"

"강동에서 나 대신 일을 봐주고 있어. 그 녀석은 나보다 패업에 더 적합한 것 같은데."

문득, 부인의 표정이 부드러워졌다. 그곳에 가족의 분위기가 가득 차는 것이 느껴져서 갑자기 자리에 있기 불편해졌다. 부모 자식, 그리고 부부가 한데 모이는 건 오랜만인게 틀림없다.

가족의 재회 시간을 마련해주기 위해 우리는 그곳을 떠

나기로 했다.

◇

성채 가운데에 있는 붉게 칠해진 누각. 원술의 원래 거
처가 있다는 그 건물 아래쪽에서 나는 오랜만에 마초, 조
운 두 사람과 이야기를 나눌 수 있었다.

"휴……, 왠지 상황이 복잡해졌네요."

"어떤 상황이라 해도 네가 무사해서 다행이다, 동백."

마초가 손으로 내 볼을 쓰다듬었다. 다시 만난 이후로 마
초는 내 곁을 떠나려 하지 않았고, 툭하면 스킨십을 했다.
거슬리긴 하지만 그만하라는 말을 하기도 껄끄럽다. 차분
해질 때까지 내버려 두기로 했다.

"제가 여기 있다는 걸 어떻게 알았어요?"

"감녕 덕분이야."

조운이 그렇게 말했다.

"항상 같이 다니던 까마귀가 안내해주었어. 이 요새에
뛰어드는 데는 용기가 필요했지만, 그런 말을 하고 있을
상황이 아니었으니까."

"그게 무슨 뜻이죠?"

"여포에게 쫓기고 있었거든."

아마 감정이 완전히 얼굴에 드러나 버렸을 것이다. 내
볼을 쓰다듬던 마초가 두 손으로 볼을 마구 주무르기 시작

했다.

"걱정하지 마라. 그 녀석에게는 손가락 하나 건드리게 하지 않을 테니."

"고, 고마워요."

두 사람의 이야기에 따르면 나를 구출하기 위해 장안에서 출발한 뒤에 조조의 호위인 전위가 접촉해 와서 내가 있는 곳에 대한 힌트를 주었다고 한다. 그가 한 말에 따라 남하하다가 여포와 마주쳤고, 퇴로가 끊겼기 때문에 쫓기며 계속 남하한 모양이었다.

"병참이 끊겼죠? 병량은 괜찮았나요?"

"짐을 버리는 것도 각오했었는데, 어떻게든 되더라. 여포는 꾸준히 따라오기만 하고 추격은 소극적이었으니까. 아마 외적이 침입하면 영지 깊숙한 곳까지 몰아세워서 섬멸하는 책략이라도 있지 않았을까?"

"목적은 뭘까요. 제가 손견의 객장인 입장이라는 사실은 알고 있을 텐데, 당신들을 공격할 이유는……."

"성격이 쓰레기라서 그렇겠지. 악연인 마초가 있어서 참을 수 없었다. 그게 다야."

"이해가 안 되면서도 엄청 납득이 되는 설명이네요……."

──아니, 조운, 여포에 대해 묘하게 사나운 거 아닌가? 자네, 그런 캐릭터였나?

"두 분 다 고생하셨어요. 덕분에 살았네요. 감녕에게도 나중에 고맙다는 인사를 해야겠어요."

"그러고 보니 감녕은? 방치하는 건 위험할 것 같은데. 감옥에서 꺼낸 내가 이런 말을 하는 건 좀 그렇지만."

"고순을 감시하라고 부탁했어요. 마음에 든 모양이니 잘해주겠죠."

"……나도 그 녀석 마음에 든 이후로 살해당할 뻔했는데."

"이, 일단, 다른 병사들도 같이 감시하고 있으니까 괜찮을 거예요, 아마도……."

——나중에 상황을 살펴보러 가야겠다, 만에 하나를 대비해서.

우리가 이야기를 나누는 동안 누각에는 계속 사람들이 드나들었다. 그들에게서 보고를 받은 듯한 원술이 일행을 데리고 내려와서는 나를 보고 말했다.

"아, 자네인가. 진궁이 어디 있는지 알아냈다. 같이 가겠나?"

◇

우리가 원술을 따라간 곳에는 성채 부지 안에 지어진 창고가 있었다. 올려다봐야 할 정도로 큰 데다 지하까지 있는 모양이었다.

"진궁이 여기로 들어가는 걸 봤다는 병사가 있지. 안에서 가끔씩 소리가 들리는 걸 보니 아마 진궁은 여기 있을 거야."

"안은 조사하지 않았나요?"

"응. 아니, 조사할 수가 없으니까."

"어째서요?"

"문이 잠겨 있어. 진궁은 열쇠를 가지고 안으로 들어가서 문을 안에서 잠근 게야. 다시 말해 여기는 아무도 들어갈 수가 없지. 투석기 공격에 맞아도 부서지지 않을 정도로 튼튼한 창고니 바깥에서 부수고 들어가려면 며칠이 걸릴 게야. 규모가 큰 도구를 가지고 오기에는 너무 좁기도 하고."

밀실을 만들어서 틀어박혔다고? 왜 그런 의미도 없는 짓을———.

"———……원술 님. 혹시 여기가 병량고인가요?"

"정답. 큰일이란 말이지."

마초가 아무것도 모르겠다는 표정으로 입을 열었다.

"뭐가 큰일이야? 병사들에게 감시하라고 하면 돼. 저쪽은 틀어박혀 있을 뿐, 아무것도 할 수가 없을 텐데."

"병량고에 들어가지 못하면 우리가 병량을 꺼낼 수가 없어요."

마초는 그제야 이해했는지 손을 탁 쳤다. 병량고가 봉인됨으로써 우리는 내부에서 병량 공세를 당하게 된 것이다. 그리고 바깥에는 여포가 있다.

"불을 지를 수도 없고 말이야. 병량이 타버리면 주객전

도고, 다른 건물에 불이 옮겨붙기라도 하면 그보다 얼빠진 일은 없겠지. 그나마 가능할 만한 건 연기로 질식시키는 것 정도려나."

우리 설명을 들은 마초는 '그렇구나~'라는 표정을 지었지만, 전혀 동요한 기색이 없었다. 그러기는커녕, 내가 상상도 하지 못한 말을 꺼냈다.

"그거 마침 잘된 건지도 모르겠군."

"네에?!"

"생각해 보도록 해. 여포는 원술의 권위를 이용하면서도 좀 전에 활을 쏘았어. 그리고 지금도 요새를 포위하고 있지. 모반은 기세를 유지하면서 단번에 내달리지 않으면 성공하지 못해. 녀석은 이 요새에 있는 자를 몰살시키기 위해 수단을 가리지 않을 거야."

"그렇다면 더더욱 심각하잖아요."

"그렇기 때문에 오히려 병사들이 각오를 다지게 만드는 게 쉽지. 병량이 없다면 목숨을 걸고 포위를 뚫는 방법밖에 없으니까. 이런 병법을 중원에서는 뭐라고 했더라……."

"배수진."

조운이 곧바로 말했다.

"우리가 가져온 병량은 조금 남아 있어. 이 성의 병사들과 나누면 단숨에 사라지겠지만, 죽을힘을 다해 싸울 체력을 북돋기에는 충분해. 이걸로 죽음 속에서 삶을 찾아낼 수밖에 없지."

"왠지 두 분, 묘하게 호흡이 잘 맞게 된 거 아닌가요……?"

"누가." "모르겠는데." "이런 녀석하고." "그냥 우연이겠지."

시끄러워.

두 사람이 서로 협력하게 된 건 환영할 만한 일이다. 조운이 마초와 눈을 마주치려 하지 않는 건 여전하지만.

원술이 그런 두 사람을 어이없다는 듯이 바라보았다.

"마초, 그리고 조운이라고 했던가? 자네들도 손가의 가신인 게야?"

"이 두 사람은 아니에요. 저를 섬기고 있죠."

"자네를……, 어라? 자네는 손가 쪽 아이 아닌가?"

───아, 그러고 보니 아직 자기소개를 안 했던 것 같네.

"저는 동백이에요. 이런저런 사정 때문에 장안에서 이런 곳까지───."

"도, 도, 동배액?!"

원술은 넘어져서 엉덩방아를 찧을 기세로 놀랐다.

"동백이라 하면, 동탁의 손녀 아니냐! 여자아이이면서도 상국이 된……, 낙양을 불태운 마녀!"

"이봐, 동백은 낙양을 태우지 않았어."

"손견 녀석, 대체 무슨 생각을 하는 게지! 그냥 적이잖나! 아아, 이렇게 위험한 녀석과 운명을 함께 하게 될 줄이야……, 원가의 운명은 여기서 끝나게 되는가……."

"아직 원소가 있잖아요."

"그 녀석보다 짐이 더 정통이라고! 아니! 내가 더 정통이야!"

원술이 소란을 피우고 있지만, 개인적으로는 그런 건 어찌 되든 상관없다. 원술은 삼국지에서 군웅할거 시대 때 탈락하는 인물이다. 이 세계의 원술도 난세에서 이겨서 살아남을 정도의 영걸인 것 같지는 않고.

단, 지금 여기서 원술이 탈락한다면 나도 함께 여포에게 살해당할 가능성이 크다. '운명을 함께한다'라는 원술의 말은 맞는 말이다. 안타깝게도.

나는 손가락을 깍지 끼고 고개를 숙이며 원술에게 말했다.

"원술 님. 신세를 지고 있는 주제에 외람된 말씀이지만, 성주인 당신의 도움이 필요합니다. 부디 여포의 포위를 뚫기 위해 힘을 빌려주실 수 없을까요."

원술은 눈을 동그랗게 뜨고 있다가 잠시 후에 만족스러운 듯이 '호오'라고 말했다. 수염을 쓰다듬으며 입을 열었다.

"어린아이이면서도 예의를 잘 알고 있는 것 같아서 감탄스럽군. 짐———, 나도 아이에게 부탁을 받았으니 들어주지 않을 수는 없을 게야. 좋다. 내키지는 않지만 여포에게 벌을 내리기 위해서니까. 내 성과 병사들로 힘을 빌려주도록 하마."

의욕을 내주는 것 같아서 다행이다. 여포와 싸워서 살아남으려면 원술의 협력은 반드시 필요하다. 손견이 여포의 화살로부터 원술을 구한 것도 아마 그런 이유 때문일 것이다.

"보답으로 그 맛있는 과실음료를 받을 수 있다면 힘을 빌려줘도 좋다만."

"재료인 과일이 손견 님의 진에 있어서 여기서는 만들 수가 없겠네요."

"가지고 오게 할 수는?"

"여포에게 포위당한 상태인데 어떻게 그런 지시를 내리실 건가요."

원술의 수염이 슬픈 듯이 축 처졌다. 애초에 본진의 병사들과 연락을 취할 수 있다면 처음부터 그렇게 해서 여포를 협공했을 것이다.

"……어쩔 수 없군. 포위를 뚫을 거라면 손견 녀석에게도 돕게 하지. 그 녀석은 풍류를 모르는 촌놈이지만 싸움 실력만큼은 확실하니 말이야. 부상자라 해도 지혜를 내는 것 정도는 할 수 있을 테고. 여포를 물리치게 되면 반드시 음료를 헌상하도록."

"벌꿀을 듬뿍 넣어서 헌상해드릴게요."

원술이 걸어가기 시작했고, 나도 따라가려다가———, 조용히 들리는 이야기 소리에 돌아보았다.

"조운, 아까부터 창이 시끄럽다. 닥쳐."

"창이 시끄럽다는 게 무슨 소리인데."

"따악따악 바닥을 울리고 있잖나. 닥쳐."

"창을 들고 다니면 반대쪽 끝이 바닥에 부딪히는 건 어쩔 수 없잖아."

"정신 사납다. 닥쳐."

"닥치란 말을 너무 많이 하는 거 아니야?"

둘은 내가 귀를 기울여야 겨우 알아들을 수 있을 정도의 작은 소리로, 서로 눈을 마주치지 않은 채 말다툼을 벌이고 있었다.

―――……으응~?

◇

"그럼 상황을 정리해볼까."

손견이 그렇게 말했다. 침대에 걸터앉은 그는 윗옷을 벗은 상태였고, 배에는 피가 밴 붕대를 감고 있었다.

"우리가 있는 이 요새는 여포에게 포위당했다. 진궁이 병량고에 틀어박혔기 때문에 요새의 병량은 이용할 수 없고, 있는 건 동백 양의 부하들이 가지고 온 것뿐이다. 장기간 농성은 불가능하지."

말을 마친 그가 큰 한숨을 내쉬었다. 생각했던 것보다 중상일지도 모르겠다.

"그러니 우리 선택지는 두 가지가 있다. 첫 번째, 여포와 교섭한다. 두 번째, 여포와 싸운다. 일단 물어보는 건데,

여포와 교섭하고 싶은 자는 있나? …………그렇겠지. 나도 동감이다. 그건 얌전히 이야기를 들을 만한 녀석이 아니다. 교섭에 써먹을 만한 재료는 옥새와 진궁의 신병이다만, 양쪽 다 우리 수중에는 없다. 교섭을 시간 벌이에 쓰는 것도 피하고 싶군."

손견이 한 말을 듣고 원술도 고개를 끄덕였다.

"여포는 맹우인 짐을 배신하고 감금한 남자다. 역적과 교섭할 여지는 없다. 해치워야 해."

───짐이라는 호칭도 그렇고, 역적이라는 말도 그렇고, 아직 정신을 못 차렸네, 이 녀석…….

나는 무심코 싸늘한 눈으로 바라보았지만, 손견은 아랑곳하지 않고 계속 말했다.

"진궁 때문에 우리는 병량을 잃었다. 하지만 생각하기에 따라서는 병량과 맞바꾸어서 군사를 가두어두었다고 할 수도 있다. 승산이 생긴 거지. 그렇다면 우리에게 있어서 승리란 무엇일까."

"물론, 지……, 내가 여포를 굴복시키는 것이다. 그러기 위해서 우선 내가 병사들에게 말을 걸어보지. 여포가 이끌고 있는 병사들 중 대부분은 내 병사다. 내가 여포를 쓰러뜨리라고 하면 그들은 쓰러뜨려야 할 상대가 누구인지 깨달을 게야. 여포에게 화살을 맞지 않고 병사들에게 말을 걸 수만 있다면……."

"그건 힘들겠는데. 원술에게 인망이 너무 없어."

"뭐, 뭐라고오?!"

"아니, 네가 감금당했다는 사실을 눈치챈 사람이 꽤 있었던 것 같던데. 우리 부대 녀석들이 조사해보고 알아낸 사실이다만."

"그럴 리가 없잖나! 그렇다면 어째서 아무도 구해주러 오지 않았지?!"

"그야 주인보다 모반을 일으킨 녀석 편을 드는 게 낫겠다고 판단했기 때문이겠지. 뭐, 풀 죽을 필요는 없어. 지금은 그런 시대니까. 우리 손가처럼 주종의 유대감이 튼튼한 쪽이 드물지."

"무, 무슨……."

추욱, 원술의 수염이 다시 애절하게 늘어져 버렸다. 감정 표현이 풍부한 수염이다.

"이 요새를 포위하고 있는 병사들도 마찬가지야. 이기는 편에 설 생각으로 여포를 따르고 있을 뿐이지. 원술은 여포를 쓰러뜨린 뒤에 말을 걸어야 해. 다시 말해 여포의 살해가 우리의 승리다."

"살해……인가요."

나는 처음으로 이번 대화에 끼어들었다. 손견은 핏기가 가신 얼굴로 고개를 끄덕였다.

"동백 양. 나는 이미 자네를 평범한 아이로 보지 않아. 그러니 말하는 건데, 사람들 위에 설 자에게는 의무가 있다. 그건 다른 사람의 목숨을 선택하고, 그 선택에 책임을

지는 거야. 우리는 내일 여포를 죽인다. 우리와 우리가 사랑하는 자들을 위해서."

"아니."

마초가 내 어깨에 손을 얹었다.

"그 선택도, 책임을 지는 것도 내가 한다. 내가 내 의지로, 여포를 해치우겠어."

"아름다운 유대감이다만, 아이를 책임으로부터 멀리 떼어 놓는 것만이 애정인 건 아니야. 아름다운 암컷 늑대 마초."

마초가 노려보자 손견이 호들갑스럽게 두 손을 들어 보였다.

"알았다, 알았어. 그래서, 자네가 데리고 온 군대 중에서 자네와 연계를 취할 수 있는 사람이 있나?"

"나 혼자면 충분하다. 녀석과는 이미 몇 번이나 싸웠어. 다음에야말로 벤다. 그러면 되겠지."

"그렇게 몇 번이나 싸우면서 자네가 우세했던 적은 얼마나 되지?"

아픈 곳을 찔렸다는 사실은 마초의 얼굴을 보니 분명했다. 내가 봐왔던 것들 중에서는 마초가 여포를 상대로 우세했던 적이 한 번도 없었다. 잘해봐야 무승부였다. 상대방의 힘을 생각하면 그것도 충분히 대단한 거지만.

"그런 뜻이다. 천하무쌍으로부터 확실하게 승리를 얻어 내려면 여러 장수가 협력해서 여포와 맞서야 할 거다. 내가 병사를 이용해서 여포를 고립시키고, 무예가 뛰어난 영걸들의 연계로 단숨에 해치운다. 작전은 이게 전부야. 동백 양, 그 혀에 고리가 달린 남자는 써먹을 수 있나?"

"연계는 힘들 것 같다고 하네요. 저희 진영에 들어온 지 얼마 되지도 않았고."

게다가 멘탈이 불안정하기 때문에 행동을 예측할 수가 없다. '친구'와 '적'의 경계가 애매하고, 여포와 만나자마자 의기투합해버릴 우려도 있다.

"마초가 함께 싸울 사람이라면……, 조운, 이려나."

예상대로 큰 목소리로 '뭐?!'라는 대답이 돌아왔다.

"하필이면 조운?! 말도 안 돼! 동백! 저렇게 나약한 녀석, 나는 무인으로 인정하지 않았으니까!"

머리끝까지 화가 난 마초에 비해 벽에 몸을 기댄 채 이야기를 듣고 있던 조운은 냉정———, 아니, 그렇지 않았다. 잘 살펴보니 식은땀을 줄줄 흘리며 눈을 떨고 있었다. 엄청나게 당황했네.

그런 두 사람의 반응을 본 손견은 의심스러워하는 눈초리로 나를 보았다.

"……동백 양?"

"으음~, 아마 괜찮을 것 같은데요……."

이거, 말해도 되는 건가? 그런 의문을 품으면서도 나는 두 사람에게 말했다.

"아니, 마초하고 조운, 왠지……, 거리가 가깝지 않나요? 예전에는 서로 피하던 느낌도 있었는데 지금은 아무렇지도 않게 이야기도 하니까."

"아하~. 보아하니 **그런 사이**가 된 건가."

원술이 쓸데없는 말을 하자 마초가 곧바로 대도를 뽑아 들었다.

"어째서?! 짐은 틀린 말을 한 게 아닌데!"

"마초, 이번에는 봐주세요."

"이번에는?!"

손견은 살벌한 마초와 식은땀을 줄줄 흘리고 있는 조운의 대비를 흥미롭다는 듯이 바라보았다. 이내 그 입이 열렸다.

"좋아, 이 두 사람의 연계에 필요한 게 뭔지 알겠군."

"어? 뭔데요?"

"뻔하잖아?"

나를 향한 비꼬는 듯한 미소 & 윙크. 왠지 모르겠지만 조운이 몸을 부르르 떨었다.

◇

가시방석.

조운의 지금 심정을 단적으로 표현하면 그게 가장 잘 들어맞는 말이었다.

지금까지 인생을 돌아보니 '다른 사람과의 교류'와 '껄끄러운 마음'은 같은 의미라고 해도 될 정도인 조운이다. 그런 그조차도 이렇게까지 힘들어했던 적은 없었다.

요새 중심에 솟구친 누각의 어떤 방. 조운의 맞은편에는 마초가 아무런 감정도 없는 듯한 표정으로 앉아 있었다. 두 사람 사이에는 술이 든 항아리와 잔, 손견군 병사가 몇 명.

"마초 쨩네 할머니는 강족이었구나~." "호오~ 강족의 피를 이어받은 여자애는 처음 봤어~." "왠지 멋진데~."

병사들은 아무런 맥락도 없이 분위기를 띄운 다음, 조운에게 말을 걸었다.

"그런데 조운 군은 어떤 족 피를 이어받았어?"

"그런 건 없는 것 같은데. 부모님은 기주의 한인이셨고."

"기주의……." "한인~?" "이거, 혹시이~."

병사들이 서로 얼굴을 마주 보고는, 마초와 조운을 손가락으로 가리켰다. 그리고 한목소리로 말했다.

"잘 어울리는 거 아닌가아~???"

장난 아닌데 진짜. 아무리 봐도 상성 좋잖아, 애네.

그걸 듣는 조운은 이미 쓴웃음조차 나오지 않았다. 내가 무슨 죄를 저질러서 이런 벌을 받고 있는 건지 진지하게 생각하고 있었다.

"실례."

조운이 그렇게 말하며 자리에서 일어섰다. 시끄럽게 떠드는 그들 곁을 떠나 마치 입회인 같은 위치에 서 있던 동백 곁으로.

"동백 씨, 동백 씨, 저기, 이게 뭔가요."

"손건이 말하기로는 내일 여포와 맞서게 될 두 사람 사이를 가깝게 해주기 위한 모임이라던데요."

"그 녀석, 바보 아니야? 의미가 없는 걸 넘어서 역효과라고. 마초의 얼굴을 봐. 표정 근육이 죽었으니까. 강족의 피를 이어받은 사람과 한인의 상성이 좋은 거라면 여기 있는 남자 모두가 그렇다고."

"그러게요. 저도 이런 분위기는 껄끄러워요. 목 안쪽이 꽉, 조인다고요. 꽉."

무슨 말인지 알 것 같아────, 그렇게 공감조차 하면서 조운은 동백에게 평범하게 대하고 있었다. 동백 말고 다른 여자라면 조운은 곧바로 눈을 피하고 물러나서 그림자도 밟지 않겠다고 굳게 맹세하겠지만, 동백에게만은 마음 편히 대하고, 눈도 마주칠 수 있었다.

"조운은 처음 제 밑에서 싸웠을 때 마초하고 함께였었죠."

"그래. 그러니 이제 와서 이런 짓을 할 필요는 없잖아."

"하지만 그때는 이쪽이 두 사람이고 적도 두 사람이었어요. 일대일이 두 개라는 형태였죠. 내일, 당신하고 마초가 해줬으면 하는 건 2 대 1로 여포를 쓰러뜨릴 싸움이에요. 조운하고 마초가 혼자서 여포를 쓰러뜨릴 자신이 있으면 모를까……."

"……그렇게 따지면 곤란한데."

어린아이 상대로 한심한 이야기지만, 조운은 반론할 수

가 없었다. 조운이 예전에 싸웠던 장비는 여포와 비교해도 손색이 없는 영걸이었지만, 그때 조운은 승리한 게 아니다. 패배하지 않는 일선을 계속 지켜냈을 뿐이다. 마초는 관우를 막아내지 못하고 동백에게 가까이 다가가게 만들기까지 했다.

그때와 마찬가지로 일대일 전투를 벌인다면 자신과 마초는 차례대로 쓰러질 뿐일 것이다.

"그래도 이런 방식은 아니잖아. 손견에게 불평을 좀 하고 싶은데."

도망칠 변명거리를 지어낸 조운 옆에서 여자아이 머리가 쏘옥, 튀어나왔다.

"아버님은 지금, 옆방에서 원술에게 강의 중이야."

"끄아악! 여자!"

조운이 깜짝 놀랐다. 동물의 기척은 파악하기 힘들기 때문에 백호의 털 속에 파묻혀서 나타난 손상향을 알아보는 게 늦었다.

"원술은 내일 아버님 대신 지휘를 맡을 예정이니까. 아버님은 동백도 데리고 오라고 했어."

"저도요?"

"여기는 내가 대신 맡아줄 테니까 가. 어서. 자."

"아, 잠깐, 우와, 푹신푹신······."

동백이 백호 등에 타고 끌려갔다. 그 대신 남은 손상향은 조운을 순수한 눈빛으로 바라보았기에 조운은 곧바로 눈을 피하고 물러나서 그림자도 밟지 않겠다고 굳게 맹세했다.

……그때, 눈앞을 마초가 지나쳤다. 병사들이 급하게 말리러 나섰다.

"자, 잠깐! 잠까안~! 어디 가는 거야? 마초 쨩?!"

"나는 동백의 호위다. 동백 곁에 있어야지."

"그래 봤자 옆방에 가는 거잖아? ……우와, 무시하네."

성큼성큼 걸어가려 하는 마초 앞으로 손상향이 재빠르게 다가가 막아섰다. 남자들 상대로는 딱딱하게 굳어 있던 마초의 표정이 부드러워졌다.

"너는 손견의 딸이었지."

"맞아. 동백의 친구."

"친구."

"나하고 동백은 서로 신뢰하고 있어. 그야말로 친한 친구. 막역지우. 문경지교."

"그러니까, 둘이서 사이좋게 차를 마시거나, 목욕을 하거나, 놀러 가서 자기도 한다는 건가."

"그건 조만간."

"……멋지군."

"동백은 당신이 여기 있어주는 걸 원하고 있어. 알겠지?"

"물론이고말고."

마초는 순순히 자리로 돌아왔다. 조운이 이해할 수 없는 영역에서 합의에 도달한 모양이었다. 이제 조운도 거부하기 껄끄러운 분위기가 되어버렸다.

"조운 군, 뭐 하는 거야~?" "여자애를 기다리게 하면 안 되지~." "앉아, 앉아, 마셔, 마셔~."

지옥으로 되돌아 와버렸다. 분위기를 파악하는 건지 안 하는 건지, 병사들이 다시 부추기기 시작했다.

"조운 군이 돌아왔으니 질문을 해봅시다아~!" "저요, 저 요오~, 좋아하는 이성 유형은?" "그거 괜찮네! 그럼 바로 조운 군, 말씀하세요~!"

"…………."

"조운 군, 말씀하세요!"

"……그럼, 성실한 사람."

"성실한 사람!" "성실한 사람이라고 합니다아~!" "무난 한 대답, 감사함다~!"

그들의 눈이 일제히 마초에게 쏠렸다.

"그럼 다음, 마초 쨩, 말씀하세요!"

"동백."

"동백 쨩이라고 합……, 동백?" "저기, 질문……." "이성 인데……."

"그럼 오빠 같은 사람이다."

"오빠 같은 사람!" "오빠 같은 사람이라고 합니다아~!" "오빠를 잘 따르는 동생, 좋지이~!"

병사들이 손상향을 손가락으로 가리켰다.

"공주님하고 똑같아! 마음이 잘 맞겠어!"

손상향은 무표정하게 고개를 저었다.

"지금은 아니야."

"엇?"

"지금은 그 가면 쓴 분이 신경 쓰여. 질실강건. 팔도 탄탄하고 듬직했어. 멋져."

빨갛게 물든 볼을 두 손으로 가리고 있다. 진지한 표정을 지은 병사들이 서로 이마를 맞대고 조용히 이야기를 나누기 시작했다.

"그 녀석 말인가? 번성에서 싸웠던…….""관우였나?" "위험한데? 손견 님께서 아시면 번성으로 쳐들어갈 만한 안건이잖아."

잠시 후, 어색한 미소를 되찾은 그들은 조운을 다그쳤다.

"그, 그럼, 다음은 조운 군에게 연애 이야기 같은 걸 들어보는 느낌으로!" "맞아, 맞아, 방금 그 이야기는 못 들었고, 다른 사람에게도 비밀로 하는 느낌으로!" "잊어주면 좋겠다는 거지!"

"연애 이야기……, 할 게 없는데."

"또 이러시네~. 조운 군만큼 강하면 인기 많을 텐데! 정규직 병사라는 것만으로도 마을을 지나가면 여자애가 꺄악꺄악거릴 정도니까――."

"아니, 진짜로 없어. 여자애하고 이야기를 한 건 동백이나를 거두어줬을 때가 반년 만……, 아니, 2년 정도 만에 처음 했던 거니까……,"

병사들이 조용해졌다. 다시 이마를 맞대고 뭔가———,
아마 조운에게는 불쾌할 평가를 조용히 이야기하다가 이
번에는 마초 쪽으로 다가갔다.

"이번에는 마초 쨩에게 이야기를 듣고 싶은데~." "연애
이야기……는 이제 됐고. 고향 이야기라든지." "아, 오빠
이야기! 정말 좋아하는 오빠 이야기를———."

"죽었다."

"어?"

"오빠는 죽었다. 이제 없어."

무시무시할 정도로 무거운 침묵이 방에 깔렸다. 병사들
이 서로 비통한 표정으로 마주 보며 작은 목소리로 이야기
를 나누거나 손을 저으면서 '글러 먹었어, 글러 먹었어'라
고 중얼거렸다. 아무래도 글러 먹은 모양이다.

그 분위기 속에서 제일 먼저 이야기를 꺼낸 것은 손상향
이었다.

"마초는 오빠를 좋아한다고 했다. 멋진 사람이었나?"

"글쎄, 잘 모르겠군. 무슨 생각을 하는 건지 이해가 잘
안 되는 사람이었으니……."

마초는 무언가가 목에 걸린 것처럼 눈살을 찌푸리다가
다시 말했다.

"……아니, 실제로는 정말 무서운 사람이었다. 나와 가
끔 대련을 해주기도 했는데, 엄청나게 두들겨 맞은 때도
있었어. 그때는 정말로 살해당하는 줄 알았지."

"그런데 좋아해?"

"어쩔 수 없지, 일족 사람들도, 강족 사람들도 오빠를 좋아했으니까. 아버지도 오빠에게 기대를 품고 있었어. 그 힘도, 무서움도, 양주의 거친 대지에는 어울렸던 것 같군."

마초가 탁자 위에 깍지 낀 손을 꽉 쥔 것을 알 수 있었다.

"…………."

마초의 이야기가 무거워짐에 따라 병사들이 점점 얌전해졌다. 자연스럽게 손상향 곁으로 다가간 그들은 더욱 파고드는 듯한 말을 꺼내려던 손상향을 안아 들었다.

"어~, 그럼 오늘은 시간이 늦었으니." "이쯤에서 끝내기로 하고." "공주님도 졸리신 것 같으니."

"음, 뭐야. 나는 아직———."

그들이 도망치듯이 방을 떠나자 마초와 조운, 두 사람만 남겨졌다. 그렇지 않아도 이야기를 나누지 않는 두 사람. 최악의 분위기. 하지만 조운은 어떤 이유인지 먼저 말을 걸었다.

"좋아하지 않는 사람은 싫다고 해도 될 것 같은데. 상대방이 죽었다고 해도, 딱히."

"가족이다. 좋고 싫고를 따질 수 없는 경우도 있지."

"……그건 그럴지도 모르겠네."

"솔직히, 껄끄러웠을지도 모르겠군."

마초가 조운과 이야기를 나누며 미소를 보인 것은 처음이었다. 얼굴에는 드러내지 않았지만, 조운은 그 미소를 보고 죽을 만큼 놀랐다.

"오빠는 진짜배기였다. 흉폭하고, 자비심이 없고, 아무도 예상하지 못한 일을 해내는 양주 최강의 남자. 일족을 짊어지고 일어서기에 어울리는 사람이었어. 나는 오빠 대신. 그냥 가짜다."

오빠 대신———, 그 말을 듣고 조운의 머릿속에 떠오른 것은 낙양의 밤이었다. 마초의 손을 잡아버린 그날 밤에 조운이 느낀 위화감. 원래 창이나 모의 달인이었을 마초가 대도를 무기로 선택한 이유……, 누군가를 대신하기 위해 원래 다루던 무기를 버린 건가?

하지만 조운은 그런 상황에서도 조운이었다. 그 이상 파고들어서 질문하지 못하고, 웅얼거리며 다른 화제를 꺼냈다.

"네가 가짜라는 말을 하면 내 입장이 없는데."

"……너는 진짜야. 나와는 달리."

이야기가 엇나간 거 아니야? 아무리 생각해도 재능은 그쪽이 더 뛰어날 텐데, 비꼬는 거라고, 재능 위에서 거만하게 내려다보지 마, 네가 말하는 가짜가 뭔데.

머릿속에 떠오른 것은 전부 장안에 있었을 때라면 맨정신으로 하지 못했을 말이었다. 마초를 피해 다녔으니 제대로 이야기를 나눈 적도 별로 없었다.

하지만 지금이라면 뭐든 마음 편히 말해버릴 것 같고, 이런 가능성을 어디서 주워온 건지 조운 자신도 알 수가

없었다.

결국 조운이 선택한 말은 그 어떤 것도 아니었다.

"……내일은 내가 정면에서 여포와 맞붙을게. 어떻게든 빈틈을 만들 테니 그걸 이용해서 그 녀석을 베어라."

"그 반대가 나을 텐데. 나라면 그 녀석의 공격을 흘릴 수 있어."

"……몇 가지 시험해보고 싶은 방법이 있거든. 그 형태로 정하고 나머지는 상황에 따라서. 괜찮을까?"

"그래. 자잘한 것까지 정해두면 오히려 행동 범위가 좁아지니까."

재능이 있는 녀석들이나 할 말이라고 조운은 생각했다. 그는 오히려 사고에 사고를 거듭해야만 그들의 세계를 따라잡을 수 있다. 조운은 생각을 소리 내어 말하지 않고 집어삼켰다. 내일은 재능이 부족한 자신이 완벽하게 움직이는 것보다 마초의 재능을 얼마나 잘 살릴지에 주력하는 게 나을 것이다.

"다른 사람에게는 잘 하지 않는 이야기를 해버렸군. 나도 지금 같은 상황에 마음이 흐트러져버린 모양이야. 잠깐 바깥 공기를 쐬고 오마. 동백을 부탁한다."

마초는 그렇게 말하고 자리에서 일어나버렸다.

동백을 부탁한다——, 그런 말을 저 여자에게 들을 줄은 몰랐다. 신뢰의 증거라고 볼 수 있을까. 서로 동료로서 유대감이 깊어졌다고 할 수 있을까. 손견은 이렇게 될 것을 짐작하고 있었던 걸까. 조운은 전혀 알 수가 없었다.

답을 알 수 있는 건 내일.

천하무쌍과 맞설 때다.

14장 동백 쨩, 치고 나가다.

　다음 날 아침.

　요새를 포위하고 있던 여포군의 진에 적이 움직임을 보였다는 소식이 날아들었다. 그때, 여포는 적토마에 안장을 채우고 바로 나갈 수 있게끔 준비를 마친 상태였다.

　"대장. 준비를 엄청 확실하게 하셨네."

　방금 갑옷을 입은 부하에게 그런 말을 들은 여포가 대답했다.

　"어제, 진궁이 보고했으니까. 적은 농성을 하지 않을 거라고. 병량을 쓰지 못하게 막아서 장기전을 벌이지 못하게끔 해두었다는데."

　"진궁이? 그 녀석은 고순하고 같이 요새에 남았다고 들었는데."

　"나도 몰라. 뭔가 알아서 잘해준 거 아닐까?"

　"그렇게 잘해주는 김에 고순도 구해줬으면 좋겠는데."

　"그건 그런 녀석이 아니잖아. 다음 준비할 게 있다고 했고. 흥미 없는 것 같네."

　평범한 말보다 큰 적토마의 등에 여포가 쉽사리 올라탔다. 그런 여포를 올려다본 부하가 말했다.

　"병량을 못 쓰게 막아준 건 다행이군. 이쪽 병사들은 원래 원술군이었어. 장기전을 벌이게 되면 동요할지도 모르지. 재빨리 원술을 죽일 수 있는 건 고마운 일이야."

"동백과 손견은 아무런 생각 없이 나올 녀석들이 아니야. 졸개 나름대로 역겨운 책략을 생각하고 있겠지, 어차피."

"뭔가 수를 쓰려 하면 어떻게 하지?"

여포는 어깨를 우득우득 울리며 경의 흐름을 확인하고 있었다. 어지간한 사람이라면 몸이 안쪽에서 터져나갈 정도로 강한 힘이 맴돌았지만, 그 몸은 딱 좋게 풀려 있었다. 흘러넘친 경력으로 인해 방천화극의 끄트머리가 찌르르 울렸다.

이상은 없다. 항상 그랬듯이 최상의 상태다. 다시 말해 평소처럼 천하무쌍.

"상관없어. 내가 박살 낼 테니까. 너희는 내 뒤를 따라와서 적을 죽이기만 하면 돼."

◇

성벽 위에서 파수병이 큰 목소리로 외쳤다.

"적, 진을 갖춰가고 있습니다! 아군과 맞서 싸우려는 모양입니다!"

"좋아. 노골적인 반응을 보이는군."

손견은 상처를 감싸며 지팡이를 짚고 있었다. 성문 앞에는 병사들이 대기 중이었다. 가용한 병량을 전부 다 먹어치운 다음, 이번에 적을 해치우지 못하면 물러설 곳이 없다는 사실을 그들에게 전해두었다.

"네가 받은 것은 천하무쌍을 박살 내줄 책략이다. 실패하지 마라, 여남의 훈남."

"흥. 굳이 다짐을 받을 필요도 없어."

그렇게 말한 원술은 말처럼 냉정해 보이지 않았다. 차분하지 못한 모습으로 계속 수염을 쓰다듬거나 잡아당기고 있었다.

한편, 출진을 기다리던 조운은 감녕과 이야기를 나누고 있었다. 감녕은 갑옷은커녕, 수갑 하나도 차지 않았다.

"그럼 출진하지 않는 거야?"

"응, 동백이 말이지. 이 요새를 직접 공격하려는 녀석이 있을지도 모르겠다고 하거든. 우후. 그래도 안심해. 조운이 위험해지면 구하러 갈게. 응?"

"아니, 나는 됐어. 동백이 위험해지면 구해줬으면 하는데."

"조운은, 괜찮아?"

조운은 멀리서 동백과 작별을 아쉬워하고 있는 마초를 보았다.

"그래. 나는 서로 돌봐줄 상대가 있으니까."

마초는 동백의 어깨에 손을 얹고 몇 번째일지 모를 말을 하고 있었다.

"동백, 잠시 곁을 떠나게 되겠지만, 무슨 일이 생기면 나는———."

"저보다 자기 몸을 신경 써 주세요. 마초하고 조운이 제일 위험하고 중요한 역할을 맡게 될 테니까요. 마초가 실패하면 어차피 저는 끝장이고, 성에서 한 발짝도 나가지 않을 테니 그렇게까지 위험하지 않을 거예요."

"……반드시 이기마."

마초가 동백을 끌어안고 힘차게 말했다. 동백은 답답한 듯이 몸을 틀었지만, 따지지는 않은 채 견디고 있었다.

다들 준비를 갖추자 원술이 애용하는 마차에 올라탔다. 검을 뽑아 들고 명령을 내렸다.

"개문하라!"

"문이 열렸군."

여포의 진은 이미 갖춰져 가고 있었다.

병사들은 준비를 마치고 정렬했고, 기병은 말머리와 창 끄트머리를 나란히 세우고 대기. 적이 대놓고 치고 나올 낌새를 보였기 때문에 행한 대응이며, 이것도 상대방의 책략 중 일부일 것이다. 여포가 보기에도 알 수 있는 사실이자 앞서 진궁이 예언한 내용이기도 했다.

"……이봐, 대장. 왜 벌써 활에 화살 같은 걸 메기고 있는 거야?"

하지만 지금부터는 여포의 독단.

그 자신의 악의로 인한 기습이었다.

문이 열리고 병사들이 성 밖으로 우르르 쏟아져 나왔다. 원술의 지시에 따라 병사들이 각자 대오를 짜고 거대한 진 형태를 갖추어 나갔다. 마지막으로 원술이 탄 마차가 진 후방으로 나아가자 포진이 완료되었다.

원술은 마차 안에서 수염을 쓰다듬으며 만족스러운 듯이 고개를 끄덕이고 있었다.

"흐흥. 봤느냐, 손견. 이 지휘력은 우리 원가의 위세로 인한 것. 네놈의———."

쩌어억!

마차를 덮고 있던 우산이 위에서 날아든 충격으로 인해 찢어졌다.

너무 갑작스러웠기에 대처할 수 있는 사람은 아무도 없었다. 원술이 탄 마차만을 노리고 국지적으로 쏟아져 내린 화살의 비는 마부와 말을 즉사시켰고, 주위에 있던 병사들에게도 피해를 입혔다.

지휘계통의 정점에 기습을 당한 원술군은 일시적으로 혼란에 빠졌다. 그 모습은 멀리 있는 여포군에게도 보였다.

"대단한데! 대장! 진짜로 맞았어!"

"시작하기 전에 운을 확인해본 건데 말이지. 하하, 재미있네. 적도 참 운이 없어."

"대장의 운이 파격적인 거라고. 천하무쌍은 운도 천하제일이야."

"나, 잘못된 건 용납 못 하는 성격이잖아? 올바르지 않은 녀석을 보면 죽여버리고, 평소에 착하게 살아서 사랑받는 거겠지, 하늘에."

"맞아, 맞아. 대장은 그런 구석이 있어."

"그럼 가볼까."

여포가 방천화극을 들어 올렸다. 여포군이 전진하기 시작했다.

◇

요새 안에서 그 보고를 들었을 때, 나도 손견도 경악했다.

"화살이 닿았다고? 그 거리에서?!"

"아니, 보고 있던 저희도 진짜로 영문을 알 수가 없었는데, 닿았습니다. 원술 씨의 마차를 향해 화악~, 올라갔다가 여러 발이 꽂혀서."

"원술은 죽었나?"

"무사한 모양인데, 기절한 채 움직이질 않습니다."

"알았다. 내가 대신 맡지."

손견이 상처를 감싸며 지팡이를 짚고 걸어가기 시작했기에 나도 왠지 따라가 버렸다.

"그, 그 몸으로는 아무리 그래도 힘들지 않을까요?"

"힘들더라도 나서지 않으면 우리는 모두 끝장이야. ⋯⋯딸아, 아버지를 전장으로 데려가 다오."

백호를 타고 있던 손상향도 불안해하는 표정이었다. 당

연하다. 크게 다쳐서 얼굴에 핏기가 가신 아버지가 사지로 나서겠다는 말을 꺼냈으니.

"손견 님, 적어도 누군가 다른 사람에게 대신 맡기시는 것이."

"안 된다. 나 말고 지휘를 맡길 사람은 없어."

"동백이 있어!"

손상향의 외침에 나와 손견은 동시에 그녀를 빤히 바라봐 버렸다.

"동백은 호로관에서 병사를 지휘한 적이 있어. 동백이라면 대신 맡길 수 있어."

"모, 못해요! 그때는 지휘했다고 해야 하나, 적을 도발했을 뿐이라⋯⋯."

손견도 반대했다.

"딸아. 나는 여자나 아이를 전쟁이나 정치에 끌어들이지 않는 게 신조라서———."

"아버님, 이제 와서 폼을 잡는 건 안 통해." "이제 와서 그런 고집은 좀."

나도 모르게 손상향과 똑같은 태클을 걸어버렸다. 손견은 깜짝 놀랐다. 하지만 곧바로 마음을 다잡고 내키지 않는 듯이 중얼거렸다.

"⋯⋯이 상처로는 큰 소리를 내기가 힘들지. 다른 사람을 거느리기에 걸맞은 위엄을 지닌 사람이 나 대신 병사들에게 지시를 내려주면 좋겠군."

"동백. 부탁할게."

나는 30년 정도 인생을 살아본 경험을 통해 알고 있다. 중대한 결단일수록, 고민할 시간이 없다. 고민할 필요도 없이 골라야 할 선택지는 이미 정해져 있다.

"……알겠습니다……, 할게요……."

그리고 보통은 나중에 후회하게 된다.

새로 마련한 마차에 올라탄 나는 전장으로 향했다.

마차에는 얼굴이 새파래진 손견이 있고, 마차 옆에서는 손상향을 태운 호랑이가 나란히 달려가고 있었다.

"궁병의 사정거리에서 아슬아슬하게 벗어난 곳까지 다가가자. 어차피 여포의 화살은 뒤쪽까지 닿을 테니."

"그, 그러게요……."

병사들은 원술이 화살에 맞아서 혼란스러운 상태에 빠졌지만, 우리를 주목했다. 내가 아니라 호랑이 덕분이다. 털이 눈처럼 하얀 호랑이는 주의를 끌 수밖에 없다. 등에 아이가 타고 있다면 더더욱 그렇다.

"이 근처면 되겠지, 멈춰다오."

마차가 멈췄다. 여포군은 이미 진군을 개시했고, 적이 흙먼지를 피우며 다가오고 있었다.

"좋아, 시작할까, 동백 양. 짧고, 단적으로, 강렬하게."

"……알겠습니다."

나는 어쩌로 떠맡게 된 승마용 채찍을 들고 마차 안에서 일어섰다. '동백?'이라는 여자 목소리가 들렸지만, 이 군대 안 어디에 마초가 있는지는 알 수가 없었다.

숨을 크게 들이마시고, 배에 힘을 주어 외쳤다.

"주모옥~!"

병사들이 웅성대는 소리가 잠잠해지고, 조용해졌다. 뒤쪽————, 여포군의 진격도 한층 더 크게 들리게 되었지만, 그건 의식 밖으로 몰아냈다. 떠올려야 하는 것은 초선에게 받았던 약의 맛, 환각 상태의 감각. 그리고 짧고, 단적으로, 강렬하게.

"……원술 님을 대신하여 제가 지휘를 맡겠습니다! 공과 포상을 원하는 자는 저를 따르세요! 목숨이 아까운 자도 저를 따르세요! 저는 이전에 호로관에서 여포를 물리친 자! 오늘로 두 번째, 그리고 마지막이 될 것입니다!"

채찍으로 허공을 때리고, 목소리에 담을 힘을 조정했다. 지금부터는 악을 쓰는 듯한 큰 목소리보다는 일방적으로 위에서 명령을 내리는 거만함.

"제가 당신들에게 명령합니다. 지금 여기서, 천하무쌍을 쓰러뜨리세요."

정적. 그리고 가장 먼저 소리를 낸 것은 역시 조운과 마초가 데리고 온 비웅군이었던 것 같다. 호로관에서 여포를 물리친 기억이 있는 자들은 내 일갈을 제일 먼저 받아들였다. 그 열기는 손견군, 원술군 병사들에게도 전파되어 갔고, 나중에는 군 전체로 퍼졌다.

손견이 지팡이로 내 발을 찔렀다. 비꼬는 듯한 미소를 드리우며 고개를 끄덕이고는 앞쪽을 턱으로 가리켰다.

나는 채찍을 들어 다가오는 여포군에게 휘둘렀다.

"요격!"

전열이 적의 공격을 막아냈다. 성난 목소리와 무기가 맞부딪히는 소리가 흘러넘쳤기에 나는 압력으로 엉덩방아를 찧을 뻔했다. 하지만 여기서 넘어질 수는 없다.

"아슬아슬하게 제때 맞췄군."

손견의 목소리는 매우 약해졌다. 전투의 압력이 부상자의 체력을 빼앗고 있는 게 분명했다.

"지금부터 뒤집어 엎는다. 지시를. 군 중앙, 사(巳)를 물리고 인(寅)과 유(酉)를 전진."

"네, 네! 사군, 후퇴! 인, 유는 전진!"

전령과 호랑이를 탄 손상향이 내 지시를 전달하며 뛰어가기 시작했다.

"사군, 후퇴! 사군, 후퇴! 인, 유는 전진하라! 인, 유는 전진!"

◇

원술군이 다시 일어선 것은 여포군의 시점으로도 분명한 사실이었다.

"대장, 다시 기운을 차렸는데요."

"보면 알아."

여포는 적토마 안장 위에서 전장을 내려다보고 있었다. 멀리 있는 적을 꿰뚫어 본 여포는 활시위를 당기는 힘뿐만이 아니라 시력도 뛰어났다. 어중이떠중이들이 **빽빽하게** 들어찬 전장의 경치에서 여포의 눈은 적의 의도를 간파했다.

"……지휘를 맡고 있는 게 원술이 아닌데. 손견이야. 그럼 죽은 건가? 원술."

"그거 좋은 소식이군."

"그럴 리가 없잖아. 원술보다 그 영감이 더 골치 아파. 부대를 조금씩 내밀었다가 거두었다가, 뭔가 노리는 게 있나?"

"함정이 있다는 뜻이오?"

"함정이라고 해야 하나, 이건———."

그때, 부대와 부대 사이에서 마차 한 대가 보였다.

"———어?"

처음에는 여포도 잘못 본 거라 생각했다. 지휘관이 탄 마차치고는 너무 앞으로 나와 있고, 무엇보다 지휘를 맡은 사람은 손견일 텐데. 이렇게 노련한 지휘를 **어린애가 할 수 있을 리가 없다.**

"어째서 저 꼬맹이가……."

"어? 꼬맹이?"

"영문을 모르겠네 ……, 어? 아니, 진짜루."

"자, 잠깐만, 대장? 지금 나가려고?"

"이런 중요한 상황에서 꼬맹이가 나선다는 건 얕보고 있단 거지. 나는 여봉선이라고. 꼬맹이로 충분하다는 거냐? 한 번 어떻게든 되었다고 까부는 거로군. 아, 그래."

눈을 부릅뜨자 투기에 반응을 보인 적토마가 앞으로 나아갔다. 온존해두고 있던 여포 직속 기병들도 여포와 나란히 나아가는 형태로 그를 따랐다.

잠시 후, 적토마가 질주하기 시작했다.

"대장이 돌진한다! 가자! 얘들아!"

여포는 기병들을 이끌고 적토마를 몰아가며 활을 뽑아들었다. 화살을 메기고, 매의 눈을 가늘게 떴다. 그의 동공에 비친 것은 마차에서 채찍을 들어 올리고 지휘하는 소녀의 모습.

앞서 날린 포물선 궤도를 그리는 원거리 곡사처럼 거추장스러운 짓은 하지 않는다. 스치기만 해도 피를 토하고 죽는———, 그 정도로 강한 경력을 담은 화살 한 발로 확실하게 죽인다.

나이 어린 원수에 대한 살의가 담긴 화살은, 날아가지 않았다.

"⋯⋯쳇."

활을 내리고 고삐를 당겼다. 적토마가 속도를 늦추다가 나중에는 멈췄다.

그 앞길을 가로막은 것은 기병 무리. 선두에는 누런색

말을 탄 마초의 모습이 있었다.

"그런 거구만~. 나를 끌어내기 위해서 일부러 늘어지는 움직임을 보였던 거야. 병사들을 기분 나쁘게 놀리는데."

"여포. 너는 여기서 벤다."

대도를 겨눈 마초에게 여포는 우선 냉소를 보이고는, 곧바로 방천화극을 들어 올렸다.

"내가 알 바냐, 찌꺼기. ……해치워라."

적토마의 속도를 따라잡은 기병들이 일제히 마초에게 덤벼들었다.

"쳐라!"

마초의 호령과 함께 그녀 뒤에 있던 기병들도 일제히 돌격하기 시작했다. 기병들끼리 맞부딪혔고, 마초도 곧바로 기병 두 명을 베어버리고는 피거품을 일으키며 여포에게 달려들었다.

<u>으르르르르르르르르릉!</u>

<u>코오오오오오오오오오!</u>

대도와 방천화극이 연달아 맞부딪히며 불꽃을 튀겼다. 사람의 몸통을 두 동강 내고도 남을 만큼 강한 대도를 바람처럼 쳐내면서도 여포는 여유로운 태도를 보였다.

"늘어진다고, 그거."

적토마와 함께 몸통박치기를 날리는 듯한 난폭한 접근. 말 위에서 중심을 무너뜨리며, 짧게 잡은 방천화극이 마초의 목을 쳐내는 궤도를 그렸다.

"――……어이쿠!"

여포는 몸을 비틀어 반격으로 날아든 대도를 피했다. 주인의 무게중심 이동에 맞춰 적토마가 자연스럽게 거리를 벌리고 있었다.

여포의 공격에 마초가 반격한 것은 뜻밖이었다. 옆에서 튀어나온 창이 방천화극의 궤도를 흘렸기 때문에 반격할 틈을 내줘버렸다.

어느새 창을 든 기병이 마초 곁으로 다가와 있었다.

"어라아~? 어떤 망할 놈인가 싶었더니 조운이잖아! 근처에 있던 졸개하고 구분을 못 했네! 미안해!"

조운은 창에 흘러든 여포의 경을 떨쳐내려는 듯이 창을 휘둘렀다.

"딱히 상관없어. 이 싸움의 주역은 내가 아니니까."

"하하, 그 기특한 태도는 뭔데. 코딱지 같은 내공으로 으스대는 조운 군의 모습을 보고 싶었는데 말이지. 지금 너, 너무 안타까워."

"나도 안타까워. 코딱지에 구멍이 뚫리는 천하무쌍을 보고 싶었으니까."

소리를 울린 방천화극을 조운이 필사적으로 막았다. 그 모습을 본 여포는 크게 웃으며 다시 공격을 가했고, 마초가 옆에서 대도를 휘둘렀다. 말 위에서 몸을 내밀며 터무니없는 각도에서 참격을 가했지만 그 모든 공격이 막혔다.

"됐다고. 네 그 공격도 이제 재미없고, 질렸으니까."

여포는 따분하다는 듯이 계속 수갑으로 대도의 측면을 치며 참격의 궤도를 흘려냈다. 대도는 덧없이 빗나가 여포에게도, 적토마에게도 맞지 않았다. 쉽사리 대도를 버텨내는 여포에 비해, 조운은 일격, 또 일격을 필사적으로 받아넘겨야만 했다. 그 모습에는 여유가 없었고, 결국 코피까지 쏟아졌다.

"하하, 하하하하하, 너무 재미있잖아, 너. 한심하긴! 으랴! 으랴! 다음은 뭘 보여줄 거냐고, 그러다 죽는다?!"

여포에게 있어서 이보다 유쾌한 일은 없었다. 마초와 조운, 양쪽 다 방어가 특기인 무인이다. 수비에 비하면 공격은 매우 조잡했고, 여포에게는 도저히 위협이 되지 못한다. 자신에게 위험하지 않고 두들겨 패줄 보람이 있는 장난감. 그것이 두 개나 있다.

웃기는 건 마초가 공격, 조운이 방어를 맡고 있다는 점이다. 재능이 빈약하고 공격을 받아낼 때마다 체력을 잃게 되는 조운은 수비를 단짝에게 맡기고 공격에 전념해야만 했다. 역할이 반대였다면 그나마 승산이 있었을지도 모르는데———.

"———하하, 하?"

위화감.

이 녀석들은 정말로 모르는 건가? 조운을 버리는 패로 쓸 생각이 아닌 한, 지금 두 사람의 역할은 어리석은 방식이나. 눈앞에 있는 두 졸개들은 그 사실을 눈치채지 못한 건가? 아니면 연기인가? 다른 사람을 내려다보는 거만함과 거기에 따라붙는 교활함. 그것들이 여포에게 위험하다고 외치고 있었다.

이 적은 책략을 숨기고 있다.

조운에게 내리친 방천화극을 마초가 끼어들어 막았다. 대도가 방천화극의 칼날에 담긴 경력을 휘감고, 말의 몸을 통해 지면으로 흘렸다. 여포가 진절머리나게 봐 왔던 마초의 기술.

이 녀석, 또——, 그렇게 생각한 여포의 관자놀이에 푸른 핏줄이 드러난 순간, 조운이 덤벼들었다. 갑작스럽게 공수가 바뀌어 날아온 기습인 찌르기. 여포의 허를 찌를 정도로 완벽한 역습.

여포는 그것을 맨손으로 잡아냈다.

"미안, 너무 느려터져서 나도 모르게 잡아버렸네. 바보 같은 힘만이 장기라고 생각했어? 전부야, 전부. 나는 전부 너희들보다 뛰어나다고. 하하, 왜 그래? 좀 더 해보라고, 쓸데없는 노력——."

——마초는 뭐 하고 있지? 그렇게 생각한 여포의 눈과 청경이 그쪽으로 쏠렸다. 마초는 어느새 말을 후퇴시켜 조운 뒤쪽으로 돌아가, 그곳에서 대도를 들어 올리고 있었다. 마치 조운을 뒤에서 해치려는 듯이.

이해가 되지 않는 광경을 보고 여포의 사고에 공백이 생겼다. 대도가 휘둘러졌다. 목표는 조운의 창대 밑. 대도의 칼등과 창대가 부딪혀서 불꽃이 튀었다. 끝을 쇠망치로 때린 것과도 같이, 대도에서 창으로, 마초와 말이 만들어낸 경력이 담겼다.

"고맙다, 잡아줘서."

조운이 시원스러운 목소리로 말했다. 비굴함을 띠고 있던 얼굴에 지금 드리운 것은 복수자의 미소. 그 손 안에서는 마초에게서 이어진 경력이 나선으로 비틀리며 창 끄트머리를 조용히 떨게 만들고 있었다.

그리고 여포는 아직 잡고 있던 창을 놓지 않았다.

여포의 얼굴에서 미소가 사라졌다———, 공수 교대는 미끼였나.

회전.

청경으로 살벌함을 느낀 여포는 재빨리 잡고 있던 창을 놓고 수갑으로 쳤다. 하지만 마초의 맹공조차 쳐냈던 수갑은 창 끄트머리에 닿자마자 불꽃을 튀기며 오히려 튕겨 나갔다. 찌르기 방향을 약간 움직이긴 했지만, 완전히 쳐낼 수는 없었다.

창 끄트머리가 처음으로 여포의 갑옷에 닿았다.

"……어?"

그 순간의 광경은 지상의 그 누구도 지금까지 본 적이 없던 경치.

천하무쌍의 옆구리에, 창 끄트머리 크기의 구멍이 뚫렸다.

◇

자축인묘진사오미신유술해.

나는 십이지에서 따온 이름으로 나뉜 군대를 손견의 지시에 따라 움직이고 있다. 무슨 의미인지는 잘 모른다. 프로 기사의 기보를 보고도 이해할 수 없는 한 수가 있듯이 손견의 지시에는 알 수 없는 수가 있었고, 그것이 나중에 효과를 발휘하기도 했다.

아무튼, 나는 이의를 제기하지 않고 손견의 아바타 역할에 전념하고 있었다.

와아, 전방에서 환호성이 일어났다. 무슨 일이 생긴 모양이다. 마초와 조운이 싸우고 있던 부근이었기에 나는 그쪽이 신경 쓰여서 견딜 수가 없었다.

"오오오오! 동백, 각오!"

히익, 몸이 움츠러들었다. 성난 목소리와 함께 돌진해 온 사람은 아무래도 나를 알고 있는 것 같았다. 아마 여포의 부하일 것이다. 손견이 곡도를 뽑아 들었지만, 그보다 먼저 방울 소리가 울렸다.

딸랑.

보라색 목도리를 나부끼며 달려온 감녕은 마차를 박차고 뛰어올라 곧바로 기병의 정면으로 뛰어들었다. 단말마 같은 비명과 함께 병사가 핏덩이가 되어 떨어졌고, 말 안장 위에는 튄 피를 뒤집어쓴 감녕이 남았다.

"동백. 여기는 위험해, 물러나."

"아, 알겠어요. 그럼 조금……."

"조금이 아니야. 성문 근처까지. 빨간 번득이가 위험해."

"빨간……, 번득이? 반짝이가 아니고요?"

"새빨갛고, 폭풍 같아. 예쁘긴 하지만, 다가가면 안 돼."

평소와는 무언가가 다르다. 원래 이상한 사람이었지만 무슨 말을 하는 건지 더더욱 알 수가 없다. 망설이고 있자니 손견이 지팡이로 마차 바닥을 두드렸다.

"따르는 게 나을지도 모르겠군. 이렇게 신들린 병사가 하는 말은 의외로 대충 넘길 수가 없어."

"어……."

의심하는 눈초리로 감녕을 보자 그는 단정한 얼굴을 일그러뜨리며 갑자기 소리쳤다.

"……얼른 가!"

"네, 네!"

나는 마부에게 지시를 내려 후퇴하기 시작했다. 전선이 조금씩 밀리고 있으니 올바른 판단이긴 할 것이다. 단, 그동안 감녕이 앞쪽을 노려보고 있던 게 신경 쓰였다.

감녕의 시선은 좀 전에 환호성이 울려 퍼진 쪽으로 향해 있었다.

그곳에는 마초, 조운, 그리고 여포가 있을 텐데.

"여포가 부상을 입었다!"

"여포가 상처를 입었다! 깊다고!"

"모두에게……, 적에게도 알려줘라! 여포 부상! 여포 부상!"

목소리가 멀다. 그리고 천천히 들린다.

옆구리에서 흐르는 피, 그리고 새어 나오는 기와 탈력감. 여포는 그것이 스친 상처가 아니라는 사실을 깨달았다. 지금 당장 전투를 멈추고 치료하지 않으면 목숨이 위험할 중상이다.

여포는 자신의 피를 의아하다는 듯이 계속 바라보고 있었다. 피도, 상처도, 자신의 몸과 연관 지어서 생각할 수가 없다. 그 어떤 것도 적이 짊어져야만 했던 것일 텐데.

"———윽!"

정신을 잃을 뻔할 정도로 심한 통증이 느껴지자 여포는 그제야 꿈만 같은 상황에서 깨어났다.

지금까지 자신이 해쳐온 자들의 고통, 비명, 발버둥, 다양한 모습들이 머릿속을 스쳤다. 그리고 발치에서 기어 올라오는 견디기 힘든 공포의 질감.

죽음의 예감.

마초와 조운이 다가오고 있다는 사실을 눈치챈 여포는 재빨리 고개를 들었다.

두 사람은 신중하게 무기를 겨누고 말을 몰며 간격을 좁혀오고 있었다.

"여기까지구나, 여포. 그 상처로는 싸울 수가 없겠지."

마초가 말했다. 여태껏 여자의 말 때문에 여포의 얼굴이 이렇게까지 굳어진 적은 없었다.

"……나, 나를……, 나를 어떻게 할 건데."

"죽인다."

목소리가 멀리, 천천히 들리게 되었다. 현실감이 멀어지고, 여포의 고개가 축 늘어졌다.

"여기서 네놈과 엮인 모든 화근을 끊겠다."

느슨한 시간 속에서 여포의 주위에는 아무도 없었다. 있는 것은 죽음을 들이대는 적과 자신 안에 자리 잡은 공포뿐. 다른 사람들을 괴롭히고 죽음으로 몰아넣어 온 실감이 형태를 바꾸어 숙주에게 이빨을 드러냈다.

"포기해라, 여포."

싫다.

싫다, 싫다, 싫다, 싫다, 싫다, 싫다, 싫다.

고개를 숙이고 있던 여포가 고개를 들었다. 적과 아군의 구별 없이, 그 얼굴을 본 모두가 깜짝 놀랐다.

여포의 두 눈에서 큼직한 눈물이 뚝뚝 떨어지고 있었다. 그 표정은 완전히 일그러졌다.

"죽고 싶지 않아……."

석보마글 다고 니이간다. 말 위에 있는 여포에게 자세

같은 건 전혀 없었고, 한 손으로 든 방천화극은 힘없이 땅바닥에 늘어뜨리고 있었다. 청경이 뛰어난 조운뿐만이 아니라 마초도 이상한 느낌이 들어 손대는 것을 망설였다.

반응을 보인 것은 궁병들. 멀리서 공격할 수 있는 그들은 차례차례 화살을 메긴 다음 날렸다. 하지만 뛰어가기 시작한 적토마에게 화살은 닿지 않았다. 애초에 말 안장 위에는 여포의 모습이 없었다.

"왜 그런 짓을 하는 거냐고오오오오오오!"

여포의 몸이 말 위에서 옆으로 누웠다. 거의 발끝만으로 안장 위에 버티고 있는 듯한 형태임에도 불구하고 두 손을 힘껏 뻗고 있다. 방천화극은 궁병의 간격까지 닿아서 그 안에 있던 자들을 경갑과 함께 베어버렸다.

승마술이 뛰어난 마초도 그런 재주를 본 적은 없었다. 사람과 말, 양쪽 모두가 이치에서 벗어난 강인함을 지니고 있어야 비로소 가능한 것, 이제는 기술이라고도 할 수 없는 무언가다.

거의 말에서 떨어진 거나 마찬가지인 자세에서 여포는 쉽사리 원래대로 돌아왔고, 그러면서도 비통함과 눈물로 얼굴을 일그러뜨리며 방천화극을 이리저리 휘두른 뒤 땅바닥에 내리쳤다. 적토마를 타고 뛰어다니며 이루어진 그것은 이제는 무차별적인 죽음의 폭풍이라고밖에 표현할 말이 없었다. 실제로 희생자에는 적과 아군의 구별이 없다.

"왜 나만 이렇게 지독한 꼴을, 나는 나쁜 짓을 한 적도 없는데, 왜냐고, 까불지 마, 싫어, 나도 아직 죽고 싶지 않아, 죽고 싶지 않아, 죽고 싶지 않다고, 제기랄."

적토마와 여포가 내달리자 그곳에 곧바로 무참한 시체가 생겨났다. 사지 멀쩡하게 죽은 사람은 아무도 없었다. 흙먼지에 뒤섞인 피와 살, 뼈의 비가 내렸다. 여포의 기에 영향을 받은 건지 적토마까지 미쳐 날뛰며 사람을 물고 내던질 정도로 흉포함을 발휘하고 있었다.

"대장! 진정해! 아군까지———."

시체로 산을 쌓아놓은 방천화극이 딱 멈췄다. 적토마도 멈춰 섰고, 여포가 그 말갈기에 얼굴을 파묻었다. 어깨를 떨고 있었다.

"왜……, 왜냐고……, 왜……."

청경이 뛰어난 조운이 이렇게까지 판단을 곤란해한 적은 없었다. 지금 여포의 흉악한 기운은 가라앉아 잔잔해진 것처럼 보인다. 하지만 지금, 여기서 손을 대도 되는 걸까.

그 상황도 곧바로 바뀌었다. 말갈기와 손의 틈새 너머로 여포가 이쪽을 향해 핏줄이 선 눈을 보였다. 방금 그 잔잔함은 폭풍 직전의 고요함에 불과하다———, 조운은 기분 나쁜 예감에 긴장했다.

"……너 때문이잖아."

여포의 기척이 이질적으로 변모했다. 지금까지 여포는 압도적인 폭력을 지닌 폭풍 같았다. 장난치듯 사람을 해치거나 가지고 노는 것도, 그 강한 힘이 사람의 몸에 깃들었기 때문에 생긴 습관이나 마찬가지. 조운은 그렇게 느끼고 있었다.

하지만 지금의 여포는 다르다. 이쪽에 대해 순수한 적의를 품고 있다. 그것은 사람뿐만이 아니라 온갖 짐승부터 벌레에 이르기까지 모두가 가지고 있는 근원적인 것.

———자신을 위협하는 적에 적응하고, 제거하라.

"용서 못 해."

여포가 방천화극을 들어 올렸다. 조운과 마초, 그리고 여포 사이의 간격은 멀었고, 화살을 쏘더라도 숙련된 기술이 없다면 맞출 수 없을 거리였다. 하지만 방금 여포가 엄청난 재주를 보였기에 두 사람은 방심하지 않고 대비할 수 있었다. 그리고 그것이 두 사람의 목숨을 구했다.

여포는 방천화극을 내던졌다.

마치 공성 병기와도 같은 기세. 실제로 낡은 성문 정도라면 빗장까지 함께 뚫었을 것이다. 두 사람의 발치에 격돌한 극 끄트머리는 땅바닥에 박히기도 전에 터져나갔다.

꽝음과 흙먼지. 겁을 먹은 말을 온 힘을 다해 달래며 그곳에서 물러났다. 시야가 닿지 않는 곳에서 저 괴물과 맞서 싸우는 건 불가능하다.

흙먼지에서 튀어나온 두 사람 옆을 여포와 적토마가 나란히 달리고 있었다. 이미 활을 겨누고 화살을 여러 개 메긴 상태였다. 재빨리 방어 자세를 취한 두 사람을 화살 바람이 가로로 덮쳤다.

"끄윽……!"

더 가까운 곳에 있던 마초가 더 많은 화살을 맞았다. 화살의 상처는 깊지 않았다. 하지만 말은 그러지 못했다. 비통한 울음소리와 함께 말이 다리를 꺾으며 쓰러졌다. 안장 위에서 내동댕이쳐진 마초는 낙법을 썼지만, 그 앞에 있는 것은 마인이 된 천하무쌍이었다.

말에서 몸을 내민 여포의 손이 무시무시한 호랑이 발톱 형태를 띠며 떠 올리듯 마초의 얼굴을 덮쳤다.

"엎드려!"

순순히 조운의 말을 따른 마초의 머리 위를 조운의 창이 지나쳤다. 창 끄트머리에 깃든 경력은 나선으로 뒤틀려 있었고, 그것이 여포의 손바닥을 파괴했다. 그리고 거대한 괴수에게 짓밟힌 듯 창이 끄트머리부터 부서지기 시작했다.

"젠장!"

터져나간 창대 때문에 손바닥을 다치면서도, 조운은 마초에게 손을 내밀었다. 눈앞에서 손을 내밀고 있음에도 마초는 뭔가를 찾는 듯이 손을 갈팡질팡했다.

"타라고! 아, 정말, 어서!"

답답해진 조운은 마초의 손을 잡고 안장 위로 끌어올렸다. 같은 안장에 앉아 여자와 밀착하게 되자 조운의 병이 도졌다. 소름이 돋고, 구역질이 나왔다. 기절해서 말에서 떨어지더라도 이상할 게 없을 정도로 가까운 거리에 여자가 있나.

"여, 역시 내려……, 아니! 내가 내릴게!"

안장을 양보하려던 조운의 옷소매를 마초가 붙잡고 말렸다. 붙잡기만 하고 아무런 말도 하지 않았다.

"뭐? 뭐야, 대체 뭔데. 잠깐, 설명이라도 해줄래?"

천둥 번개 같은 여포의 기척은 다가오지 않았다. 자신이 던진 방천화극을 가지러 간 모양이었다. 회수하는 대로 곧바로 돌아와 덮쳐들 것이다. 조운은 다른 쪽으로 의식을 돌리기 위해 빠른 말투로 정보를 공유하려 했다.

"창이 부서졌어. 검이라면 있긴 한데, 저 녀석 품속으로 파고드는 건 진짜 불가능해. 어떻게 할까? 역시 말은 너한테 양보하는 게 나을 것 같은데. 저기, 듣고 있어?"

"……안 보인다."

"어?"

"말이 화살에 맞고, 지상으로 내동댕이쳐지고……, 그 녀석의 손이 다가오는 걸 느끼고 나서부터. 시야가 계속 회색이야. 눈이, 안 보이게 되었다."

절망감이 조운의 필사적인 허세를 날려버렸다. 전투 중에 그런 증상이 생길 수 있다는 사실을 조운도 알고 있다. 경으로 공격당한 것에 의한 감각의 상실과 신경의 착란. 그것은 일시적인 증상으로 그칠 수도 있고, 평생 후유증으로 남을 수도 있다고 한다.

천하무쌍의 경력을 쥐고 치기만 해도 여포의 주먹은 받아내서는 안 되는 마권이 된다. 그 권풍은 무방비한 자들을 모조리 중독시키는 마풍이었다.

"⋯⋯진짜로?"

여포가 방천화극을 다시 들었다. 그것만으로도 터무니
없는 압력이 조운의 청경을 치지직, 그을렸다. 배에 입은
상처가 치유된 것도 아닐 텐데, 방심하지 않게 된 것만으
로도 이렇게까지 바뀌는 건가?

내 힘으로는 저 남자를 죽일 수 없다———. 조운은 그
사실을 확신했다. 이 전장에서 저걸 죽일 수 있는 가능성
을 지닌 건 마초뿐. 일촉즉살의 방천화극을 피해 마초가
온 힘을 다하더라도 닿을지 의심스러운 상황. 그 마초가
빛을 잃은 지금, 쓸 수 있는 수단은 한정적이다.

"아⋯⋯, 정말⋯⋯, 젠장, 최악이네⋯⋯, 진짜 싫은데!"

"어? 아? 무슨."

조운의 손이 마초의 손에 겹쳐졌다. 뒤에서 마초를 끌어
안는 형태라 다른 사람이 보기에는 연인들처럼 보일 것
이다.

"너, 너, 너어! 너, 이런 상황에서 무슨 짓을 하는 거냐?!"

"부탁이니까 움직이지 말라고! 기분 나빠!"

"기, 기분⋯⋯! 네놈, 할 말이 따로 있지———."

"내가 눈이 될 테니까."

마초가 깜짝 놀라며 돌아보았다. 눈이 보이지도 않는데
도 표정을 확인하려 하는 몸짓이 우스워서 조운은 약간이
나마 여유를 되찾았다. 거의 자포자기한 태도나 마찬가지

였지만.

"내가 무기를 이끌어주고, 네가 발경을 쓰는 거야. 좀 전에 녀석에게 부상을 입혔을 때하고 똑같은 방식으로."

"뭐가 똑같아! 좀 전에 그 공격도 얻어걸린 거나 마찬가지였는데!"

"시간이 없어."

조운은 거의 억지로 마초의 손을 잡고 자세를 취하게 만들었다. 이미 적토마가 이쪽으로 돌아선 채 질주할 태세였다.

"마초, 나는 너를 싫어하지만 말이야."

"곧 죽을 상황에 험담이냐! 무인이라면 무인답게——."

"나보다 재능이 있는 녀석들은 모두 싫거든. 나는 네가 정말로 마음에 안 들어. 진짜로 열받아. 나보다 강하고, 여자고, 나한테 쌀쌀맞고."

"…………."

"나는 네 오빠를 몰라. 하지만 네 힘이 진짜배기라는 건 알아. 동백도 그럴 거야. 내가 할 수 있는 말은 그 정도밖에 없어……. 그럼, 맡길 테니까."

적토마가 다가온다. 지금 여포의 간격은 상상보다 훨씬 넓다. 한 손으로 방천화극을 휘두르며, 원래는 닿지 않을 거리에서 공격을 가하러 나섰다. 경력의 폭풍이 조운의 청경을 헤집었다. 그런 와중에도 조운은 필사적으로 정보를 주워 모아 적의 공격을 예측했다.

마초의 팔을 움직였다. 마초는 순순히 따르며 대도를 들어 올렸고, 무기와 무기가 맞닿은 순간———.

으르르르르르르르르릉!

———발경. 방천화극이 튕겨 나갔다. 발경 사이의 호흡을 통해 마초가 외쳤다.

"써먹기 편할 때만!"

으르르르르르르르릉!

조운이 유도하는 곳으로 빨려 들어가듯 방천화극이 날아들었고, 마초가 받아쳤다.

"동백의 이름을 꺼내지 마라!"

으르르르르르르르르릉!

역시 진짜 천재잖아, 이 녀석. 조운은 그렇게 생각했다. 조운이 아무런 신호도 보내지 않는데도 마초는 적절한 발경으로 방천화극을 받아치고 있다. 말을 이용한 화경으로 반쯤 흘려보내며 간격을 유지하는 묘기다. 조운의 창은 잔재주를 부릴 틈도 없이 닿자마자 부서졌는데.

조운의 간파와 마초의 화경. 두 사람의 기술이 천하무쌍의 폭력을 다가오지 못하게 하고 있었다.

"그리고 동백에게 달라붙지 마라! 천진난만한 동백이 더러워진다! ……방금 혀를 찬 거냐?!"

"마초, 우리도 공격하자."

그렇게 속삭인 순간, 마초의 몸에 긴장이 퍼진 것이 느껴졌다.

이 거리라면, 조운은 마초의 상태를 몸과 마음, 양쪽 다 확실히 느낄 수 있다. 그리고 그런 마초의 몸을 거쳐서 조운은 여포의 호흡까지 훔쳐내고 있었다. 조운이 혼자였다면 그 정보를 하나 손에 넣는 것만으로도 박살이 났을 것이다.

"찌를 수 있어. 아주 약간의 빈틈이긴 하지만."

지금 여포의 상태는 반각성. 이성이 있다고 하긴 힘들다. 아니, 이성과 함께 힘의 제어를 내팽개쳤기 때문에 초인인 것이다. 공격은 일반적인 무예에서 크게 벗어났지만, 그렇기 때문에 단조롭기도 하다. 조운은 그 힘의 화신 같은 남자의 호흡과 박자를 계속 읽어내고 있었다.

"내가 신호를 보내면 여포를 쳐."

"……알겠다."

쉬운 대답은 아니었을 것이다. 지금 마초는 방어할 때마다 배에 힘을 주고 필사적으로 외치고 있는 거나 마찬가지다. 언제 목이 쉬더라도 이상할 게 없고, 그렇게 되면 마지막에는 두 사람과 말 한 마리가 통째로 꼬챙이에 꿰이게 된다.

하지만 조운은 이미 목숨을 맡기고 있었다. 축복받은 재능이 얄밉고 껄끄러운 이 여자에게.

조운이 예측한 박자대로 여포가 방천화극을 내리쳤다.

"이게 마지막! 튕겨내면 빈틈이 생겨!"

힘을 쥐어 짜낸 마초가 대도로 맞받아치자───, 방천

화극이 공중에서 약간 궤도를 바꾸었다.

"뭐━━━?!"

방천화극의 복잡한 칼날이 대도에 얽혀 붙들고 있었다. 여포는 곧바로 위에서 찍어누르듯 압력을 가했다. 말이 비통한 울음소리를 내기 시작했다.

당했다━━━, 조운은 어금니로 후회를 곱씹었다. 마초의 화경은 말을 이용해 적의 공격을 흘리는 기술이다. 계속 쓰다 보면 사람뿐만이 아니라 말에게도 피로가 축적된다. 여포는 맞서 싸우던 동안 그 사실을 예측하고는 지금이라면 힘으로 밀어붙일 수 있을 거라 생각한 것이다.

이성이 애매한 상태에서 이런 판단력. 천하무쌍은 밑바닥이 전혀━━━.

"멋대로 포기하지 마라!"

"아야앗?!"

조운의 콧등에 마초의 뒤통수가 부딪혔다. 여포의 힘에 저항하면서 재주도 좋게 일격을 가한 것이다.

"네가 나한테 이렇게까지 시켰잖나! 마지막까지 힘을 쥐어 짜내라! 나약한 놈!"

대도가 기분 나쁜 소리를 냈다. 말뿐만이 아니라 마초의 무구까지 한계를 맞이하고 있었다.

하지만, 나는 아직 멀었다.

오른손으로 마초의 대도를 받치며 왼손으로 허리에 차고 있던 섬을 뽑아 들었다.

그와 동시에, 마초의 대도가 이상한 소리를 내며 중간 부분부터 부러졌다. 그 순간 청경으로 마초와 이어져 있던 조운은 자신의 몸이 두 동강 난 듯한 착각에 휩싸였다. 두 의지가 한데 겹쳐 각자의 몸이 동시에 움직였다. 지금까지 혼자 싸워온 조운에게는 완전히 미지의 감각.

마초가 대도를 버렸다.

조운의 왼손이 검을 붙잡은 채 앞으로.

마초의 오른손이 적토마의 재갈을 붙잡았다.

적토마가 울음소리를 내며 몸을 숙이고, 여포의 몸이 검의 간격 안으로.

"닿는다!"

그 말을 둘 중 누가 외쳤는지, 조운은 나중에 생각해봐도 기억하지 못했다. 정신을 차리고 보니 마초와 조운의 손이 겹쳐진 채 검 끄트머리가 여포의 몸통에 박혀 있었다.

검을 쐐기 삼아 두 명 분량의 경력이 밀려 들어갔다. 여포의 갑옷이 터지고, 새로운 피가 솟구쳤다.

"⋯⋯커헉! 아, 아아?!"

여포는 피를 흘리며 괴로워했다. 그런 주인을 태운 적토마가 흥분했다. 적토마는 흥분을 이기지 못하고 뛰어다니다가 두 사람으로부터 거리를 벌렸다.

"이봐, 방금⋯⋯, 말한테 한 그거, 어떻게 한 거야?"

"강족에게 배운 기술인데, 말을 한순간만 얌전히 만드는 거다⋯⋯, 실전에서 성공한 건 처음이군."

"눈이 안 보이는 상황에서?"

"나도 놀랍다."

두 사람이 탄 말은 이미 배를 땅바닥에 대고 있었기에 조운은 마초를 부축하며 지면에 섰다.

사납게 날뛰고 있던 적토마가 점점 차분해지고 여포 또한 눈동자에 제정신이 돌아와 있었다. 그는 피투성이가 된 몸을 내려다보고는 숨이 끊어져 가는 목소리로 말했다.

"……뭐야, 이거. 어떻게 된 거냐고."

"상처가 벌어진 채로 마구 날뛰었으니 그렇지. 기맥이 흐트러져서 이제 회복되지 못할 수준까지 갔어. 목숨을 건지더라도 무인으로서는 재기불능. 이번에야말로 끝장이야, 당신."

"뭐? 까불지 마……, 내가, 너희들 따위에게……."

여포가 커헉, 큼직한 핏덩이를 토했다. 믿기지 않는 것을 보는 눈으로 그것을 내려다보던 그는 잠시 후에 방천화극을 다시 겨누었다.

"인정할 리가 없잖아……, 주제를 파악해야지……, 안 그러냐!"

여포는 피투성이가 된 손으로 몇 번이나 고삐를 당겼다. 그럼에도 불구하고 적토마는 움직이지 않았다. 잠시 후, 애절한 울음소리를 내고는 적토마가 말머리를 돌려 걷기 시작했다. 조운과 마초가 있는 곳과는 반대쪽 방향으로.

"야……, 야! 뭐 하는 거야! 적토! 적은 저쪽에 있잖아!

야……, 쿨럭! 어째서, 너까지……, 쿨럭, 쿨럭…….”

처음에는 걸어가던 적토마는 잠시 후 경쾌하게 뛰고 있었다. 전속력은 아니고 주인의 몸에 부담을 주지 않을 정도의 속도로.

여전히 시력이 돌아오지 않은 마초가 손을 더듬어 조운의 어깨를 붙잡고 물었다.

“어떻게 되었지?”

“적토마가 여포를 데리고 도망쳤어.”

“주인을 잘 챙기는 말이군. 주인이 저 녀석만 아니었더라도 제대로 된 것을 위해 활약할 수 있었을 텐데.”

두 사람은 쫓아가지 않았다. 여포의 무인으로서의 명맥을 끊었다는 손맛이 느껴졌기 때문이다. 무의 세계에서 물러나 얌전히 요양하더라도 남은 목숨은 길지 않을 것이다. 그리고 그게 아니더라도 조운과 마초는 둘 다 힘을 모조리 써버렸다. 마초의 시력은 여전히 돌아오지 않았고, 말도 쓰러져 버렸다.

두 사람뿐만이 아니라 누구도———, 그의 아군조차 여포를 쫓아가지 않았다. 미쳐 날뛰던 폭풍이 갑자기 사라지자 전장에서는 쉽게 찾아볼 수 없는, 뻥 뚫린 공백 같은 시간이 생겨났다. 좀 전까지 사투를 벌였던 것이 거짓말처럼 느껴질 정도로 조용했다.

그 조용함 속에 시끄러운 마차 바퀴 소리가 끼어들었다. 덜컹덜컹 달려온 마차에는 인술의 모습이 있었다.

원술은 계속 달리는 마차 안에서 일어선 채 두 손을 들고 외쳤다.

"다들! 전투를 멈추거라! 나의 이름은 원술! 여남 원가의 원공로이니라! 제군들 중에는 우리 가신이었던 자들도 많겠지! 무기를 버리고 항복한다면 짐———, 어흠, 내가 관대한 마음으로 받아들여 주마! 이 권고는 여포를 따르던 자들에게도 효력이 있다! 알겠나! 여포군 병사들이라 하더라도 항복을 받아주마!"

그 목소리가 스며들어 퍼진 뒤, 누군가가 제일 먼저 무기를 버렸다. 잠시 후, 차례차례 무기를 버리는 소리가 이곳저곳에서 울려 전장 전체로 퍼져나갔다.

기병들 중에는 무기를 버리지 않고 말을 타고 도망치는 자들도 있었지만, 힘으로 저항하려는 사람은 없었다. 손견의 예측대로 그들을 잡아두고 있었던 것은 역시 여포였던 것이다.

"어라?"

조운의 무릎에서 힘이 빠졌고, 몸이 털썩 무너져내렸다. 그가 부축해주고 있던 마초도 함께 땅바닥에 쓰러졌다.

"아, 미안."

"……정말."

"시력은 아직 안 돌아왔어?"

"그래."

조운은 여자의 눈을 볼 수가 없다. 하지만 지금처럼 시력을 잃은 마초의 눈이라면 볼 수 있을지도 모르겠다는 생각이 들었다. 상대방이 알지 못한다면, 마주 볼 수 있을지도 모른다.

하지만 그건 뭔가 아닌 것 같다는 생각도 들었다.

"끝났구나."

"그래."

앞을 볼 수 없다 해도, 지금 마초의 눈에 무엇이 비치고 있을지는 알 수 있다. 그가 보는 것과 마찬가지로 싸움이 끝난 뒤의 푸른 하늘이다.

"응."

마초가 지금 뭘 하고 있고, 뭘 원하는지, 안 봐도 알 수 있었다.

"그래."

마초가 내민 주먹에 조운도 주먹을 살짝 부딪혔다.

두 주먹 사이에서 피가 주르륵, 실처럼 늘어졌다.

15장 동백 쨩, 치하하다.

"시, 시력이요?! 이럴 수가! 다치셨나요?!"

요새에서 다시 만난 조운, 마초에게 충격적인 보고를 들은 나는 당황했다. 마초는 이런 상황인데도 침착한 상태로 조운에게 부축을 받고 있었다. 조운이 손을 저었다.

"가끔 있는 일이야. 이명이나 실신 같은 거지. 내버려 두면 나아."

"가끔 실명할 수도 있나요……?"

둘 다 매우 침착한 걸 보니 원래 그런 건가 하는 생각도 든다. 분명히 그렇지 않을 것 같다는 생각도 든다.

"여포의 수급을 가져오지 못해서 미안해. 우리 힘이 부족했어."

"눈이 보이지 않게 될 때까지 싸운 사람을 책망할 수 있는 사람은 없을 거예요. ……여포는 재기불능 상태라고 봐도 되는 거죠?"

"천하무쌍이라 해도 그렇게 깊은 상처를 입었으니 예전 같은 힘은 휘두르지 못할 거야. 무인으로서는 끝장이지."

"두 분의 공이네요. 장안으로 돌아가면 상을 드릴게요. 천하무쌍을 해치운 상으로 어울릴 만한 걸 생각해 두세요."

"동백의 상……?! 그, 그거라면 지금이라도 당장……."

왠지 기분 나쁜 예감이 들었기에 마초를 의사에게 맡기

고 나는 조운과 함께 요새를 뛰어다녔다.

뭐가 어찌 됐든 전후 처리를 해야 한다. 이번 싸움에는 비웅군도 참가했기에 거의 당사자나 마찬가지다.

부상자의 치료, 시체 처리, 포로의 정리, 여포군 병량 접수, 병량고에 아직 틀어박혀 있는 진궁……, 할 일은 얼마든지 있다. ──그러고 보니 고순은 어떻게 하지? 여포에 대해 가르쳐주는 게 나으려나.

일 중 대부분은 우울하기 짝이 없는 것들이었지만, 병사들은 의욕이 넘쳤다. 여포군에게서 빼앗은 병량이 예상보다 많았고, 술도 잔뜩 있다는 사실을 모두가 알고 있기 때문이다. 밤이 되면 승리를 축하하는 연회가 개최될 것이 분명했기에 그 사실이 병사들의 사기를 높여주고 있었다.

"왠지 신경 쓰인단 말이지."

조운이 그렇게 중얼거린 이유는 어디에 가든지 지나칠 정도로 칭찬을 받기 때문이었다. 여포와 사투를 벌이는 모습을 그때 전장에 있던 병사들이 주목하고 있었기에 많은 사람들이 조운의 활약에 대해 알고 있었다. 미처 보지 못한 사람들 사이에서도 조운의 소문이 퍼졌다.

"다른 사람들이 나를 보면서 속닥거리면 아, 또 내 험담이네, 하는 생각이 들어서."

"그건 다른 병 아닐까요."

타다닥……, 희미한 발소리를 내며 백호가 병사들 사이를 뚫고 다가왔다. 등에는 이제 익숙해진 손상향.

"동백! 아버님이 불러. 가자."

내가 손상향을 따라간 곳은 병량고 앞. 진궁이 틀어박혀 있는 창고다.

지금도 병사들에게 포위되어 있고, 그 안에는 손견과 원술, 그리고 왠지 모르겠지만 홍선도 있었다.

원술은 나를 목이 빠지게 기다리고 있었는지 나를 보자마자 '늦었잖나'라고 앙칼진 목소리로 외쳤다.

손견이 지팡이를 짚고 내 쪽을 돌아봤다.

"잘 와줬어. 자네도 참석하는 게 나을 것 같아서 말이지."

"창고 문을 부술 방법을 찾아낸 건가요?"

"부순다고 하면 정확하지 않을 것 같군. 자네 부하가 흥미로운 걸 찾아냈어."

네에, 홍선이 그렇게 말하며 열쇠를 내밀었다. 금속제에 꽤 큼직한 열쇠. 어른 손바닥에 다 들어가지 않을 정도로 컸다.

"해자에 떨어진 얼간이를 끌어올리다 보니 우연히 발견했지요. 아무래도 누군가가 이걸 내던진 게 운 좋게 걸린 모양입니다."

"병량고 열쇠다."

원술이 말했다. 흐음~, 찾아내서 다행이네, 병량고를 개방해서 진궁을 붙잡고 옥새를 회수할 수 있잖아……, 그런 느낌이다. 하지만 그들의 뭐라 말하기 힘든 표정은 그렇게 간단히 끝낼 수 있는 이야기가 아니라는 걸 나타내주고 있었다.

실제로 그 이유는 조금만 생각해보면 알 수 있다.

"……어라. 진궁이 병량고에 틀어박혀 있는데 왜 열쇠가 바깥에 버려져 있는 거죠?"

밀실은 안쪽에 열쇠가 있어야 비로소 성립될 텐데. 누군가에게 열어달라고 하기 위해서? 그렇다면 해자 같은 곳에 버릴 것 같진 않고.

"바로 그거야, 동백 아가씨. 병량고 문이 잠기고, 진궁이 병량고로 들어가는 걸 봤다는 목격자도 있었지. 실제로 안에 사람이 있는 기척도 느껴졌어. 하지만 안에 있는 진궁과 이야기를 나눈 사람은 아무도 없지."

기분 나쁜 예감이 들기 시작했다.

원술과 손견이 고개를 끄덕였고, 홍선이 열쇠를 문에 꽂아 넣었다. 찰칵찰칵, 금속 자물쇠가 여러 개 열리는 소리. 문에 달린 손잡이를 잡아당기자 안쪽에서 빗장이 풀리는 소리가 울렸다.

문이 열린다. 횃불과 무기를 든 병사들이 일제히 안으로 밀고 들어가 산더미처럼 쌓인 병량 주머니와 선반의 사각을 조사하기 시작했다.

"찾았습니다!"

손견, 원술과 함께 나는 그 목소리가 들린 곳으로 서둘렀다. 병량이 쌓여 있는 선반 사이에 남자가 쓰러져 있었다.

척 보기에도 진궁이 아니었다. 반쯤 알몸으로 묶인 채 재갈이 물려 있고, 바닥에는 피웅덩이. 이곳에서 움직이지 못하고 목소리도 내지 못한 채 죽은 모양이었다.

"옷을 빼앗겼군. 다른 사람으로 위장하기 위해서인가? 게다가 이 상처, 죽을 때까지 오래 걸리게끔 계산해서 낸 거다. 도움을 요청하려 해도 목소리는 낼 수 없게. 그래도 날뛰면 소리 정도는 나지. 안에 사람이 있다고 생각하게 만들기 위한 공작이야."

"그럼, 진궁은———."

"짐의 옥새는?!"

각각의 물음에 손견이 고개를 저었다.

"우리 손이 닿지 않는 곳이다."

◇

사람 눈에 잘 띄지 않는 길이 있다.

험한 산길이자 샛길이기에 말을 타고 가기는 좀 힘들다.

지금, 진궁은 그곳을 지나가는 네 남자의 선두에 있었다.

"진궁 님, 슬슬 쉬시죠."

그렇게 말한 사람은 제일 뒤에 있던 남자. 일행 중에서 짐이 가장 많고 살이 쪘기 때문에 언덕길을 가기에는 힘들어 보였다.

하지만 진궁은 돌아보지도 않았다.

부드러운 인상과 예의 바른 태도 때문에 오해를 사곤 하지만, 진궁은 쌀쌀맞은 성격이다. 공감이라는 것이 선천적으로 희박했고, 흥미가 없는 사람에 대한 행동은 가혹하기까지 했다.

살이 찐 남자는 혀를 차고는 무릎이 아픈 것을 참으며 계속 걸었다.

"진궁 님. 우리가 여남으로 갈 거라고 하셨는데, 그것에서 뭘 할 건지 아직 말씀하지 않으셨소."

이번에는 다른 남자가 그렇게 말했다.

"어라? 그랬나요?"

진궁은 완전히 다른 태도를 보이며 대답했다.

"여남은 원가의 본거지입니다. 그곳을 제압할 거예요, 재미있을 것 같죠?"

"……이 네 명이서?"

"네 명과 옥새로요."

진궁은 비단 꾸러미를 들어 보였다. 손견이 낙양에서 발견하고 원술의 손에 넘어갔던 옥새는 지금 원술에게서 훔쳐 온 진궁의 손에 있었다.

"이게 있으면 사람을 얼마든지 조종할 수 있으니까요. 그런 면에서 명가의 거전이라는 지리적 특성은 이상적이란 말이죠. 수도에서 적당히 떨어져 있고, 권위에 적당히 친숙하고. 잘만 부추기면 분명히 멋진 전쟁을 벌일 수 있을 겁니다."

전쟁.

그것만이 진궁의 행동 원리다. 그가 여포를 따르는 것도 충성심 같은 것이 아니라 천하무쌍을 이용해서 전쟁을 벌이고 싶다……, 단지 그 이유 때문이었다.

"그러니 서두르시죠. 여포 님이 심심하다면서 저를 빼놓고 전쟁을 벌이면 곤란하니까요. 건드릴 상대로는 손견 님이나 조조가 무난할 텐데———."

퍼어억.

진궁은 재빨리 돌아보았다. 흥미가 없는 사람의 헛소리라면 모를까, 전쟁을 좋아하는 진궁이 살을 찢고 가르는 칼날의 소리를 무시할 리가 없었다.

제일 뒤에서 오던 남자의 모습이 사라졌다. 머리, 그리고 머리가 없는 뚱뚱한 몸통만이 언덕에서 굴러떨어졌다.

"저, 적———."

그렇게 외치려던 동료의 목을 어디선가 날아온 손도끼가 끌고 가버렸다.

손도끼, 표, 단극. 겉보기 이상의 무게를 지닌 무기가 차례차례 날아와 진궁을 제외한 모두가 핏덩어리와 함께 언덕에서 굴러떨어졌다.

투욱.

진궁 발치에 무언가가 떨어졌다. 급하게 물러난 진궁이 본 것은 땅바닥에 떨어진 비단 꾸러미. 옥새가 들어있던 꾸러미다. 절단된 누군가의 손목이 얹혀서, 단면에서 뿜어져 나온 피가 꾸러미를 더럽히고 있었다.

자신의 오른쪽 손목이 잘렸다는 사실을, 진궁은 그 순간에야 눈치챘다.

"두 번째."

좀 전까지 아무것도 없던 곳에 낯선 남자가 서 있었다.

대머리, 거무스름한 피부, 장신. 등에 가죽 두루마리 같은 것을 짊어지고 손가락 사이에 손도끼를 잔뜩 끼운 특이한 자세.

남자가 말했다.

"그럼, 받아가겠습니다."

◇

밤.

요새에서 열린 축하 연회장.

개방된 병량고에서 가지고 나온 술과 음식을 차려놓고, 큰 목소리로 노래하며, 떠들고, 신나게 놀아댄다.

멀리 번성 주변에 있던 손견군 본대까지 합류하자 성안뿐만이 아니라 바깥에서까지 연회가 벌어졌다.

그때 나는 뭘 하고 있었는가 하면, 누각 아래쪽에서 레모네이드를 만들고 있었다.

레모네이드.

내가 무심코 사버린 레몬 과즙과 벌꿀을 물에 녹이면 끝. 초보 요리나 마찬가지다. 그럼에도 불구하고 묘한 수요가 있었다. 술 대용품이다.

경비병이나 감옥 간수 같은 역할 때문에 술을 마시지 못하는 병사들이 술 대신 마시러 오는 것이다. 나는 잔뜩 만든 레모네이드 항아리와 그릇을 놔둘 뿐. 그릇 회수 같은 것들은 손상향의 병사들이 알아서 해주었다.

"정말로 평가가 좋아. 보아하니 상품으로 팔면 크게 성공할 게 분명해."

"언젠가는 공사의 상품으로 팔 생각이니까요. 이 정도 실적은 내줘야죠."

"잊지 마. 이건 손가와 공동으로 개발한 거야."

"물론이죠. 때가 되면 잘 부탁해요."

히히히, 하며 음침한 미소를 주고받던 나와 손상향을 병사들이 멀리서 바라보고 있었다. 그 사실을 눈치챈 나는 표정을 다잡았다.

"그러고 보니 원술은 안 오네요. 이게 마음에 든 것 같았는데."

"또 술을 마시고 있어. 옥새를 잃어서 거칠어졌어. 상황을 보러 갔더니 부하에게 자기를 '폐하'라고 부르게 시키고 있었어."

한 왕조의 상국으로서는 모반으로 처리해야 할 안건인 것 같은데…….

"고마워, 동백."

손상향이 갑자기 진지한 표정으로 말했다.

"당신 덕분에 어머님도, 아버님도 살았어. 이 은혜는 잊지 않을 거야."

"도움을 받은 건 저도 마찬가지죠. 제 이익을 위해서 한 거예요. 당신 아버님과는 사이좋게 지내면서 장사로 이어가고 싶고."

"그리고 친구니까."

"아, 그러고 보니."

"친구, 니까."

그녀가 삐진 표정으로 다가왔기에 나는 쓴웃음을 지으며 고개를 끄덕였다.

"……그러게요."

결과론이긴 하지만, 잘된 것 같다. 내 간섭으로 인해 역사는 더 크게 바뀌어버렸다. 그중에서 잘된 걸 들자면, 손견의 죽음을 피할 수 있었던 것이다. 이 아이의 아버지가 죽지 않아도 된다. 그 점만큼은 그냥 기뻐해도 될 것 같다.

───뭐, 나중에 호되게 당하지 않으면 좋겠지만.

"응."

손상향이 레모네이드가 든 그릇을 내밀었다. 나는 그것을 받아들고 그녀와 함께 들어 보인 뒤 전부 마셨다.

그러고 보니 건배는 환생하고 나서 처음일지도 모르겠다.

누각 아래쪽에서 이야기를 주고받는 그녀들을 파수대 위에서 숨을 헐떡이며 보는 사람이 있었다.

"흐흐……, 동백이 여기서 연하 친구를 만들었을 줄이야……, 후후후……, 언니 행세를 해보고 싶은 건가? 아, 다시 한 잔 따라주네……, 동생을 잘 돌봐주는 동백이라니, 아, 아아, 아흐흐흐흐흐흐흐흐흐흐흐흐흐."

"눈이 나아서 다행이라는 말을 하러 온 내가 바보 같잖아……."

나름대로 신경을 써서 와본 조운 앞에는 침을 흘릴 기세로 표정이 늘어진 마초가 있었다. 시력이 돌아오자마자 제일 먼저 할 일이 그거냐고 생각하니 힘이 빠진다.

"무슨 말을 하는 거냐. 저 고귀한 광경 이상으로 봐야 할 만한 건 없다. 그리고 이건 호위로서 직무의 일환이다. 호위니까 어쩔 수 없는 일이지."

조운의 눈으로는 약간 멀게 느껴졌다. 횃불로 대낮처럼 비춰지고 있기는 해도, 이 거리에서 어린아이의 일거수일투족을 감시한다는 건 역시 어지간한 시력으로는 불가능한 일이었다. 써먹는 방식이 잘못되었다는 생각이 들긴 하지만.

"그러고 보니 감녕 못 봤어?"

"아까 동백에게 음료수를 받아가더군. 잔을 두 개 가지고 어디론가 갔으니 지금쯤은 누군가와 함께 있지 않을까."

고순이겠지, 조운은 그렇게 생각했다. 어찌 된 영문인지 감녕은 고순을 '솔직한 반짝이'라고 부르며 마음에 들어 하고 있다. 무슨 의미인지는 전혀 알 수가 없지만.

"······나약한 녀석이라고 해서 미안하군."

마초가 갑자기 그런 말을 했기에 조운은 잘못 들은 게 아닌가 하고 생각했다.

"너를 나약한 녀석이라고 부른 걸 정정하마. 천하무쌍에게 정면으로 덤빈 너는 결코 나약하지 않다."

"······고마워."

껄끄러워 머리를 긁었다. 그것밖에 할 수 있는 일이 없었다. 이럴 때 조운은 어떤 반응을 보여야 할지, 경험치가 너무 적어서 알 수가 없었다.

"······이봐, 그 보존 식량 있어?"

알 수가 없어서 그런 말을 꺼냈다. 후회했다.

밤인데도 확실하게 알아볼 수 있을 정도로 미심쩍어하는 표정으로 마초가 돌아보았다.

"아니, 저번에 낙양에서 네가 먹었던 거. 그, 염소의 젖을 발효시켰다는."

"양의 젖이다."

마초는 가죽 주머니를 던져서 건넸다. 그때 맡았던 시큼한 냄새가 피어오르자 조운은 무심코 고개를 돌릴 뻔했다.

그러다가 겨우 참으면서, 최대한 크기가 작아 보이는 것을 집어 들고는 입 안에 넣었다. 곧바로 거의 씹지도 않고 삼켰다.

아무렇지도 않은 듯한 표정으로 가죽 주머니를 마초에게 내밀었다.

"……잘 먹었어. 맛있더라."

훗, 마초가 희미한 미소를 지었다. 날카로운 느낌이 빠진, 실제 나이에 어울리는 소녀의 표정으로.

"뭐야, 그게."

"시끄러워. 다음에는 네가 물고기를 먹어라."

"안 먹어."

"먹으라고."

"싫어."

"반드시 먹일 테니까."

"못 먹어."

마왕 영애로 시작하는 삼국지전~

종장 동백 쨩이 잘 아는 세 남자들.

원술의 병사들이 승리의 술에 취해 있을 무렵, 번성에서
도 축하 연회가 열리고 있었다.

손견군이 후퇴해서 번성의 포위가 풀렸기 때문이다. 병
사와 주민들의 구분 없이 승리를 축하하며 성안 이곳저곳
에서 술잔을 나누고 있었다.

통째로 술에 취한 듯한 번성, 그 안을 걸어가는 무리가
있었다.

"오, 마시고 있네."

"유비 씨!"

성안 구석, 마구간 앞에서 술을 마시고 있던 꾀죄죄한
청년들이 매우 기뻐하며 유비 일행을 맞이했다.

"번성을 구해주신 영웅이 이런 곳에 오실 줄이야! 자자,
그다지 좋은 술은 아니지만 한잔하고 가십쇼!"

"오, 그럼 호의를 받아들여서……, 아, 이거 좋은 술인데.
오장육부에 스며들어. 아니, 이제 됐어. 얻어먹는 술만큼
이 세상에 맛있는 건 없지만, 욕심을 부리면 벌을 받지."

"무슨 소리요! 우리에게 당신은 은인인데! 지금 보답을
하지 않으면 그야말로 벌을 받겠지!"

"아니, 아니, 우리는 의를 위해 움직이고 있을 뿐이야.
번성을 구하게 한 건 분명히 천의겠지. 지금도 이렇게 한

가한 녀석들하고 같이 성안을 순찰하고 있어. 그냥 넘길 수 없는 불의는 어디에나 만연하는 법이니까."

유비가 한 말에 청년들은 더욱 취한 모양이었다. 온갖 말을 늘어놓으며 유비의 의로움과 덕을 칭송했고, 그가 데리고 있던 남자들에게도 술을 대접했다.

"그러고 보니 동생분들은 어디 계시는 거요? 그분들께도 감사의 인사를 한마디나마 드리고 싶은데."

"둘 다 이미 취해서 곯아떨어져 버렸어. 성을 지키는 장수인 황조 님께서 대접해주신 술을 마셨거든."

"하하하, 그야 그렇지! 황조 님께서 보기에는 번성 전체의 술 창고를 비워서라도 감사의 마음을 나타내고 싶으실 터이니!"

"멍청아, 그러지 마. 내 의동생의 귀는 술 이야기를 절대로 놓치지 않는다고. 그런 이야기를 들으면 진짜로 번성에 있는 술을 모조리 마셔버릴 거야."

유비가 조심스러운 모습으로 주위를 둘러보자 주정뱅이들이 일제히 웃음소리를 냈다.

마구간 앞이 완전히 부드러운 분위기로 감싸였을 때, 멀리서 유비의 이름을 부르는 목소리가 들렸다.

"유비 님~! 유현덕 님~! 어디 계십니까!"

"네, 네, 유비는 여기 있다고요."

손을 흔들며 부르는 유비를 보고 문관으로 보이는 남자가 말을 타고 다그닥다그닥 다가왔다.

"유비 님. 형주의 목, 유표 님께서 보낸 사자가 도착하였습니다. 유표 님께서는 번성의 방어에 많은 공을 세우신 유비 님께 매우 감사한다는 뜻을 보이셨습니다. 또한, 계속 형주의 방어에 협력해주셨으면 한다고 합니다. 바로 가시죠."

"기꺼이."

유비가 고개를 숙여 인사하며 대답하자 유비를 제외한 모든 사람들이 와아, 환호성을 질렀다.

"대단하네! 유표 님에게 인정받다니, 출세했잖아!"

"그렇군. 하지만 이건 나만의 공이 아니야. 나와 함께 싸워준 동료와 형제, 그리고 번성의 모두가 세운 공이지. ……좋아, 그럼 유표 님께서 보내신 사자에게 인사를 하러 가볼까."

"이봐, 우리도 가자고! 다들 불러와! 유비 님이 형주목에게 칭찬을 받는대!"

그 직후, 번성 안에 백성과 병사들의 대규모 행렬이 나타나게 된다.

밤중인데도 불구하고 남녀노소, 다양한 사람들이 모여들어 같은 방향을 향해 걸어가기 시작한 것이다. 그 모습을 본 황조는 모반이 일어난 게 아닐까 하는 생각에 당황하며 몇 번이나 부하들에게 확인을 시켰다고 한다.

그 행렬 선두에 있던 자의 이름은 유비.

품속에 거친 의협심과 붉은 가면을 품은 남자는 백성들을 이끄는 영걸로서 형주에 서게 된다.

◇

번성 북쪽, 허창.

저택으로 돌아와 있던 조조는 서재에서 하후돈과 함께 있었다. 허창을 중심으로 세력을 쌓아가는 조조에게는 할 일이 많다. 사촌에게 보고를 듣는 동안에도 그는 산더미처럼 쌓인 업무를 처리하고 있었다. 죽간에 붓을 놀리며 말했다.

"원소는 황하 북쪽으로 물러났나."

"그래. 네 예측대로 말이지. 형주에는 그 객장 삼형제를 원군으로 보낸 모양이야."

"관우와 장비, 그리고……, 중산정왕의 후예님이라고 했나. 관우가 있다면 반드시 형주에서 두각을 드러내게 되겠지."

조조는 그렇게 말하며 재빨리 죽간 하나 분량의 업무를 끝냈다. 하후돈은 항상 그랬지만 혀와 손이 각각 다른 인격을 지니고 있는 것 같다고 생각했다.

"우리에게 있어서 별로 재미있는 이야기는 아닐 것 같군."

"아니, 매우 흥미로운데."

타자 위에 펼쳐진 지도 위에 조조가 청동 말을 세 개 늘어놓기 시작했다.

"손가와 손을 잡은 동백, 형주에 깃든 관우, 그리고 정강한 청주병(淸州兵)을 얻은 우리. 중원의 국면은 재미있어질 거다. 첩자를 늘려서 보고를 자주 하게 해."

"맹덕. 너는 원소보다 남쪽을 신경 쓰는 거냐?"

샤악, 조조가 새로운 죽간을 펼치며 붓 끄트머리를 벼루에 적셨다. 그는 고개를 들지도 않고 대답했다.

"북쪽이 신경 쓰이긴 하지만, 어떻게 될지는 예상이 돼. 화북 연합의 내란과 해체, 그리고 원소의 독식이다. 그 결과는 내게 바람직한 것이니 함부로 간섭하고 싶진 않군."

"원소가 너무 커질 텐데."

"상관없어. 그 남자는 치고 올라가면 움직임을 파악하기 쉬워지니까. 지위에 맞는 행동을 선호하는 녀석이야."

"생각이 있다면 상관없고. ……이봐, 복숭아 향기가 나지 않아?"

"그런가?"

조조는 시치미를 뗐지만, 하후돈은 짐작 가는 게 있었다. 진 안에서 거두었던 미녀와 똑같은 향기가 난다. 그리고 조조는 신기하게도 잠옷 차림으로 일을 하고 있었다.

"용케도 그렇게 수상쩍은 여자를……."

"무슨 소리인지 모르겠는데."

"지금은 전위가 자리를 비웠잖아. 허저가 있긴 하지만, 그 녀석은 겉으로 드러난 호위야. 음지의 호위가 없는 상황에서 수상한 사람을 침소로 끌어들이지 마라."

"너무 그렇게 눈총을 주지 마. 동백을 구출하려는 군대가 남쪽으로 향한 걸 보니 전위는 전언 임무를 확실하게 마친 거다. 나머지 용건도 금방 끝내고 조만간 돌아오겠지. 우리 상국님께서 남쪽에서 어떻게 되었는지 보고와 선물을 가지고 말이야."

"선물, 말이지. 남쪽 과일이라도 가지고 오는 건가?"

"아니."

조조는 그제야 붓을 놓았다. 촛불로는 다 비출 수 없을 정도로 깊은 눈동자가 하후돈에게 쏠렸다.

"전위를 보내면서 세 가지 주문을 했지. 첫 번째는 동백을 구출하러 나선 군대에 대한 전언. 다른 한 가지는 옥새. 마지막 한 가지는――――."

밤이 깊은 뒤.

연회도 끝나고, 순찰하던 병사가 땅바닥에 쓰러져 있는 주정뱅이를 귀찮다는 듯이 피해 가는 시간.

성벽을 순찰하던 병사는 달을 올려다보며 서 있는 사람을 알아보고 고개를 숙였다.

"……어이쿠, 손견 님. 지팡이도 없이 돌아다니셔도 괜찮으신 건니까."

"그래. 몸은 꽤 좋아졌어. 부인의 간병 덕분이지."

"그거 다행이군요."

"몸 상태를 확인하려고 잠깐 걷고 싶었을 뿐이야. 신경 쓰지 말고 가게."

병사가 떠난 뒤에도 손견은 여전히 달을 바라보고 있었다. 오랜만에 부인과 만나니 시상을 자극받아버렸다. 조조라면 이런 밤에는 시라도 읊을 것이다. 지금의 자신이라면 그 남자 못지않을 정도로 감정이 넘치는 시를 자아낼 수 있을 것 같았다.

명가 출신인 원술, 수도와 황제를 손에 넣은 동백과 손을 잡았고, 천하무쌍을 물리쳤다. 이제 손가의 이름은 더욱 커질 것이다. 강동에 인재를 남겨두고 온 건 부재중인 자신의 자리를 메꾸고 있는 아들의 보좌 때문이었지만, 소문을 들어보니 잘 해나가고 있는 모양이었다. 결과적으로 전부 잘 풀리고 있다.

옥새는 놓쳐버렸지만, 손견은 얻은 것이 더 크다고 확신했다. 원가의 명성을 배경으로 삼고, 동백과의 장강 교역으로 힘을 갖춘 뒤, 언젠가는 북쪽으로도 치고 나간다.

그때는 믿음직한 아들도 곁에 있을 것이다. 진심으로 충성의 유대 관계를 맺은 부하들을 거느리고. 이것이 바로 대를 이어가는 손가의 패업이다.

"멀어진 줄 알았더니 가까워지기도 하는군……, 천하란 여자와 비슷할 정도로 재미있어."

달을 향해 미소를 지었다. 마치 마음만 먹으면 언제든 꼬드길 수 있다는 듯이―――.

푸욱.

손견의 머리에 표가 날아들어 박혔다. 그 칼날은 두개골을 가르기에 충분하고도 남는 무게를 지니고 있었고, 손견은 무슨 일이 일어났는지도 알지 못한 채 쓰러졌다. 머리에서 솟구친 피가 퍼져나가며 손견을 중심으로 붉은 원을 그리기 시작했다.

순찰을 돌던 병사는 방금 지나간 참이라 성에 있던 사람들은 아무도 눈치채지 못했다. 소동이 일어나려면 시간이 한참 지나야 할 것이다.

그리고, 좀 전까지 아무도 없었던 곳에 키가 큰 그림자가 나타났다.

대머리, 장신, 거무스름한 피부. 등에는 가죽 두루마리를 짊어진 그림자였다.

그 그림자는 이제 꿈쩍도 하지 않는 손견을 향해 고개를 숙여 인사를 하고는 중얼거렸다.

"이것으로 세 번째. 확실하게 받아가겠습니다."

작가 후기

'이 작품에도 슬슬 지도가 필요하지 않을까?'라는 이야기를 담당 편집자와 방금 하고 온 이자키 쿄스케입니다. 오랜만에 뵙습니다.

여러분께서는 삼국지의 지리에 대해 얼마나 파악하고 계실까요. 지금 중국 지도와는 지명이 바뀐 곳도 드물지 않으니 혼란스러워했던 경험이 있으신 분도 많지 않을까요.

삼국지 팬이 머릿속에 그리는 지도의 디테일이나 정확성은 사람마다 다를 것 같습니다만, 저 같은 경우에는 예전에 플레이했던 삼국지 게임의 영향이 큰 것 같습니다. 주로 코에이 테크모 게임즈에서 나온 삼국지 시리즈나 무쌍 시리즈 말이죠.

이번 권 에피소드도 삼국지 14를 플레이 중에 장강에 수군을 띄워서 적의 병참을 꾹꾹 짓밟던 경험에서 생겨난 것 같은 생각이 전혀 안 드는 건 아닙니다. 툭하면 영향을 받으니까요, 이 작가.

그런데……, 사실 이 책은 이자키 쿄스케에게는 첫 시리즈 4권입니다. 독자 여러분의 응원 덕분에 지금까지 이어올 수가 있었습니다. 그리고 5월에 진행된 성우 우에사카 스미레 씨의 낭독회에서 화제가 되는 도서로 뽑아주시기도 했습니다. 이것도 전부 독자 여러분 덕분에……, 어? 낭독회 굿즈도 나온다고요? 진짜로?

그런 관계로 감사의 말씀을 드리겠습니다.

담당 편집자이신 이와아사 님. 매번 폐를 끼쳐드리고 있습니다. 다음에는 제대로 하겠습니다. 할 것 같습니다. 하고 싶습니다.

칸자린 님. 항상 귀여운 일러스트를 그려주셔서 감사합니다. 이번 권 표지는 평소보다 더 좋습니다. 낭독회 콜라보 일러스트도 그려주셔서 정말 감사합니다.

의논이나 불평 상대가 되어주신 작가 여러분. 또 부탁드리겠습니다.

이 책의 출판에 힘써주신 모든 분들. 감사합니다. 항상 도움을 받고 있습니다.

우에사카 스미레 님. 낭독회에서 이 작품을 선택해주셔서 감사합니다. 게다가 놀랍게도 띠지 코멘트까지. 황송합니다.

마지막으로 독자 여러분. 시리즈 4권에 도달한 것도, 낭독회 같은 이벤트를 할 수 있었던 것도 독자 여러분 덕분입니다. 정말로 감사드립니다.

다음에는 이자키 쿄스케 최초의 5권에서 만나뵐 수 있으면 좋겠습니다.

참고 문헌

『삼국지연의』이나미 리츠코 옮김(코단샤 학술문고)

『정사 삼국지』진수 지음, 배송지 주, 이마타카 마코토, 이나미 리츠코, 코미나미 이치로 옮김(치쿠마 학예문고)

『후한서 제9책 열전7(권66 ~ 권74)』요시카와 타다오 훈주(이와나미 쇼텐)

역자 후기

안녕하세요, 천선필입니다.

『동백전 ~마왕 영애로 시작하는 삼국지~』 4권, 재미있게 읽으셨는지 모르겠습니다.

이번 4권은 꽤 충격적인 내용으로 마무리된 3권에서 곧바로 이어지는 이야기였습니다. 주인공의 부재로 긴장감을 고조시키는 건 그리 드물지 않은 전개 방식이긴 합니다만, 이 작품은 아무래도 주인공이 별다른 힘이 없는 여자아이(알맹이는 30대 남자)이기 때문에 무력감이라고 해야 하나, 위기감이 초반부터 깔려 있었던 것 같은 느낌이네요. 실제로 SSR급 장수인 관우와 트레이드될 뻔하기도 했으니까요. 그런 상황을 말재주 하나로 헤쳐나가는 것이 이 작품과 동백의 매력이라고도 할 수 있겠지만 말이죠.

그런 와중에 지금까지 제대로 등장하지 않았던 군주나 장수들도 모습을 드러냈던 것 같습니다. 위나라의 대표격 장수라고 할 수 있는 하후돈, 조조의 보디가드 전위, 삼국지에서는 조조의 중간 보스로 등장해서 나름대로 큰 비중을 차지하고 있었던 원소, 꿀물로 유명한 원술(……), 이번 권 표지를 장식한 무표정 로리 손상향까지. 저번 3권에서도 감녕이 꽤 인상깊게 등장하긴 했지만, 이번에는 새로 조명받은 등장인물들이 잔뜩 나타남으로써 세계관 자체가 확 넓어진 것 같은 느낌입니다. 이번 권부터 지도가 새로 들어간 것도 그런 이유 때문이 아닐까라는 생각도 드네요.

그렇게 많이 등장한 인물 중에서도 저는 개인적으로 우리 꿀물좌 원술이 마음에 들었습니다. 처음 등장했을 때는 손견의 부인을 인질로 잡고 비열한 일면을 보여주기는 했지만, 나중에는 결국 미워할 수 없는 개그 캐릭터로 전락한 모습을 보니 싫어할 수가 없는 것 같네요. 특히 호칭에서 드러나는 황제 자리에 대한 미련이나 종종 보이는 허세, 손견과 말싸움을 하는 모습, 그리고 그의 아이덴티티라고도 할 수 있는 꿀물 사랑까지(……), 어떻게 보면 작가분께서 이번 4권에서 제일 크게 밀어준 게 아닐까 하는 캐릭터라는 느낌도 듭니다. 독자 여러분께서는 어떤 캐릭터가 마음에 드셨을지 궁금하네요.

이런 생각을 하면서 이번 『동백전 ~마왕 영애로 시작하는 삼국지~』 4권을 번역하였습니다. 매번 그랬듯이 감사의 말씀 드리고 후기를 마치려 합니다.

항상 신경을 많이 써주시는 담당 편집자분, 그리고 책을 내는 데 도움을 많이 주신 소미미디어 관계자 여러분, 그리고 가족 여러분. 감사합니다.

그 누구보다 감사드리고 싶은 분은 독자 여러분입니다. 제가 이렇게 무사히 번역을 마치고 후기를 쓸 수 있는 것도 독자 여러분 덕분이라 생각합니다. 진심으로 감사드립니다.

다시 찾아뵙게 될 때까지 행복한 하루 보내시길 바랍니다.
감사합니다.

천선필

TOHAKUDEN - MAOU REIJO KARA HAJIMERU SANGOKUSHI- Vol.4
by Kyosuke IZAKI
©2019 Kyosuke IZAKI Illustrated by KANZARIN
All rights reserved.
Original Japanese edition published by SHOGAKUKAN.
Korean translation rights in Korea arranged with SHOGAKUKAN
through Shinwon Agency Co.

동백전 4 ~마왕 영애로 시작하는 삼국지~

2023년 3월 15일 1판 1쇄 발행

저　　　자 이자키 쿄스케
일 러 스 트 칸자린
옮 긴 이 천선필
발 행 인 유재옥
본 부 장 조병권
담당편집 박치우
편집 1 팀 김준균 김혜연
편집 2 팀 정영길 조찬희 박치우 정지원
편집 3 팀 오준영 이해빈 이소의
편집 4 팀 전태영 박소연
미　　　술 김보라 박민솔
라이츠담당 김정미 맹미영 이윤서
디 지 털 박상섭 김지연
인쇄제작처 코리아피앤피
발 행 처 ㈜소미미디어
등　　　록 제2015-000008호
주　　　소 서울 마포구 토정로 222, 403호 (신수동, 한국출판콘텐츠센터)
판　　　매 ㈜소미미디어
마 케 팅 한민지
영　　　업 박종욱
물　　　류 허석용
전　　　화 (02) 567-3388 Fax (02) 322-7665

ISBN 979-11-384-3621-2 [04830]
ISBN 979-11-6611-114-3 (세트)